KNAUR

Bei Droemer Knaur sind bereits folgende Titel des Autors erschienen:
Berlin Gothic
Der Architekt
Das Gedankenexperiment

Über den Autor:
Jonas Winner, geboren 1966 in Berlin, promovierter Philosoph, arbeitete nach dem Studium in Berlin und Paris als Journalist, Redakteur für das Fernsehen und als Drehbuchautor (ARD, ZDF, Sat.1). Sein Selfpublishing-Bestseller *Berlin Gothic* sorgte im Netz für Furore. 2012 feierte er mit dem Thriller *Der Architekt* einen großen Erfolg, 2014 folgte *Das Gedankenexperiment*. Der Autor lebt mit seiner Familie in Berlin.
Mehr über den Autor: www.jonaswinner.com/

JONAS WINNER

DIE ZELLE

THRILLER

KNAUR

Besuchen Sie uns im Internet:
www.knaur.de

FSC
www.fsc.org
MIX
Papier aus verantwortungsvollen Quellen
FSC® C083411

Originalausgabe Januar 2016
Knaur Taschenbuch

Ein Imprint der Verlagsgruppe
Droemer Knaur GmbH & Co. KG, München

Redaktion: Teresa Pütz
Covergestaltung: ZERO Werbeagentur, München
Coverabbildung: FinePic®, München
Satz: Adobe InDesign im Verlag
Druck und Bindung: CPI books GmbH, Leck
ISBN 978-3-426-51276-0

2 4 5 3

DIE
ZELLE

PROLOG

Winter 2016

Berlin. Schwarzes Aufflackern einer nächtlichen Erinnerung. Dunkelheit. Feuchtigkeit. Kälte. Eine fahle Morgensonne. Trübes Nachmittagslicht. Endlose Nächte.

Wenn ich an Berlin zurückdenke, sehe ich eine Stadtwüste vor mir, Brandmauern, Sackgassen, Baugruben – in Schwärze erstarrt. Feucht glänzende Pflastersteine, vor dunkelgrauem Himmel aufragende Häuserfassaden. Ich sehe Blätter vor mir, dunkel und nass, ich rieche die Fäulnis des vermodernden Laubes. Ich sehe Gaslaternen vor mir, deren Licht im Nebel verschwimmt. Ich sehe Gesichter vor mir, bleich und spitz, ich höre das Tappen der Schritte, das Rascheln der Mäntel, das Flüstern der Stimmen. Wenn ich an Berlin zurückdenke, habe ich einen Geschmack von ranzigem Fett im Mund, den Geruch von Kohl und Kohlen in der Nase. Wenn ich an Berlin zurückdenke, bekomme ich kaltnasse Handflächen und spüre, wie eine Unruhe in meine Beine fährt. Ich höre Gebrüll und sehe nicht, wer so schreit. Ich höre dumpf hämmernde Elektromusik und tappe durch unterirdische Bunkeranlagen. Wenn ich an Berlin zurückdenke, sehe ich Kiefernwälder und Sandboden vor mir, Bretterverschläge und verlassene Straßen. Verstohlene Blicke, Schweigen, Angst und immer wieder Nächte, die niemals enden.

Wenn ich an Berlin zurückdenke, ist es, als ob sich eine kalte Hand, leblos wie Gummi und klebrig wie Honig, auf meinen Mund legt.

Seine Hand.

Die Hand des Fleischwolfs.

Er soll entlassen werden. Morgen schon. Nach fast zwanzig Jahren. Gestern habe ich das Schreiben bekommen. Aus Berlin. Aus einem der Steinpaläste, in denen die unzähligen Behörden untergebracht sind.

Ich sitze am offenen Fenster. Vor mir ein Himmel so weit, dass man ihn mit einem Blick nicht fassen kann. Wasser am Horizont, die Menschen in der Ferne so groß wie Ameisen, Fahrzeuge wie Spielzeugautos, die die Avenues hinunterrollen. Die Sonne scheint, der Tag beginnt, aber die Erinnerung an Berlin, an die Stadt weit im Osten Europas, ist wie ein dunkler Schleier, der sich vor die Sonne geschoben hat. Es ist wie ein verfluchter Nachhall, der nach mir greift. Morgen ist es so weit, die Gitter werden zurückgeschoben, sein Hals wird sich nach vorn recken, die Linie durchbrechen, die den Übergang zur Freiheit markiert. Er wird mit einem Fuß die Linie übertreten und plötzlich – mit einem gewaltigen Satz – im Freien stehen, dem Gemäuer entkommen, den Mauern entrückt. Er wird nicht länger gebändigt sein, er wird sich in Freiheit entfalten und seine Fühler ausstrecken.

Die Nachricht seiner Entlassung hat mich zurückgeworfen in eine düstere Zeit. Ich dachte, ich hätte sie hinter mir gelassen – für immer –, doch jetzt kreisen meine Gedanken wieder darum. Ich will aufschreiben, was damals geschehen ist. Was wirklich passiert ist! Es soll zur Warnung dienen. Es soll mich von dieser Zeit endlich heilen.

Ach was! Ich schreibe es auf, weil es mich erstickt, weil die Erinnerung an diese wenigen Tage, damals, vor fast zwanzig Jahren, in einem Berlin der Schwärze, des Schreckens und des Todes, in mir schwelt wie ein Gift und ich nicht anders *kann,* als endlich zum Stift zu greifen, diesen Stapel Papier zu nehmen, und aufzuschreiben, was ich erlebt habe.

Damals …

In Berlin …

In einem Sommer vor fast zwanzig Jahren …

Als ich ein magerer Junge war – großäugig, neugierig, verspielt und nicht älter als elf.

Teil I

1

Ich weiß noch, wie wir in Berlin ankamen. Mein Vater und mein Bruder waren wenige Wochen zuvor bereits mit den Möbelpackern vorgefahren. Meine Mutter, ich und unser Au-pair-Mädchen Hannah, das bereits drei Jahre zuvor mit uns nach London gezogen war, sollten etwas später mit dem Flugzeug nachkommen.
Es war ein heißer Tag, wir waren in aller Frühe aufgestanden, um den Flieger zu erwischen, und als wir endlich landeten, hatte ich das Gefühl, die nackte Haut meiner Beine, die unter den kurzen Hosen hervorkamen, würde am Plastik der Sitze festkleben, so sehr glühte die Luft.
Mein Bruder Linus und mein Vater warteten am Gate, an dem wir herauskamen. Ich hatte sie vier Wochen lang nicht gesehen und gleich den Eindruck, sie hätten sich in der kurzen Zeit schon ein wenig verändert. Lag es am ungewohnten Haarschnitt meines Bruders, der neuen Jacke meines Vaters, an einem bestimmten Gesichtsausdruck, den sie sich zugelegt hatten? Ich weiß es nicht. Die Begrüßung war jedenfalls herzlich.
Ein Taxi wartete schon auf uns am Ausgang.
»Ich weiß«, erklärte mein Vater mit einem Blick zu meiner Mutter, »ein Großraumtaxi wäre besser gewesen, aber es war leider keins mehr verfügbar. Meinst du nicht, dass dieses hier auch geht?«
Es ging so leidlich. Es war *eng*. Ich saß hinten, eingepfercht zwischen Hannah und meiner Mutter, mein Bruder passte nicht mehr hinein. Er meinte, das machte nichts, er würde

auch mit dem Bus nach Hause finden. Die Koffer, wir hatten noch einiges an Gepäck mitgebracht, waren in den Laderaum gestopft worden, aber eine Tasche – ich weiß noch genau, wie schwer sie war – stand auf meinen Knien und bohrte sich mit einer scharfen Kante in meine Oberschenkel. Mit einem heftigen Ruck fuhr der Wagen an, gelenkt von einem gedrungenen Glatzkopf am Steuer, den ich die ganze Fahrt über kein Wort sagen hörte, dessen Funkgerät aber unaufhörlich Meldungen und Aufrufe ausstieß, dass ich den Eindruck bekam, ganz Berlin wäre eine Art Ameisenhaufen, und alle seine Bewohner wären ständig über die genaue Position und Geschwindigkeit aller anderen Bewohner informiert.

Um Luft zu bekommen, hatte mein Vater vorne das Seitenfenster heruntergelassen, und ein scharfer Fahrtwind blies mir ins Gesicht, hauchte eisig über die verschwitzten Schultern, die nicht ganz die Rückenlehne berührten und in denen ich ein leises Ziehen von der unbequemen Position verspürte. Gleichwohl war ich froh über den Luftzug, denn – merkten es die anderen nicht? Ich beugte mich ein wenig vor und sog die Luft durch die Nase ein. Erst war es nur ein Hauch gewesen, wie eine verwaschene Erinnerung, ein Hauch so fein und dünn, dass es mir gelungen war, ihn zu verscheuchen. Kaum hatte ich ihn vergessen, kam er jedoch wieder. Ein unangenehmer Geruch, ein strenger Geruch, ein Geruch, von dem ich unwillkürlich Abstand gewinnen wollte, der Geruch nach etwas Verfaultem, aber nicht süßlich, kein Aasgeruch, der ähnlich abstoßend gewesen wäre, eher ein Geruch nach Darm und Verdauung, ein Gestank nach Hundeexkrement, wie ich mir angewidert eingestehen musste, ein Gestank, der wieder und wie-

der heraufstieg aus dem Fußraum, in dem unsere Schuhe standen. Oder hatte sich ein vorheriger Fahrgast in dem Taxi erbrochen?
Ich warf meiner Mutter einen Blick zu, aber sie hatte den Kopf ganz zurückgelehnt und die Augen geschlossen, sichtlich angestrengt von der Reise und erschöpft. Wahrscheinlich zog der Fahrtwind so durch die Kabine, dass sie gar nichts roch. Auch Hannah, auf der anderen Seite, wirkte ganz ungestört, wie sie durch das Seitenfenster die Häuser und Geschäfte musterte, an denen wir vorbeifuhren. Der Stiernacken des Taxifahrers, daneben mein Vater, der sich mit einer Hand an dem Bügel über seinem Fenster festhielt, eine Sonnenbrille aufgesetzt hatte und starr durch die Windschutzscheibe nach vorne schaute.
Mir war schlecht. Der Geruch unerträglich. Einen zähnefletschenden Hund sah ich vor mir, in dessen Magen sich wer weiß welche Bakterien tummelten und in dessen Haufen auf dem Bürgersteig vor dem Flughafen einer von uns hineingetreten sein musste.
Das soll Berlin sein? Die Stadt, in die wir jetzt zogen? Ich wollte nicht hierher, hatte noch nie hierhergewollt. Die Jahre in London hatten mir gut gefallen, ich hatte Freunde in meiner Klasse gehabt, viel unternommen, das Haus geliebt, in dem wir gelebt hatten.
Diesen Umzug hatte ich nicht gewollt. Meine Mutter aber hatte ein Engagement an der Oper in Berlin bekommen, und es war nichts zu machen gewesen. Meinem Vater war es egal gewesen, für ihn war nur wichtig, dass er ein Arbeitszimmer bekam, in dem er sein Material ausbreiten und in Ruhe komponieren konnte. Als Kollegen meiner Mutter ihr dann auch noch ein Haus in Grunewald vermittelten –

»das ist ein Viertel von Berlin«, erklärten mir meine Eltern, weil mir das nichts sagte –, noch dazu für eine vergleichsweise günstige Miete, gab das den Ausschlag, und der Entschluss stand fest: Wir würden nach Berlin ziehen, da konnte ich mich noch so sehr gegen sträuben, es würde nichts ändern.
Also waren Linus und mein Vater vorgefahren, hatten das Haus schon einmal in Beschlag genommen, und Mama, ich und Hannah waren jetzt nur noch mit ein paar Koffern nachgereist.
»Hier ist es.«
Ich schlug die Augen auf, die ich inzwischen ebenfalls geschlossen hatte, und sah es über die grünen Zipfel einer Hecke lugen: ein Türmchen, ein steiles Dach, ein Erker mit bunten Glasscheiben. Ein Haus, fast eine Art Spielzeugburg mit Fenstern in allen erdenklichen Größen und Formen.
»Eine Jugendstilvilla«, jetzt erinnerte ich mich wieder, so hatten meine Eltern gesagt, »du wirst sehen, sie wird dir gefallen, es ist eine echte Jugendstilvilla in Grunewald.«
Ich sprang aus dem Taxi. Der Gestank ließ nach. Wenigstens etwas. Ich schüttelte mich. Noch ein paar Minuten, und ich hätte mich wahrscheinlich zwischen den beiden Vordersitzen übergeben. So aber behielt ich das Flugzeugessen bei mir und rannte an meinem Vater vorbei zu einer Pforte, die im Zaun offen stand und hinter der ein geschwungener Weg ein paar Meter bis zum Eingang der Villa durch einen hübsch angelegten Steingarten führte.
Linus war noch nicht da, mit dem Bus brauchte er natürlich länger. Also blieb es meinem Vater überlassen, uns das Haus zu zeigen. Meine Mutter hatte ihre Sonnenbrille ins

Haar geschoben, und ich konnte sehen, dass sie recht angetan war, zugleich aber in Gedanken weit entfernt, wahrscheinlich schon bei dem Termin, den sie am gleichen Nachmittag noch in der Stadt hatte.

»Dein Zimmer ist oben, Sammy.« Mein Vater gab mir einen Klaps auf den Rücken. »Willst du es dir schon mal anschauen?« Er nickte mit dem Kopf zur anderen Seite der prächtigen Halle, die wir betreten hatten. Dort führte eine ganz mit Holz getäfelte Treppe nach oben.

»Ja, gleich.« Ich zögerte. Ein wenig wollte ich noch bei ihnen bleiben, jetzt, wo mein Vater uns gerade so schön herumführte.

Denn so großartig die Villa auch war – ein Gedanke drängte sich mir mit geradezu quälender Hartnäckigkeit auf: *Was soll ich die ganzen Sommerferien über in diesem Haus machen?*

Mein Bruder war damals ja bereits seit ein paar Wochen in der Stadt und kurz vor den Sommerferien noch in seiner neuen Schule eingeschult worden. Ich wusste, dass er auf Anhieb ein paar Jungen in seiner Klasse kennengelernt hatte, mit denen er sich gut verstand und für die Ferien schon verabredet hatte. Ich hingegen hatte meine Klasse noch in London beendet und sollte erst im September neu eingeschult werden. Das aber hieß, dass ich außer meiner Familie in Berlin niemanden kannte. Was also sollte ich sechs Wochen lang –

»Nun los, lauf schon, sieh dir dein Zimmer an!«

Noch einmal wollte ich mich nicht dagegen sträuben. Ich rannte zur Treppe und sprang die Stufen hinauf. Einen Grundriss hatten wir bereits vorher bekommen, so dass ich wusste, welches Zimmer meins war. Mit weit aufgerissenen

Augen betrat ich es. Es war ein wunderbar heller Raum, durch dessen Fenster ich fast den ganzen Garten überblicken konnte, sowie ein Stück der Straße, auf der wir mit dem Taxi gehalten hatten. Über eine große Glastür konnte ich sogar einen schmalen Balkon betreten, der nur zu meinem Zimmer gehörte.
Ich ging zur Balkontür und sah hinunter auf den Rasen, der sich fast wie ein Teppich vom Haus bis zum Pool am anderen Ende des Grundstücks ausbreitete. Meine Eltern und Hannah mussten unten durch eine der Gartentüren bereits hinausgetreten sein, denn ich konnte sie über das Gras schreiten sehen. Zugleich aber lag der Garten so im Schatten, dass ich sie für einen Moment – so dunkel war es dort, wo nicht die gleißende Sonne hinfiel – kaum richtig erkennen konnte.
Ich drehte mich um, schaute zurück in mein Zimmer – und zuckte zusammen. Braunschwarze Flecken. Im gleichen Moment hatte ich ihn in all seiner Widerwärtigkeit auch schon in der Nase. Den Geruch, der mich im Taxi fast wahnsinnig gemacht hatte, den Geruch nach Verdauung, Säure und tierischen Gasen, den Gestank nach Innereien und Ausscheidung. Bestimmt fünf schlammige Flecken zogen sich quer über den beigen Teppich, der in meinem Zimmer bereits ausgelegt war, bis zur Balkontür, vor der ich stand. Ich spürte, wie sich meine Halsmuskeln verkrampften. Vorsichtig, um sie nur ja nicht zu berühren, hob ich meine linke Sandale und sah mir die Sohle an. Sauber. Jetzt die rechte.
Da saß es.
Feucht. Glänzend. Zerquetscht.
Und zugleich schlug mir eine solche Wolke von dem Ge-

stank in die Nase, dass ich förmlich glaubte, mein Gesicht unfreiwillig, aber dadurch nicht weniger heftig in die fleckige Masse gedrückt zu haben. Instinktiv presste ich meinen rechten Oberarm vor Mund und Nase, fühlte, wie sich mein Magen zusammenzog und Säure meine Speiseröhre hinaufstieg. Ein Kribbeln überfiel mein Gesicht, und doch konnte ich den Blick nicht von der Masse lösen, in der ich jetzt glaubte, kleine Bläschen zu erkennen, die fast schimmerten wie Seifenblasen, leicht spritzend platzten und neue Stufen des Gestanks freigaben. Endlich hatte ich die Sandale vom Fuß gelöst und ließ sie, ohne sie noch einmal zu berühren, neben die Balkontür auf den Boden fallen. Dann rannte ich aus dem Zimmer, wobei ich peinlich genau darauf achtete, die schmierigen Flecken auf dem Teppich nicht zu betreten.
So war es, als wir am Rotkehlchensteig ankamen, der kleinen verwinkelten Straße, an der die Villa lag.
Und so begannen die Ferien.

»Hast du nicht schon die Bücher vom kommenden Schuljahr?«, meinte mein Vater zwei Tage später. Die verschmutzte Sandale und der Teppich waren längst gereinigt. Mein eigentliches Problem, was ich sechs Wochen lang allein zu Hause machen sollte, hatte sich jedoch nicht so schnell lösen lassen. »Es wäre vielleicht keine so schlechte Idee, wenn du dich auf den neuen Stoff ein wenig vorbereiten würdest.«
Klar, das konnte ich machen, und was ich außerdem tun wollte, war, mir aus der nahe gelegenen Stadtbibliothek stapelweise Romane auszuleihen und sie im Schatten der herrlichen Bäume zu lesen.

Ferien! War es nicht wunderbar? Worüber sollte ich mich beklagen?
Das Haus stand noch voller Kartons, die zum Teil noch nicht ausgepackt waren. Manchmal konnte ich Linus und seine Freunde hören, die bei geöffnetem Fenster oben in seinem Zimmer saßen und lachten. Dann wieder sah ich Hannah in einem weißen Sommerkleid über den Rasen gehen, oder ich hörte aus dem Seitenflügel des Hauses, dass mein Vater die Kopfhörer ausgestöpselt hatte und sich etwas über die Lautsprecher auf seinem Klavier vorspielte. Dunkle, aufbrausende Klänge, die zu der Filmmusik gehörten, an der er gerade arbeitete.
Meine Mutter war meist nicht zu Hause, sie verbrachte die Tage bis spätabends in der Stadt bei den Proben. Doch das kümmerte mich nicht. Ich sprang in meiner noch nassen Badehose in den lauwarmen Pool und hielt den Kopf so lange unter Wasser, wie ich konnte. Tauchte ich auf, und die unheimlichen Klänge meines Vaters drangen noch immer aus seinem Arbeitszimmer, drehte ich mich auf den Rücken, dass die Ohren unter Wasser lagen, und streckte nur den Mund zum Luftholen durch die Oberfläche nach oben.
Ein träger, heißer Sommer in Berlin würde das werden, dachte ich mir, ein Sommer im Garten und in den kühlen Räumen des noch ungewohnten Hauses.
Doch ich sollte mich täuschen. Der Sommer wurde nicht sonnig und verschlafen. Es wurde der Sommer des Fleischwolfs. Eines Fleischwolfs, der mich in seine Zähne bekommen und in sich hineingedreht hat. Hinein in seine stählerne Kehle und die Kerben, die das Fleisch zerhacken und zerschneiden.
Mein Fleisch.

Kennt ihr das? Das Gefühl, man würde sich blutig reißen, man würde aufgerieben werden, dass die Wunden vielleicht nie mehr heilen? Wenn die Augen aufgehen, so weit, wie man nie wusste, dass sie aufgehen können? Wenn man erlebt, wie das, was um einen herum geschieht, unwiederbringlich zerfleischt, was man einmal war? Das ist es, was in diesem Sommer geschehen ist, in diesem Sommer, der so träge und faul mit Sonne und Nachmittagen am Pool begann.

2

Es war der erste August, das werde ich nicht vergessen. Gut drei Wochen waren vergangen, seitdem wir in Berlin eingetroffen waren. Es war schwül. Das Gras schimmerte schon fast bräunlich, so heiß war es. Ich saß auf einer der Birken, die unweit vom Gartenteich auf der westlichen Seite des Grundstücks standen, und hatte von dort aus einen guten Überblick über das Gelände. Auf Bäume klettern? Das hatte es in London nicht gegeben. Hier aber stand das Grundstück voller Bäume, und wenn man sich einen der Korbstühle an einen Stamm stellte, gelangte man problemlos an die unteren Zweige. Weiter oben war es dann fast wie eine Leiter. Man konnte es sich auf einem der Äste bequem machen, den Vögeln zusehen und darüber nachdenken, wie hoch man noch klettern wollte, ohne zu riskieren, dass die ganze Krone abbrach.

Ich konnte ihn aus dem Haus kommen sehen, hinten aus der Tür, die auf die Sonnenterrasse führte. Er hatte bereits beim Frühstück sehr angespannt gewirkt, und als ich ihn jetzt über den Rasen gehen sah, hatte ich den Eindruck, er würde den Kopf tief zwischen die Schultern ziehen. Schon in den letzten Tagen war mir aufgefallen, dass meinem Vater der Umzug nach Berlin nicht gutgetan zu haben schien.

»Es ist nichts, mach dir keine Sorgen, Sammy«, meinte meine Mutter, als ich sie darauf angesprochen hatte, »dein Vater ... du kennst ihn doch. Es fällt ihm nicht immer leicht, die richtigen Noten zu finden. Sie haben ihn gebeten, die ganze Reihe zu vertonen, das sind, ich glaube, drei Filme. Und es sind keine einfachen Filme, weißt du?«

»Nicht? Wieso nicht, worum geht es in ihnen denn?«

Meine Mutter hatte mich angelächelt und mir liebevoll in die Augen gesehen. »Das willst du gar nicht wissen. Sie sind nichts für Kinder, ich habe sie mir selbst noch nicht angeschaut. Mir liegen solche Filme nicht.«

Ihr liegen solche Filme nicht.

Ich hatte mit dem Kopf auf meinem Kissen gelegen und zu ihr hochgesehen.

»Wenn du willst, spreche ich mit Papa, vielleicht zeigt er dir mal ein Stück.«

»Ja ... ja, vielleicht.« Ich war schon immer neugierig gewesen, die Streifen zu sehen, für die mein Vater die Filmmusik schrieb. Ab und zu zeigte er mir einen Abschnitt, gleich auf Video in seinem Arbeitszimmer, aber nur, wenn es sich um eine Teenagerkomödie handelte, oder um eine Romanze. In den letzten Jahren jedoch – das hatte schon in London begonnen – waren es eher düstere Filme gewesen, die sie ihm schickten.

»Er würde gern mal wieder für eine Komödie oder einen historischen Film arbeiten«, hatte meine Mutter mir an dem Abend am Bett erläutert, »aber manchmal ist es eben nicht so einfach, die besten Aufträge zu kriegen. Dann nimmt dein Vater, was er bekommen kann. Ihm ist es vor allem wichtig, dass er überhaupt arbeiten kann.«

Es waren nicht die großen Hollywoodblockbuster mit den berühmten Stars, für die er die Filmmusik schrieb, wie sie mir erklärte, es waren eher billige Produktionen, die unabhängig finanziert wurden, Filme, die nur auf Video herauskamen. Für die Produzenten dieser Filme aber war die Musik meines Vaters genau das, was sie suchten. Schwere, dunkle und unheimliche Musik, die ganze Welten, Schatten und Gestalten vor mein geistiges Auge zauberte, wenn ich sie gedämpft durch die Tür seines Arbeitszimmers kommen hörte.

Gebückt, er lief gebückt über den Rasen, gebückter noch vielleicht, als ich ihn jemals zuvor hatte laufen sehen. Schon beim Frühstück, ich erwähnte es ja, war mir aufgefallen, dass er gereizt und angestrengt gewirkt hatte. Bereits in den vergangenen Tagen, seitdem wir in Berlin waren und das Haus bezogen hatten, hatte ich bemerkt, dass sein Hals ein wenig krumm gewachsen zu sein schien, der Hals meines Vaters, eines Mannes, der sonst in seinem Auftreten immer etwas Beschwingtes, ja geradezu Leichtfüßiges gehabt hatte.

Nun wirkte er geduckt. Nicht übermäßig, nur ein wenig – und doch war es unverkennbar.

»Es ist wegen der Filme, die er vertonen soll«, hatte meine Mutter bei unserem Gespräch gesagt, »sie wollen … ich meine, dein Vater hat nicht immer Glück mit dem, was er macht.« Sie hatte einen Blick zur Tür geworfen, aber es war nur Linus gewesen, der an meinem Zimmer vorbei zum Bad gelaufen war. »Die Leute, die ihm seine Aufträge geben, wollen nicht immer so wie er. Aber das gibt sich bestimmt bald wieder, du wirst sehen.«

Ich schaute ihm nach. Er fuhr sich mit der Hand durch das ein wenig ausgewachsene Haar, das ihm in schweren Büscheln in die Stirn gefallen war. Schon hob ich den Arm, um ihn zu rufen, hielt mich dann aber doch zurück, denn ich wusste, dass er tagsüber meist nicht gestört werden wollte. »Tut mir leid, Sammy, es ist nicht deinetwegen«, das hatte er mir bereits mehrfach erklärt, »es ist die Arbeit. Ich stecke manchmal so in Gedanken, dass ich gar nicht so schnell umschalten kann. Das verstehst du doch, oder? Ich muss dann zusehen, dass ich mein Pensum schaffe, also das, was ich an einem Tag fertigbekommen muss. Und wenn ich mich einmal in eine Sequenz vertieft habe, will ich auf gar keinen Fall mehr abgelenkt werden. Ich weiß, du meinst es nicht böse, aber es kann schon störend sein, einfach reden zu müssen.« Er hatte geblinzelt, als er mir das sagte, und seine Augen hatten einen leicht abwesenden Ausdruck angenommen. Aber ich liebte es, ihm zuzuhören, wenn er mit mir über seine Arbeit sprach, über das Komponieren, das mir vorkam wie eine Geheimwissenschaft.

»Das kann nur dein Vater«, sagte meine Mutter dazu, »er sieht die Klänge wie Landschaften vor sich. Er muss sie nur noch aufschreiben, so schnell, wie er kann. Bevor sich diese Landschaften aus Träumen und Phantasien verflüchtigen wie Wolkenscharen, die verfliegen, wenn ein kräftiger Windstoß hineinfährt.«

Normalerweise kam es gar nicht dazu, dass mein Vater und

ich aneinandergerieten, normalerweise war ich tagsüber, wenn er arbeitete, in der Schule. Am späteren Nachmittag dann, wenn ich zu Hause war, hatte ich meist den Eindruck, dass er nicht mehr so angespannt war. Aber hier in Berlin war alles anders, hier in Berlin waren Sommerferien, die Schule würde erst in ein paar Wochen beginnen, hier in Berlin war ich den ganzen Tag über zu Hause – und er auch.

Mein Vater schritt über den Rasen, ohne sich umzusehen. Ich ließ die Hand sinken. Besser nicht stören. Was hätte ich ihm auch sagen sollen? »Papa, hier! Hier oben!« Ich wusste doch, wie er mich ansehen würde. »Nimm's mir nicht übel, Sam, aber ich habe leider gerade gar keine Zeit für so was.«

Wofür aber dann?

Ich klemmte meine Füße unterhalb des Astes übereinander, um mich besser umdrehen zu können, und sah ihm nach. Er lief quer über den Rasenplatz, der südlich vom Haupthaus angelegt war, und bog in eine schmale Heckenallee ein, die in den hinteren Bereich des Gartens führte. Der Rosengarten, das kleine Buchsbaumlabyrinth, das Beet mit den Kräutern ... jenseits der mannshohen Hecke, hinter deren Zweigen ich ihn gerade verschwinden sah, lagen einige der verwunschensten Ecken des weitläufigen Gartens, der zu der Villa gehörte.

Musst du denn nicht an deinem Schreibtisch sitzen, Papa?

Ich liebte meinen Vater. Ich liebte es, wenn er mich ansah, ich liebte es, wenn er mich anlächelte, wenn er mich ansprach, wenn er mich etwas fragte und ich an seinen Augen ablesen konnte, wie sehr er sich über mich freute. Ich liebte eigentlich alles an ihm, ich liebte es sogar, wenn er mir zu erklären versuchte, warum er gerade keine Zeit für mich

hatte. Alles, was er machte, war spannend, sinnvoll und bedeutsam, es schien fast etwas Magisches von ihm auszugehen, das nie deutlicher war, als wenn ich die Musik aus seinem Zimmer quellen hörte.
Langeweile. Und Neugierde. Das war es, was mich antrieb, als ich mich von dem Ast, auf dem ich saß, herunterschwang, am Stamm der Birke herunterrutschte und schräg über den Rasen zu der Hecke lief, hinter der er kurz vorher verschwunden war.
Augenblicke später konnte ich seinen dunklen Pullover am Ende des Heckengangs sehen, dann hatte mein Vater die kleine Hütte erreicht, an der die Hecke mündete. Ich ging hinter einem Busch in Deckung und spähte zwischen den Zweigen hindurch. Nie zuvor hatte ich ihn bei dieser Hütte gesehen. Ich kannte den verwitterten Verschlag natürlich, hatte auch schon versucht, durch das verschmutzte Fenster hineinzusehen, da das Innere jedoch ständig im Dunkeln lag, nichts erkennen können. Die Tür war immer abgeschlossen gewesen, deshalb hatte ich die Hütte bisher nie betreten. Gebannt beobachtete ich, wie mein Vater einen Schlüssel aus seiner Hosentasche holte und die Tür damit aufsperrte. Kurz darauf zog er sie von innen wieder hinter sich zu. Mit angehaltenem Atem lauschte ich. Aber es knackte nicht noch einmal. Abgeschlossen schien er die Tür von innen nicht mehr zu haben.
Er legt sich in dieser Hütte auf eine Pritsche, spukte es mir durch den Kopf, *seine Augen tasten die Dunkelheit ab, er kann sich dort besser konzentrieren. Oder? Er ist an eine schwierige Stelle gelangt, es fällt ihm schwer, die rechten Noten zu finden!* Ich sah einen Schatten von innen an dem schmutzigen Fenster vorbeigleiten. *Dort in der Hütte ist er*

den Schatten und Abgründen, die er in seiner Musik einfangen soll, einfach näher!

Während die Gedanken, ohne sich zu verfestigen, diffus durch meinen Kopf tanzten, hatte ich meine Position hinter dem Busch aufgegeben und war bis zur Hütte geschlichen. Durch das Fenster zu spähen, wagte ich nicht. Von außen konnte man zwar nicht hineinsehen, von innen aber musste man es doch bemerken, wenn sich ein Kopf vor die Scheibe schob.

Ich kauerte vor der Tür auf dem Boden und legte ein Ohr an das Holz. Und wenn er die Tür jetzt aufstieß? Wie jämmerlich würde ich zu ihm aufsehen? Aber ich hatte doch nichts getan! *Ich hab dich hierherkommen sehen, Papa, ich wollte nur schauen, was du machst.*

Das … war doch nicht verboten! Er hatte ja nicht gesagt, dass ich ihm nicht folgen durfte. Er hatte mich beim Frühstück doch kaum eines Blickes gewürdigt, ja kaum wahrgenommen. *Bitte, Papa, nicht, ich hab doch nichts Böses gewollt, ich wollte nur sehen, was du hier machst!*

Und doch wusste ich es genau, spürte es mit jeder Faser meines Körpers. Ich hatte ihn so noch nie laufen gesehen, ich hatte ihn so noch nie schauen gesehen. Ich wusste, dass er mich nicht hier haben wollte. War es das, was mich umso mehr an dieser Tür hielt, der Grund, warum ich von ihr nicht abrückte? Der Grund, warum ich minutenlang davor hockte, die Klinke in der Hand, den mageren Oberkörper gegen das Holz gepresst? Es kam mir so vor, als könnte ich ihn atmen hören, gleich hinter der dünnen Pforte, schwer atmen, auf der Suche nach dem, was er brauchte, nach den richtigen Tönen, den richtigen Ideen, den richtigen Eingebungen. Und mit einem Mal war es mir so klar, als könnte

ich durch die alte Holztür hindurchsehen wie durch Glas. Er war nicht mehr dort. Hinter der Tür. In der Hütte.
Es riss mich förmlich auf die Beine. Mit hastigen Schritten eilte ich um den Verschlag herum. Das verschmutzte Fenster. Die von Efeu überwachsenen Mauern. Die Holztür, an der ich gekauert hatte. Außer dem Fenster und der Tür führte kein Weg nach draußen – aber weder durch das eine noch durch die andere hatte er die Hütte verlassen.
Im nächsten Moment drückte ich die Klinke vorsichtig herunter und zog die Tür geräuschlos auf. Ich sah, wie mein Schatten von dem Licht ausgeschnitten wurde, das in das Innere der Hütte fiel.
Gerätschaften. Spinnweben. Eine Holzkiste mit Kohlen. Und im sandigen Boden eine Falltür, die in die Tiefe führte. Sonst nichts.
Die Hütte war leer.

3

Die Falltür im Boden der Hütte war aus massiven Holzbalken gezimmert. So robust, dass man sich ohne Bedenken daraufstellen konnte. Aber ich wollte mich nicht daraufstellen. Mein Vater musste durch sie hindurch verschwunden sein. Es gab sonst keine andere Möglichkeit. Ich wuchtete die Falltür hoch und musste mich mit meinem ganzen Körper dagegenstemmen, um sie vollständig aufzubekommen. Ein schwarzer, kreisrunder

Schacht führte darunter in die Tiefe, erhellt nur am obersten Ende von dem Licht, das durch Fenster und Tür in die Hütte fiel. Der Boden war nicht zu erkennen. In die Klinkerbausteine jedoch, aus denen der Schacht gemauert war, waren rostige Eisenstufen eingelassen.

Ich zögerte nicht lange. Rufen wollte ich ihn nicht. Hören konnte ich auch nichts. Wie lange hatte ich vor der Tür des Schuppens gekauert? Ich schwang ein Bein in den Schacht und hielt mich am Rand fest. Mit dem anderen Fuß tastete ich in die Tiefe, bekam die nächste Eisenstufe mit der Sohle meiner Sandale zu fassen. Verlagerte mein Gewicht und schauderte, als mein Kopf unter den oberen Rand des Lochs tauchte.

Es waren vielleicht drei oder vier Meter, die der Schacht in die Tiefe führte. Hinab in einen Tunnel, der waagerecht verlief und von dem der Schacht, den ich hinabgeklettert war, senkrecht nach oben wie ein Schornstein abging. Meine Augen hatten sich ein wenig an die Dunkelheit gewöhnt, und ich konnte Staubpartikel in dem schwachen, weißen Licht tanzen sehen, das durch den Schacht von oben einfiel. Der Tunnel war trocken, roch nur ein wenig modrig, aber nicht allzu durchdringend. Vorsichtig tastete ich mich ein paar Schritte in der Dunkelheit vorwärts.

Papa?

Ich drehte mich um. Von meinem Vater war nichts zu sehen. In dieser Richtung jedoch konnte ich einen matten Schein erkennen, der weiter hinten im Tunnel schwamm. Ich beschloss, erst einmal dorthin zu gehen. Als ich das Licht erreicht hatte, stellte ich fest, dass es von einer Neonröhre herrührte, die leise knisternd vor sich hin summte und in einem Seitentunnel angebracht war.

Ich hatte schon davon gehört, dass Berlin zum Teil noch von den Luftschutzanlagen aus dem Zweiten Weltkrieg durchzogen war. Zu Hunderttausenden hatten die Berliner in den Stollen Schutz gesucht, während die Bomber der Alliierten die Gebäude über ihnen in Schutt und Asche legten. Der Tunnel, den ich von der Neonröhre erhellt sah, schien jedoch jünger zu sein, jünger als der Klinkersteinschacht, den ich hinabgeklettert war, und jünger, viel jünger auch als unsere Villa. Statt aus Steinen gemauert, war dieser Stollen aus Beton gegossen und wirkte eher wie ein Relikt aus dem Kalten Krieg als aus dem Zweiten Weltkrieg.
In der feuchtkühlen Luft leicht fröstelnd, schritt ich den Tunnel entlang. *Ein ganzes System, es ist ein ganzes System von Stollen, Nischen und Gängen*, ging es mir durch den Kopf. *Eine Stadt. Eine unterirdische Stadt.* Da sah ich eine Stahltür, die wenige Schritte vor mir aus dem Tunnel herausführte. Ich blieb vor ihr stehen. Matt schimmerte das Metall in dem Licht der Neonröhre, die keine zwanzig Schritte hinter mir knisterte.
Es war eine vollkommen verstaubte und ebenso vollkommen eingerichtete Bowlinghalle, die ich hinter der Tür entdeckte. Komplett mit vier Bahnen und einer Galerie, von der aus man einen Blick über die ganze Anlage hatte. Eine Lounge-Ecke, in der Sessel um einen geschwungenen Tisch herumstanden, Metallwagen, auf denen die schweren Kugeln lagen, eine Theke im Hintergrund. Eine Anlage original im Stil der fünfziger Jahre. Nierentische. Flamingofarbene Stoffe. Verchromte Barhocker.
Ich strich mit einem Finger über die Theke, hinter der auf einem Glasregal Flaschen aufgebaut waren. Gefüllte Flaschen, seit Jahren nicht mehr geöffnet. Für einen Moment

glaubte ich das Stimmengemurmel der Menschen hören zu können, die einst hier gespielt haben mussten, die Partylaune, die geherrscht haben musste, ja, fast glaubte ich, den Zigarettenrauch noch in der Luft riechen zu können, die Miniröcke der Mädchen zu sehen, die Schmalztollen der jungen Männer. Berlin, die Stadt der Amerikaner.
Das hatte sogar ich bereits mitbekommen, dass die Stadt nach dem Krieg in Zonen aufgeteilt worden war. Und den Südwesten, in dem unsere Villa lag, hatten die Amerikaner sich geschnappt, die von den Berlinern geliebt wurden, weil sie gutgelaunt waren und freundlich. Im Südwesten hatten sie sich in die Villen einquartiert, ihre Kasernen hochgezogen, im Südwesten waren sie mit ihren Jeeps und Militärfahrzeugen über die alten Berliner Alleen gefahren.
Ich stand hinter der Theke und hatte ein gedrungenes Glas mit dicken Wänden vor mich hingestellt, eine quadratische Flasche in der Hand. Das Knirschen des Schraubverschlusses. Ich hielt mir die Öffnung der Flasche unter die Nase. Ein herber, scharfer Geruch, aber nicht unangenehm. Whisky.
Wein hatte ich bei meinen Eltern schon mal gekostet, Bier sowieso, Whisky noch nie. Ich goss mir einen Schluck ein, schnupperte an dem Glas. Gleichzeitig fiel mein Blick auf ein Brett, das unter der Theke angebracht war und auf dem ein alter Plattenspieler stand. Erst jetzt bemerkte ich, dass es in der Bowlinghalle nicht so dunkel war wie in dem Tunnel. Dicht unter der Decke befanden sich langgestreckte Schlitze, die oberhalb des Erdbodens lagen und durch die das Licht fiel, das die Halle erhellte. Die Schlitze waren so schmal, dass sie mir, obwohl ich ja bereits seit Wochen über das Grundstück gestromert war, bisher nicht aufgefallen

waren. Wahrscheinlich lagen sie hinter der Garage, oder jenseits des Pools in einem Teil des Gartens, den ich bislang noch nicht erkundet hatte. Ich beschloss, dass ich gezielt einmal nach den Lichtschlitzen suchen wollte, wenn ich wieder oben war. Dann lagen meine Lippen an dem Glas, und ich probierte einen Tropfen von dem Whisky. Würzig schoss mir die warme Flüssigkeit in den Mund. Ich schluckte herunter und hob den Deckel des Plattenspielers hoch, den ich auf dem Brett unter der Theke entdeckt hatte. Wieder diese asymmetrischen Formen mit den abgerundeten Ecken. Flamingofarben und beige. Eine Schallplatte lag auf. Ich drehte sie so, dass ich die Schrift in der Mitte lesen konnte.

Elvis, All Things Are Possible, Las Vegas 1971.

Ich hob den Tonarm und schob ihn nach vorn. Nichts. Ich schwenkte ihn nach hinten, und es klickte. Ganz langsam begann sich die Platte auf dem Teller zu drehen. Behutsam senkte ich den Tonarm auf das schwarze Vinyl.

»But Daddy was a lazy …«

Es war Elvis Presley, seine Band schepperte im Hintergrund. »… working on the chain-gang …«

Die Bläser, das Klatschen, Rock 'n' Roll. Er spielte in Las Vegas, aber plötzlich stand er hier in der Halle, fast schien es, als würde ein kleiner Elvis in seiner schwarzen Glitzeruniform auf der Theke tanzen. Ich nippte an meinem Glas und sah der Schrift auf der Platte dabei zu, wie sie sich im Kreis drehte. Trank noch einen Schluck. Und musste husten.

»Thank you.« Cool. Wie er das sagte. »*Thank you.*« Ganz kurz, ohne viel Aufhebens, aber doch … man hatte das Gefühl, er würde sich wirklich bedanken. »Thank you.«

Schon begann das nächste Lied. Ein Chor, ein Stimmenchor, und über den anderen Stimmen die von Elvis: »All things are possible …«
Ein seltsames Gefühl von Traurigkeit saß in dieser Musik. Ich starrte auf die Plattenhülle, die neben dem Apparat auf dem Brett stand. Elvis in seinem schwarzen Kostüm, ein Ausfallschritt nach vorn, das Mikrofon an den Mund geschoben, die Augen geschlossen. Das klang anders als die Musik, die ich aus dem Radio kannte. Natürlich wusste ich, dass Elvis auf irgendeine unschöne Weise vor langer Zeit gestorben war. War es das, was man in dieser Musik hörte? Dass er sein Leben in jeden dieser Songs gesteckt hatte? Ein paar hundert oder tausend Mal, wie oft er sie eben gesungen hatte – und dann war von seinem Leben nichts mehr übrig gewesen? Oder war es der Whisky, der mir zu Kopf zu steigen begann?
Abrupt wandte ich mich von dem Plattenspieler ab und kam hinter der Theke hervor. Mein Blick schweifte über den Wagen, auf dem die dunkelroten und blauen Kugeln aufgereiht waren, blieb an den Bowlingbahnen hängen. Es waren keine Kegel aufgestellt. Ich trat auf die Dielen der linken, äußersten Bahn und lief bis zu ihrem Ende durch. Dort, hinter der Bahn, lagen die Kegel in wildem Durcheinander auf dem Boden. Weiß, umgestoßen, und schwer, wie ich bemerkte, als ich zwei von ihnen hochnahm und aufstellte.
Elvis sang im Hintergrund. Der kleine Plattenspieler schaffte es kaum, die Bowlinghalle mit Tönen zu füllen. Aber Elvis legte sich voll in seine Musik: »Then sings my soul …« Der Chorus im Hintergrund, die Trompeten. »Thank you, thank you.« Er stieß das hervor, presste das

hervor, schenkte einem den Song, drei, vier Minuten, länger dauerte es nicht, da hieß es schon wieder: »Thank you«. »Thank you, *meine Zeit läuft ab.*«
Ich hatte die übrigen Kegel aufgestellt und war an den Anfang der Bahn zurückgekehrt. In der Hand, die Finger in die Öffnungen gefädelt, eine dunkelrote, schwere Bowlingkugel. Mit Karacho schlug sie auf die glattgescheuerten Dielenbretter und holperte über den Staub und die Körnchen, die sich über die Jahre dort abgelagert hatten. Ich hatte sie vollkommen falsch geworfen, sie kam ins Trudeln, taumelte in die Seitenrinne, und lief an den Kegeln vorbei ins Aus. Ich drehte mich um und holte mir die nächste Kugel vom Wagen. Auch diese schlug schwer auf die Bahn, rollte diesmal aber schon besser nach hinten durch, rumpelte gegen den äußersten Kegel, riss ihn um, und krachte in den Hohlraum am Ende der Bretter. Nächste Kugel. Ich schielte zu dem Glas, das ich auf der Theke abgestellt hatte, und spürte ein warmes Kreiseln. Nachher würde es Abendessen geben, ich musste mir unbedingt vorher den Mund spülen. Und morgen musste ich Linus die Anlage zeigen.
»Something in the way she moves …«
Sie war so *alt*, die Musik war so alt. Ich trank den Rest aus dem Glas – ein größerer Schluck, als ich eigentlich beabsichtigt hatte – und trat entschlossen zurück an die Bahn.
»Komm schon!« Ich zischte die Worte richtig zwischen den Zähnen hervor. Während meine ersten beiden Würfe noch zaghaft gewesen waren, nur Probeschüsse, schleuderte ich diese Kugel jetzt mit aller Kraft von mir. So heftig, dass ich fast hinterhergestürzt wäre. Sie taumelte nicht mehr über die Bretter, sie schoss dahin, wie magisch von

den Kegeln angezogen, hüpfte und sprang und knallte mitten zwischen die weißen Bolzen, riss sie um, dass es schepperte und krachte, fast schien sie sie in Stücke zu fetzen, so flogen die Holzzapfen von der Bahn.
»STRIKE! Linus, das musst du mir erst mal nachmachen!«
Voller Begeisterung rannte ich über die Bahn, um die Kegel neu aufzustellen. Die Bretter polterten unter dem Tritt meiner Sandalen. Oder?
Ich blieb stehen, eher verblüfft als beunruhigt. Legte den Kopf ein wenig auf die Seite.
Elvis schnurrte im Hintergrund weiter. Das Scheppern, mit dem die Kugel in die Kegel gefahren war, schien noch in der Halle zu hängen. Und noch etwas.
Da!
Da war es wieder.
Ein hohles Klingen. Klopfen. Metallisch. Hallend. Gedämpft.
Poch, poch, poch.
Ich atmete flach.
»Say the things we used to say …«
Poch, poch, poch.
Ich schüttelte den Kopf.
»Thank you.«
Ich sprang über die Bahn wieder zurück, hinter die Theke, an den Plattenspieler und hob den Tonarm hoch, mitten im Lied. »Treat me like a fool –«
Stille.
Poch, poch, poch.
Was war das? Es war ein Klopfen. Natürlich, jemand klopfte.
Aber …

Ich spürte, wie mir das ungewohnte Getränk bitter aufstieß. Die Kugel, die Kegel, die Bretter, die Halle.
Poch, poch, poch.
Zuerst war es nicht zu hören gewesen, dessen war ich mir vollkommen sicher. Erst jetzt, nachdem meine Kugel in die Kegel geknallt war. Ich warf einen Blick zu der Stahltür, durch die ich die Halle betreten hatte. Dann zur Decke, dort verliefen Leitungen und Rohre, aber so hoch, dass ich an keine der Metallverkleidungen mein Ohr legen konnte. Stille. Nichts.
Wie lange war ich schon hier unten? Eine Stunde? Fast.
Ich lief zu der Tür, die aus der Halle herausführte. Jenseits des Scheins der Neonröhre verloren sich die Schläuche und Verschalungen an der Decke in der Dunkelheit des Tunnels. Plötzlich spürte ich einen kühlen Hauch, einen leichten Windzug an meiner Wade, als ob irgendwo eine Tür oder eine Klappe oder Luke aufgegangen wäre. Und im gleichen Moment hatte ich den Eindruck, noch jemand würde sich in dem Tunnel befinden. Noch *etwas*.
Ich musste rasch zweimal keuchen, so überrumpelt war ich von der Gewissheit, *gesehen* zu werden. Beobachtet, aus dem Dunkeln des Tunnels heraus. Ich kniff die Augen zusammen und glaubte, einen schwarzen Schatten durch die Dunkelheit gleiten zu sehen. Und dann sah ich ihn wirklich.
Den Hund.
Groß wie ein Kalb. Schwarz wie ein Panther. Mit einem majestätischen Kopf, traurigen Augen und Beinen, die wirkten, als stünde er auf Stelzen. Ich kannte mich mit Hunderassen nicht so gut aus, aber das war eine Dogge, das wusste selbst ich. Das Tier stand an einem Mauervorsprung,

der das Licht der Neonröhre ein wenig abschirmte, und sah zu mir herüber.

Wenn der Hund auf mich zusetzt, die Gedanken überschlugen sich in meinem Kopf, und mein T-Shirt klebte klatschnass am Rücken, *wenn er auf mich zusetzt, dann … Wegrennen hat keinen Sinn! Ich muss die Arme hochreißen, Hauptsache, er erwischt mich nicht im Gesicht.*

Schemenhaft konnte ich im Dunkeln erkennen, dass das Tier ein Hundehalsband trug.

Er gehört hier in die Nachbarschaft, beschwor ich mich, während ich vorsichtig einen Schritt nach dem anderen rückwärts machte. Meine Hand tastete an der Mauer entlang, und ich ließ den Hund nicht aus den Augen.

Alles in Ordnung, Wauwau, alles in Ordnung, Sammy, ihr kennt euch nur nicht, das ist kein Problem. Gleichzeitig war mir klar, dass ich dabei war, tiefer in den Tunnel hineinzugehen. Das Tier stand zwischen mir und dem Schacht, der wieder nach oben führte, es schnitt mir praktisch den Weg ab.

Bestimmt eine Minute lang schaute der Hund zu mir, als ob er Witterung aufnehmen würde. Dann lief ein Zittern durch seinen muskulösen Körper, er zuckte mit dem Kopf und drehte sich um. Ich hörte seine Pfoten über den Boden klicken und beobachtete, wie er mit eleganten, fast zeitlupenartigen Sätzen von mir weg an der Neonröhre vorbeilief, unter dem Schacht nach oben hindurch, und im Dunkeln des jenseitigen Tunnelendes verschwand.

Ich holte Luft. Eine Dogge. Völlig harmlos. Wahrscheinlich gab es in den Stollen hier unten irgendwo eine Luke, die sich in einem der Nachbargärten öffnete und durch die der Hund hindurchgekommen war. Kein Grund zur Sorge.

Er hatte ja noch nicht einmal geknurrt. Vielleicht, dachte ich jetzt, wo er fort war, könnte ich mich sogar mit ihm anfreunden. Mit so einem riesigen Hund würden sich die endlosen Sommertage sicher rasch herumbringen lassen. Hatte er das Geräusch gemacht, das mir in der Bowlinghalle aufgefallen war? *Poch, poch, poch.* Mit seinen Tatzen?
Und dann fiel mir wieder ein, was mich dazu gebracht hatte, mich hier unten herumzutreiben.
Wo ist er? Wo ist mein Vater?
Ich schaute in die Richtung, in die ich rückwärts vor dem Hund zurückgewichen war. Das trübe Flackern der Neonröhre reichte in den düsteren Schlund vor mir nur als kleine Lichtpfütze inmitten einer kreisrunden Lache von Schwärze.
Es hatte keinen Sinn. Ich konnte in ein Loch stürzen, mich sonst wie verletzen. Hier unten würden sie mich nicht so schnell finden. Es war höchste Zeit, dass ich umkehrte.
Entschlossen trat ich den Rückzug an. Richtung Luft. Richtung Licht. Wieder mit der Hand an der Mauer entlangtastend, vorsichtig einen Schritt vor den anderen setzend.

4

Es war eine Wölbung, eine Rundung, aber kein Mauervorsprung. Nein, eine metallische Ausbuchtung. Meine Hand war auf dem Weg zurück zur Neonröhre darüber gestrichen. Auf dem Hinweg hatte ich die Ausbuchtung nicht bemerkt, aber da hatte ich ja auch die Mauer auf der anderen Seite berührt.

Vorsichtig fuhr ich mit den Fingern über die Rundung. Jetzt, wo ich mich ganz darauf konzentrierte, konnte ich fühlen, dass sich so etwas wie ein Plättchen in ihrem Zentrum befand. Ein Plättchen, das oben eine Verlängerung hatte und durch einen feinen Stift auf der Kuppe der Ausbuchtung befestigt war.

Ich berührte es, und es klickte. Ganz leise, ganz fein. Aber es hatte sich bewegt. Behutsam stieß ich seitlich mit dem Finger dagegen. Der Stift hielt es fest, das Plättchen selbst aber verrutschte um eine Winzigkeit zur Seite. Ich schob den Finger weiter, es ruckte zur Seite mit, und dann brach ein Lichtstrahl aus dem Zentrum der Ausbuchtung heraus, durchschnitt weiß und fahl das Dunkel des Tunnels, landete auf meinem Gesicht.

Ich hielt den Atem an. Ein leichter Lufthauch war zu spüren, der aus der Öffnung herausdrang. Ein oder zwei Zentimeter vielleicht, viel größer war der Durchmesser der Öffnung nicht, aber doch groß genug, um es zu versuchen. Ich verengte mein Auge zu einem Schlitz und brachte es genau in den Lichtkegel, der aus der Öffnung herausfiel.

Das Erste, was mir auffiel, war der Geruch, der aus der Öffnung strömte, ein Geruch, der etwas Frisches, Lebendiges

an sich hatte. Ein Geruch, der nicht abstoßend war und zugleich doch falsch. Er gehörte nicht hierher, nicht in diesen Staub hier unten, nicht in diese Finsternis.
Langsam gewöhnte sich mein Auge an das Licht. Rosa. Was ich auf der anderen Seite sah, war rosa, beige, *Haut*.
»He!« Ich flüsterte. Jetzt hatte es zu stampfen begonnen, mein Herz in der Brust. »He!«
Es war eine Hand.
Was ich auf der anderen Seite sah, war eine Hand. Sie bewegte sich, die Hand bewegte sich, und ein Schlitz tauchte auf, der Schlitz zwischen den Fingern.
»Wer bist du, hörst du mich?« Ich flüsterte.
Und hörte mit einem Mal wie zur Antwort eine Flut von Lauten. Die helle Stimme eines Mädchens, kristallin, hoch, gepresst. Ein Schwall von Lauten, ein Flüstern, ein Wispern, hastig und wie gejagt hervorgestoßen, ein Schwall von Lauten, die ich nicht verstand, die aber so lieblich, so fein und so unschuldig klangen, dass ich nicht anders konnte. Ich schob meinen Zeigefinger in die Öffnung. Es war kein Glas davor, ich konnte meinen Finger glatt hindurchstecken, und spürte, wie ich sie berührte, wie die Handfläche zuckte, als ich sie berührte, wie das Mädchen für einen Moment zu erstarren schien, die Hand dann von der Öffnung wegrutschte und ich nichts sah als Schwarz. Schwarze Haare.
»Heee!« Ich war vollkommen durcheinander. »Ich … verstehst du mich? Kannst du mich hören?«
Die Haare bewegten sich, sie trat einen Schritt zurück, und ich sah ihr Gesicht in der winzigen Öffnung auftauchen. Sie war jung, zwar älter als ich, aber nicht älter als fünfzehn, schätzte ich. Ein Gesicht wie das einer Porzellanpuppe, die Augen einer Asiatin, einer Japanerin, Chinesin oder

Koreanerin vielleicht, mandelförmig, schwarz, aufgerissen, die Nase ein Stups, die Hand auf den Mund gepresst. Unter der Hand drangen die Laute hervor, die sie ausstieß, aber ich konnte sie nicht verstehen.

»Was …?« Ich konnte sie sehen, sie mich aber kaum, denn mein Auge war ja dicht vor der Öffnung. Ich zog den Kopf etwas zurück, um ihr mein Gesicht zu zeigen, aber da war es, als würde das Schwarz des Tunnels über der winzigen Öffnung zusammenschlagen, und statt durch das Löchlein hindurchzusehen, nahm ich nur noch einen hellen Fleck inmitten der Finsternis wahr.

Rasch brachte ich meine Pupille wieder vor den Lichtpunkt, blinzelte, und sah sie gerade hinter der Öffnung stehen, die winzige Hand auf dem Mund, die tiefschwarzen Augen aufgerissen. Ich konnte es ihr ansehen. Es war nicht in Ordnung. Nichts war in Ordnung.

»Gibt es eine Tür, kannst du mich reinlassen?«

Augen. Groß. Schwarz. Tränen.

»Eine Tür? Kann ich dir helfen?«

Kopfschütteln.

»Du willst raus, oder?«

Starren. Es war ein weißer Teddy, den sie mit der anderen Hand umklammerte und an ihre Wange drückte. Ein Teddy, den ich … hatte ich ihn schon einmal gesehen?

Ein gepresstes Geräusch wie ein Wimmern.

Sie war vollkommen verstört. Sie war nicht bei sich. Ihre Augen wanderten.

»Ich hole Hilfe, okay? Ich … warte, es geht ganz schnell, ich hole Hilfe.«

Es war wie ein Kopfschmerz, der mich durchfuhr. *Ich hole Hilfe … aber …* ich konnte keinen klaren Gedanken fassen.

»Mein Vater, ich hole meinen Vater. My daddy, he will –«
»AAAAAAAARRGGGGGH!«, es war ein spitzer Stachel, ihr Schrei wie eine Klinge, die sich zwischen meine Augen bohrte. Ich spürte, wie mein Herz stolperte und mir der Schweiß in den Achselhöhlen ausbrach.
»NO! NOOOOO!«, sie hatte einen Schritt wieder an das Guckloch gemacht. »NO, DADDY, NO!«, sie musste beide Hände rechts und links von dem Guckloch gegen die Wand gestemmt haben. Ihr Mund war jetzt dicht an dem Loch, ich konnte ihre Zähne sehen, ich konnte sie riechen. »NOOOOOOOOOOOOO!«
»Bitte beruhige dich –«
»DADDY, NOOOOO!«
Sie sprang wieder zurück, den Teddy an sich gepresst, und ich sah, wie sie außer sich stand. Ihr Gesicht schien verrutscht zu sein, die Augen hatten sich gegeneinander verschoben, der Mund war eine schräge Wunde, das Haar stand ab. Ihre Finger hatten sich Stacheln gleich in den Teddy gebohrt. Abrupt hielt sie inne, fuhr herum, starrte hinter sich, dass ich ihren Rücken sah, als hätte sie etwas gehört. Stille, für einen Moment war es vollkommen still.
Dann drehte sie sich wieder zu mir um.
»Nonononono«, wisperte sie, trat an das Loch wieder heran, streckte jetzt einen Finger hindurch, und ich sah ihr großes schwarzes Auge, das mich über den Finger hinweg ansah. Ohne nachzudenken, streckte ich meinen Finger zu ihrem in den kleinen Tunnel und spürte, wie wir uns berührten.
»Nonono!«
»Okay, nicht, bitte nur nicht so schreien«, ich hatte Angst, wenn ich noch etwas sagte, würde sie auseinanderfallen, so

zerbrechlich wirkte sie, so zerrissen, so dem Tode nahe gerückt.
Sie nickte mir zu, schien meinen Blick halten zu wollen, bewegte sich dann etwas von dem Guckloch zurück.
»Nonono!«
»Neinneinnein, okay!«
Ich sah, wie sie mit dem Kopf nach hinten deutete, als wollte sie meine Aufmerksamkeit auf etwas lenken, und erkannte erst jetzt einen Vorhang, der dort hinter ihr angebracht war. Ein schwerer, dicker roter Vorhang aus Gummi.
»Hm?«, sie sah mich fragend an.
Hm – was?
»Hm?«
»Ja … ja, was denn?«
Sie nickte wieder und trat zurück, den Blick in meinen gesenkt, wie um Entschuldigung bittend. *Willst du es wirklich?* Das war es, was ich dachte, das sie mir sagen wollte: *Willst du das wirklich sehen?*
Und dann, bevor ich noch etwas sagen konnte, zog sie den Vorhang beiseite.
Es war wie ein Blitz, der mich traf. Mein Blick ging an ihr vorbei in die Nische, die jetzt von dem Vorhang entblößt war, in die Kälte und Nacktheit der Nische, zu dem Werkzeug, dem Stahl, dem Gummi, den Schläuchen und Klammern. Ich weiß noch, dass es war, als ob die Mauer, an die ich mich gepresst hatte, mir eine geballte Faust in die Magengrube rammen würde. Ihr Gesicht, das Gesicht des Mädchens, war jetzt nass von Tränen, es war wie eine Pfütze, es war auseinandergeflossen. *Kannst du es sehen?*, schien ihr Blick mir sagen zu wollen, *das ist es, das ist die Wahrheit.*

Meine Wangen glühten, die Gedanken schwirrten, es waren keine Sätze mehr, die durch meinen Kopf jagten, keine Entschlüsse, keine auch noch so hastigen Überlegungen. Es waren Fackeln, die durch mich hindurchbrannten. Elf Jahre war ich alt, und es war, als hätte mir jemand mit einem Beil in die Seele gehackt.
Dann ließ sie den Vorhang zurückfallen. Ihr Kopf hing, die schwarzen Haare bedeckten ihr Gesicht, ich hörte sie weinen, sah ihre Schultern zucken. Und plötzlich wurde der Lichtstrahl abgeschnitten wie mit dem Messer. Sie hatte ihre Hand wieder auf das Loch gelegt, so daraufgepresst, dass kein Licht mehr daraus hervordrang.

5

Ich kam zu spät zum Abendessen. Mit fliegenden Händen hatte ich mir im Bad die Zähne geputzt, um den durchdringenden Whiskygeruch aus meinem Mund zu vertreiben. Als ich endlich das große Esszimmer betrat, das direkt neben dem Wohnzimmer im Hochparterre lag, hatten sich die anderen bereits um den Tisch versammelt. Meine Mutter allerdings war nicht dabei, wie so oft war sie am Abend in der Stadt geblieben, weil die Proben länger dauern sollten. Aber Hannah war da, Linus war da. Und mein Vater. Düster. Zittrig. Mit tiefen Ringen unter den Augen.
Ich war vollkommen verstört. Die Gedanken sprangen in meinem Schädel herum wie aufgescheuchte Kaninchen.

Kaum wagte ich es, zu meinem Vater zu sehen.
»DADDY, NOOOOO …!«
Jedes Mal, wenn mir ihr Schrei durch den Kopf schnitt, spürte ich, wie mein Herz zu pochen begann, zu rattern, zu springen, als wolle es explodieren.
»Was soll das, ich bin fünfzehn, Papa, was meinst du, was meine Freunde machen!« Linus war aufgebracht, ich hatte seine Stimme schon auf dem Flur hören können.
»Es ist mir doch vollkommen egal, was deine Freunde machen, Linus.« Die Stimme meines Vaters war flach, aber bestimmt. »Kein Mensch weiß, wie lange wir hier bleiben. Jetzt streichst du es schwarz, und dann müssen wir alles wieder übertünchen lassen –«
»Das kann ich doch machen, das ist doch überhaupt kein Problem.«
»Ja, das kann ich mir schon vorstellen, wie du es dann machst. Weißt du überhaupt, wie oft du es überstreichen musst, um Schwarz zu decken?«
»Aber das … Papa, das spielt doch gar keine Rolle –«
»Und wieso, das verstehe ich auch nicht, wieso willst du dein Zimmer ausgerechnet *schwarz* streichen?«
»Weil es schön ist!«
Ich warf einen Blick zu Hannah, die die Augen auf Linus gerichtet hatte.
Mein Bruder sah meinen Vater wütend an. Es war klar, dass er gegen ihn nicht ankommen würde, mein Vater hatte seinen Entschluss ja schon gefasst, er würde sich nicht mehr umstimmen lassen.
»Wenn du achtzehn bist, Linus, kannst du ausziehen und deine Wände goldfarben streichen, wenn du das möchtest. Solange du aber hier bei uns wohnst –«

»Ich *kann* es nicht mehr hören!« Zornig sprang Linus vom Tisch auf, er hatte mich nicht einmal mit einem Blick gestreift, und rannte aus dem Zimmer. Der Teller mit dem Brot, das er sich geschmiert hatte, blieb unberührt an seinem Platz zurück.

Ich setzte mich auf einen der beiden noch freien Stühle und fixierte das Zwiebelmuster auf dem Teller vor mir.

»Ich … Nathan, ich wollte sowieso heute Abend noch mit meinen Eltern telefonieren, ich … ich hab keinen Hunger.« Es war Hannahs Stimme. Ich hörte, wie sie ihren Stuhl zurückschob und sich ebenfalls erhob. Leise huschten ihre Flipflops über den Parkettboden, die hohe Holztür klapperte, dann konnte ich sie den Flur mit den Steinfliesen entlanggehen hören.

Das metallische Geräusch des Bestecks, mit dem mein Vater weiteraß.

»DADDY, NOOOOO …!«

Am liebsten hätte ich mir die Ohren zugehalten, um ihren Schrei nicht zu hören.

»Hast du keinen Hunger?«

Ich blickte auf. Die dunklen Augen meines Vaters waren auf mich gerichtet.

Sie hat geweint, hat den Kopf auf die Brust gesenkt, und ihre Schultern haben gezittert.

Ich sah, wie er eine Brotscheibe zum Mund führte, abbiss, während er weiter zu mir blickte, und bemerkte, dass seine Hand zitterte. Unmerklich, aber unübersehbar.

»Nicht …« Ich brachte den Satz nicht zu Ende. *Sie … Papa, dort unten, gleich neben der Bowlinghalle, sie ist dort … sie ist dort unten ganz allein … und … und ihr Teddy kann sie doch nicht beschützen.*

Die Satzfetzen rasten mir durch den Kopf, ich war vollkommen hilflos, konnte nicht steuern, was ich denken musste.

»Papa …«

Er hatte den Blick wieder von mir genommen, kümmerte sich um ein neues Brot.

»Ja?« Ohne mich anzusehen.

Papa, du musst mit mir kommen –

»Was für eine Woche«, hörte ich ihn sagen, den Blick gesenkt, »mir platzt der Schädel.«

Papa, sie hat … hinter dem Vorhang –

»Ich bin den ganzen Tag heute nicht aus meinem Zimmer gekommen, ich glaube, dieser Score bringt mich noch um.«

Score. Er meinte die Partitur, die Filmmusik, an der er saß.

»Nicht aus dem Zimmer gekommen?« Aber … Papa, ich hab … ich hab dich vorhin doch gesehen! Und da warst du nicht in deinem Zimmer.

Ich spürte, wie sein Blick sich jetzt doch wieder auf mich gerichtet hatte. Tief lagen seine Augen in den Höhlen, tief und dunkel. Er langte nach dem Weinglas, das vor ihm stand, und stürzte einen großen Schluck herunter.

»Und wie war *dein* Tag, Sammy?«

»Gut, okay«, presste ich hervor. *Wieso okay? Was sollte das?* Nichts *war okay!*

»Das freut mich. Lebst du dich langsam hier ein, ja?«

Nein! Nein!

»Vielleicht hat dein Bruder recht«, fuhr mein Vater nachdenklich fort, »vielleicht ist es in Ordnung, wenn er sein Zimmer schwarz streicht, ich muss noch mal mit ihm reden. Es ist nur der ganze Tag heute …« Ich sah, wie er sich vorbeugte, um mir das Brett mit den Wurstsorten zuzu-

schieben. »Hier, Junge, iss was, was ist denn los mit euch heute, du musst doch was essen.«
Dunkelrot … und eingetrocknet.
Ich konnte den Blick nicht davon lösen. Ein Fleck. Der Fleck dort auf seinem Fingernagel. Mein Blick zuckte hoch, und ich sah, wie mein Vater mich anschaute. Mein Gesicht muss meine Verwirrung gespiegelt haben. Eine Art Befremden huschte über seine Miene, dann schnellten seine Augen zu dem Punkt, auf den ich gestarrt hatte. Zu dem Nagel seines Mittelfingers, auf dem es klebte. Das Rote, Eingetrocknete.
Mit einem Ruck ließ er das Brett los und presste die Serviette, die neben seinem Teller lag, auf den Nagel.
Ich konnte keine Luft holen.
Sie hatte gezittert. Die Schläuche und Werkzeuge und Schlingen und Becken. Die Nische hinter dem Vorhang. Es war Blut, was auf seinem Fingernagel getrocknet war. Meine Augen sprangen zu ihm hoch, ich sah, wie er den Kopf geneigt hatte, wie sich seine Lippen bewegten.
»Papa, ich …« *Ich war unten, ich weiß alles, wer ist sie? Du musst sie freilassen. Sie … das darfst du nicht, sie ist … sie ist doch noch viel zu klein!*
Es war ein rotes Rauschen, das ich für einen Moment vor den Augen hatte, dann sah ich ihre Lippen, die durch das Guckloch geglänzt hatten, voll und feucht und geöffnet. Und ich sah meinen Vater, über sie gebeugt – spürte, wie ich beinahe vom Stuhl gerutscht wäre, riss die Augen auf –, und starrte auf den leeren Platz mir gegenüber, den Platz, auf dem er eben noch gesessen hatte.
In der Ferne das leise Knistern des Hauses. Hannah in ihrem Zimmer, Linus in seinem. Der Tisch noch immer mit

allem gedeckt, dem weißen Tischtuch, den schönen Gläsern, dem Silberbesteck, Brettern voller Wurst- und Käsesorten. Und ein bitterer Geschmack, als hätte ich Magensäure nach oben gewürgt, in meinem Mund.
Sekundenlang saß ich bewegungslos auf meinem Stuhl. Dann knallte etwas drei Zimmer weiter. Das plötzliche Geräusch riss mich auf die Füße, als wäre ein Schuss neben mir abgefeuert worden. Im nächsten Augenblick erhob sie sich wie eine Wolke, eine Wolke aus Schwärze, Kummer und *Schmerz*. Eine Wolke aus Musik.
Er musste die Lautsprecher voll aufgedreht haben. Es war das erste Mal, dass ich das Leitmotiv hörte, das Leitmotiv der Partitur, an der er arbeitete. Eine Wolke aus Traurigkeit, in der die Töne der Geigen schwammen wie eine Stimme, die Stimme des Mädchens, das sich unter den Stößen und Bewegungen, die man mit ihm vollzog, wand und um sein Leben schrie. Eine Wolke aus Musik, in die ich meinen Vater eintauchen sah, die er geschaffen hatte, und die ihn durchzog wie ein schleichendes Gift.

6

Keine Löcher, keine Löcher in die Wand bohren! Dübel, Schrauben, Haken? Nein! Stattdessen Stangen. In allen Kanten des Raumes. Löcher in der Wand lassen sich nicht so einfach tilgen.
Stangen. Stangen lassen sich herausnehmen. Stangen und

Ösen. Nicht in das Gummi dürfen die Löcher geschnitten sein. Die Ösen müssen außen daran befestigt werden. Gerade so wie hier an diesem Stück.
Er sieht auf das Plastik in seiner Hand. Außen ist eine Schlaufe daran befestigt. Außen. So dass das Plastik selbst nicht durchbrochen wird. Und die Schlaufen … Er probiert es. Die Gummiöse rutscht über die Stange, die er in der unteren Kante des Raums bereits verlegt hat. Die nächste Schlaufe. Das Material dehnt sich, lässt sich über die ganze Länge der Stange entlangziehen.
Er schwitzt in dem Ganzkörperoverall, den er übergezogen hat. Die Kapuze, die sein Haar umschließt, rutscht ihm über die Augenbrauen in die Stirn. Er spürt, wie der Schweiß in seinen Nacken läuft, sein Haar verklebt. Eine salzige feuchte Schicht hat sich über seiner Oberlippe gebildet.
Aber er arbeitet, ohne innezuhalten.
Denn es passt. Die Stangen passen, die Schlaufen passen, das Plastik passt. Er kann es fühlen, in seinen Fingerspitzen. Und in seinem Bauch. Er kann fühlen, dass es passt. Dass es geht, dass es stimmt, dass es richtig ist. Es ist richtig, es ist wichtig, und er kann es kaum erwarten. Er will nicht länger warten. Er darf *nicht länger warten.*
Entschlossen stellt er die nächste Stange auf, verschraubt sie unten mit der Stange, die er zuvor waagerecht verlegt hat. Und beginnt, die Schlaufen an dem Plastik auch über diese Stange zu ziehen.
Es wird warm werden in dem Sack … dem Gehäuse … dem Gummizelt. Heiß. Es werden Flüssigkeiten fließen, die Welt wird sich auflösen. Sie werden sich auflösen und darin verschmelzen.
Er hält inne. Sieht auf seine Hand in dem dicken Gum-

mihandschuh. Die Finger haben begonnen, ein wenig zu zittern.
Er hat ein Recht darauf. Er braucht es. Er kauft es. Es gehört ihm.
Es.
Er wagt nicht, »sie« zu sagen.
Sie.
Sie gehört ihm.
Er hat sie noch nicht gesehen. Aber er hat die anderen Mädchen gesehen. Eine wie diese, haben sie ihm gesagt. Eine wie diese.
Genau richtig. Genau, wie er es will. Es braucht. Wie es ihm zusteht.
Denn sein Leben vergeht. Die Zeit rinnt ihm durch die Finger. Was ist sein Leben anderes als eine Kette von Augenblicken? Und noch einer, noch einer, noch einer. Sie verrinnen, rinnen ihm durch die Finger. Ihm bleibt nichts als ein paar Augenblicke. Und er will diese Augenblicke, wenigstens ein paar von ihnen, er will in ihnen schwelgen. In ihnen baden. Sich in sie hüllen, dass er sich daran erinnern kann. Nur ein paar, vielleicht sechs oder zwölf solcher Momente … Sekunden? Nein, nicht Sekunden, ein paar Stunden, aber das war es dann, sein Leben. Mehr braucht er nicht.
Er wird sie bekommen. Er wird sie besitzen …
Seine Hand hat stärker angefangen zu zittern, und er konzentriert sich wieder auf die Schlaufen und Ösen. Auf das Plastik. Das Hemd und die Hose, die er unter dem Overall trägt, sind inzwischen vollkommen durchtränkt. Er spürt, wie sein Herz zu hämmern begonnen hat. Er weiß, dass es Wahnsinn ist. Er weiß, dass er aufhören muss. Müsste. *Er*

kann nicht. Was soll er mit den Augenblicken seines Lebens, wenn er sich darauf nicht freuen kann?

Es wird in diesem Plastiksack sein. Einem Plastiksack, den er wieder abbauen kann. Jetzt aber muss er ihn erst einmal aufbauen. Und er spürt, wie ihn die Perfektion der Konstruktion erregt. Wie es durchdacht ist. Wie es ihn absichert. Wie das Plastik alles, was darin geschieht, luftdicht verschließt. Nicht jeder, vielleicht hat nicht jeder einen Anspruch darauf. Ganz sicher nicht. Aber er nimmt ihn sich. Schenkt man es ihm? Nein? Wer denn? Wer hätte so etwas zu verschenken? Er nimmt es sich. Sie. Und wenn er sie bekommt, besitzt, hier in diesem Plastikquader, wenn sie verschmelzen, dann wird es ihm zugestanden haben. Das Feuer, das der Gedanke daran in ihm auslöst, zeigt ihm schon jetzt, wie richtig es ist, das zu machen. Das ist es doch – das Leben! Er spürt es doch, wie es in ihm zu flackern, zu knistern, zu wüten begonnen hat. Jetzt erst recht. Wo er dabei ist, das Gummi in dem Raum aufzuspannen.

Es wird so warm sein, dass sie beide nicht anders können werden, als sich zu entkleiden. Es wird sein wie eine Rückkehr in den Mutterbauch. Und sie werden allein dort drin sein, in dem Plastikbauch, den er dabei ist aufzuspannen. Sie wird sich an ihn klammern, und er wird sie beschützen. Besitzen.

Zu kurz.

Aber es wird es wert sein. Nicht, weil er seiner Phantasie freien Lauf lässt. Sondern, weil er sie hören wird. Ihr Atmen. Ihr Weinen. Die leisen Geräusche, die sie bei jeder Bewegung machen wird. Das ist es, *was den Augenblick überdauert.*

Der Schweiß rinnt ihm jetzt in Bächen in die Augen, und er spürt, wie sie brennen. Seine Hände in den Gummihandschuhen sind fast taub, er hat das Klebeband zu fest um die Handgelenke gewickelt. Aber das Feuer, die Aufregung, die Angst *vor dem, was er tut, ist wie ein glühender Lebenstrank, der ihn durchrinnt.*

Er kann jederzeit innehalten. Stoppen. Umkehren. Ein paar Stangen, Plastik, was ist das schon? Nichts. Es ist nichts. Es ist ein Gestänge und ein paar Schlaufen. Das macht doch nichts. Er zieht nur ein paar Stangen in einem Raum ein und Ösen darüber. Das ist noch nichts.

Er spürt schon, wie es in ihm brennt. Dabei sind es nur ein paar Stangen und Schlaufen. Warte ab, wie es *lodert,* wenn das Leben hier einkehrt, wenn die Geräusche ertönen, die Bewegungen beginnen. Warte auf die Hitze, die dich dann verzehrt!

Wie könnte er jetzt noch innehalten. Man lebt nur einmal. Und das ist es, was er unter Leben versteht. Alles andere ist schon Sterben. Aber er will nicht sterben.

Er will leben.

7

Linus?« Die Tür zum Zimmer meines Bruders war geschlossen. Ich klopfte. »Hey, Linni, bist du da?«

Ich hörte das Bett quietschen, dann, wie der Schlüssel umgedreht wurde. »Was ist denn?« Sein Oberkörper war entblößt, er trug nur seine Boxershorts, die Augen wirkten ein wenig verquollen.

»Ich …« Was sollte ich ihm sagen, ich wusste gar nicht, wo ich anfangen sollte. »Kann ich kurz reinkommen?«
Er sah mich mit zusammengezogenen Augenbrauen an. »Ich bin schon im Bett, passt eigentlich gerade nicht so gut.«
»Es ist nur …«
»Ich bin morgen früh mit den anderen aus der Schule verabredet, ich wollte zeitig schlafen.«
»Ja?« *Ist ja okay, nur …*
Das Telefon in seinem Zimmer klingelte. Linus hatte von meinen Eltern einen Anschluss in sein Zimmer gelegt bekommen, hatte sogar eine eigene Nummer.
Er warf mir einen Blick zu und schob einfach die Tür zu.
»Gut«, hörte ich meinen Bruder durch die Tür sagen, »geht klar – Sammy?« Er hatte innegehalten. »Hörst du bitte auf zu lauschen.«
Ich atmete aus, drehte mich um und marschierte über die Diele hinweg in mein eigenes Zimmer. Legte mich auf mein Bett, das Gesicht nach unten, ins Kissen. Das Fenster stand offen. Von draußen konnte ich das Rauschen der Blätter hören, von den Pappeln, die schräg gegenüber auf der anderen Seite des Rasenplatzes standen.
»NOOOOO!« Ihre Handfläche, ich hatte ihre Handfläche gespürt, sie war kühl gewesen, trocken. Und weich. Samtig.
»Ich hole meinen Vater. My daddy, he will –«
Ihre Augen. Sie hatten mich angefleht.
Was machte sie jetzt? Hatte sie dort eine Matratze? Oder war sie in die Geräte eingespannt, in der Nische, entkleidet, dass ihre Haut feucht im warmen Licht der Lampe glitzerte? Ich spürte, wie sich etwas in mir regte. Dass ich nicht anders konnte, als in Gedanken bei dem Bild zu verweilen,

das in mir heraufgeschimmert war. Ihr schwarzes Auge hinter dem Finger, den sie zu mir durch das Guckloch gesteckt hatte. Und dann sah ich wieder meinen Vater vor mir, sah die Falten an seinem Mund, zwei gerade Striche, die Lippen zusammengepresst, während er mit der Serviette das Blut von seinem Fingernagel wischte.

»Nein!« Entschlossen stemmte ich mich auf der Matratze hoch. »Nein!«

Kurz darauf stand ich wieder an Linus' Tür. Sie war verschlossen. Abgeschlossen. Ich drückte die Klinke herunter, aber die Tür ließ sich nicht öffnen. »Linus, mach auf, ich bin's, Sammy, ich muss mit dir reden!«

Keine Antwort.

Schritte auf der Treppe, die gleich neben Linus' Tür nach unten ins Erdgeschoss führte. Ich fuhr herum. Mein Bruder. T-Shirt und Boxershorts. Er lächelte mir zu. »Sammy, was ist?«

»Hey, wo warst du denn?« Ich trat einen Schritt von der Tür zurück.

»Nur kurz unten bei Papa.«

Bei Papa.

»Du wolltest mir was sagen?«

»Linus?« Es war die Stimme meines Vaters. Sie hallte die Treppe empor.

»Was hast du mit ihm gemacht?«, flüsterte ich.

»Nichts, er …« Linus grinste. »Papa erlaubt mir jetzt doch, das Zimmer zu streichen.« Er wandte sich von mir ab, ging zurück zu dem Treppengeländer und blickte nach unten.

»Was ist denn?«

»Gehst du dann morgen früh gleich die Farbe kaufen?«, drang die Stimme meines Vaters nach oben.

»Ja, wieso?«
»Dann brauchst du Geld, oder?«
Ich trat neben Linus an das Geländer und sah ebenfalls nach unten. Mein Vater stand im Zentrum der Treppe, hatte den Kopf in den Nacken gelegt und in der Hand ein paar Geldscheine. »Hier sind erst mal hundert, das müsste doch genügen.«
Linus warf mir einen Blick zu. »Ja, ich denke schon.« Er sprang die Stufen hinunter.
Ganz kurz, nur für einen Sekundenbruchteil, streifte mich der Blick meines Vaters, dann schaute er wieder zu meinem Bruder. »Wenn nicht, musst du eben erst mal was vorstrecken.«
Ich sah, wie Linus unten ankam und das Geld von meinem Vater entgegennahm.
»Was ist, Sammy, alles okay?« Jetzt schauten beide zu mir hoch, das Geld in der Hand meines Bruders.
»Jaja.« *Nein, nein. Nichts ist okay!* Eine kalte Hand schien mich am Nacken gepackt zu haben.
»Geh schlafen, Sammy. Mama hat angerufen, sie kommt heute nicht mehr nach Hause, sie proben bis spät, und sie übernachtet in der Stadt.«
»Ist gut.« Ich zog den Kopf zurück. Und wartete. Hörte, wie die beiden aus der Halle heraus ins Wohnzimmer gingen, das direkt daran grenzte. Wartete noch einen Moment und schlich dann die Treppe langsam hinunter. Blieb auf dem letzten Absatz stehen und hielt die Luft an.
Ihre Stimmen waren gedämpft zu hören. Sie kamen aus dem Wohnzimmer. Barfuß huschte ich über den Flur, bis ich so stand, dass ich durch die breite Öffnung der Schiebetür ins Wohnzimmer schauen konnte. Sie hatten in der

Sitzecke beim Kamin Platz genommen, mein Vater in dem Sessel, mein Bruder auf dem Sofa, und unterhielten sich. Ihre Oberkörper waren einander zugeneigt. Wie konnten sie so ruhig sein, während das Mädchen dort unten war? Ich fuhr mir mit der Hand über die Stirn. Nein, Unsinn, mein Bruder wusste doch nichts, niemals –

Ich erstarrte. Mein Vater hatte den Kopf ein wenig gedreht, und sein Blick war auf mich gefallen. Wie von einer Wespe gestochen, flog ich zurück zur Treppe und die Stufen wieder nach oben. Über die Diele hinweg, in mein Zimmer. Warf die Tür hinter mir zu, lehnte mich keuchend mit dem Rücken dagegen.

Er hat sie dort unten, das ist es, weshalb er so merkwürdig ist. Es hat angefangen, als er hier eingezogen ist. Er ist unruhig. Nervös. Bedrückt. Mehr als jemals zuvor. Er braucht sie, er nimmt sie, er … er macht mit ihr, was er will.

Ich muss mit ihm reden!

Aber wie?

Er wird mich nicht ausreden lassen, er wird mich nicht zu Wort kommen lassen. Ich darf jetzt nichts falsch machen. Sie hat niemanden.

»DADDY, NOOOOO!«

Wenn ich es falsch mache, kommt sie niemals frei.

Mein Herz raste in meiner Kehle. *Hat er bemerkt, dass ich unten in den Kellern war? Er hat bisher nichts gesagt. Warum nicht? Er wartet darauf, dass ich etwas sage!*

»Ich bin den ganzen Tag heute nicht aus meinem Zimmer gekommen.«

Es stimmte nicht, es war gelogen.

Sein Gesicht wie das eines Raubtiers, eines Raubvogels.

Er hat mich angelogen.

Und wenn ich ihm in die Quere komme, wird er mich an die Wand drücken, die tiefen Furchen seines Gesichts dicht vor mir … er wird mich an die Wand drücken, bis ich keine Luft mehr bekomme.

8

Lange hatte ich noch wachgelegen, doch irgendwann muss ich eingenickt sein. Als ich die Augen aufschlug, war es stockdunkel. Ich konnte ein Funkeln an der Decke meines Kinderzimmers sehen, eine Spiegelung, die von der Oberfläche des Gartenteichs darauf geworfen wurde. Das Haus lag still da.

Ein wenig benommen schaute ich an mir herunter. Ich trug noch immer die kurzen Hosen und das T-Shirt, mit dem ich den ganzen Tag lang unterwegs gewesen war.

Langsam richtete ich mich auf und ließ die nackten Füße von der Matratze baumeln. Lauschte. Leckte mit der Zunge über die ein wenig ausgetrockneten Lippen.

Die Uhr auf meinem Nachttisch zeigte kurz nach halb vier. Weiter weg hörte ich den Motor eines Autos, das sich entfernte. Das leise Glucksen des Teichs. Das sanfte Schnurren des Hauses. Das Rascheln der Decke auf meinem Bett, wenn ich mich bewegte.

Dann stand ich, angelte nach meinen Sandalen, streifte sie über, ging zur Tür meines Zimmers und zog sie auf. Die Diele lag dunkel vor mir.

Ich konnte sie nicht die ganze Nacht lang dort unten alleine lassen. *Du brauchst keine Angst zu haben, ich lass mir was einfallen. Wie heißt du? Yoki? Eni? Umi?* Ich würde einen Weg finden, um mit ihr zu sprechen. Sie musste mir vertrauen, ich musste ihr klarmachen, dass sie mir vertrauen konnte. Das war der erste Schritt. Das Wichtigste jetzt. Wir mussten gemeinsam einen Weg finden, einen Weg, wie ich ihr helfen konnte.

Ich lief über die Diele zur Treppe.

Aber was sollte ich tun? Auf die Straße rennen, zur nächsten Polizeiwache? Ich wusste nicht einmal, wo die war. Sollte ich den Notruf wählen? *»Mein Vater! Sie müssen meinen Vater festnehmen! Sie müssen kommen, so schnell Sie können!«*

Es war völlig undenkbar. Mit Mama reden, wenn sie endlich wieder zu Hause war? Aber das kannte ich doch schon. Wenn meine Mutter eine neue Aufführung probte, hatte sie keinen Kopf für irgendetwas. Selbst mein Vater gab es dann auf, Dinge mit ihr besprechen zu wollen. Sie wirkte fast wie auf Autopilot. »Hannah, kann euch Hannah nicht helfen?« Das war dann immer ihre Lieblingsantwort.

Und Linus? Sollte ich Linus erst einmal einweihen? Das war ja auch gleich mein erster Gedanke gewesen, deshalb hatte ich ja versucht, mit ihm zu reden. Aber auch Linus war, seitdem wir in Berlin waren, nicht gerade vernünftiger geworden. War es, dass er glaubte, mit seinen neuen Freunden mithalten zu müssen? Dass so einfach und toll, wie er tat, es mit ihnen dann doch nicht war?

Eine Treppenstufe ächzte unter meinem Tritt. Ich glitt über sie hinweg, rutschte die letzten vier Stufen auf dem Geländer hinab und kam mit leisem Klatsch auf dem Steinboden unten auf.

Summen. Surren. Stille.
Ich wandte mich nach rechts, wo es zum Wohnzimmer ging. Zwei Marmorbüsten, die meine Eltern schon ausgepackt hatten, blickten von den zum Teil noch leeren Bücherregalen auf mich herunter. Die Klinke an der Glastür zur Terrasse ließ sich geräuschlos nach unten drücken. Draußen war es ein wenig abgekühlt. Ich schlich über die Terrasse, die sich dort auf halber Höhe befand, und über die Steinstufen hinunter zur Rasenfläche.
Das bleiche Licht des Mondes, der dreiviertelvoll über den Wipfeln der Pappeln schien, tauchte den Garten in ein seltsames Licht. Meine schmächtige Gestalt warf einen Schatten, der neben mir über den Rasen glitt. Mächtig rauschten die Blätter der Baumkronen über mir. Kurz darauf hatte ich die Hütte am Ende der Buchenhecke erreicht. Ich holte Luft. Mein Herz pochte so heftig, dass es mich in der Seite schmerzte. *Yoki, Eni, Umi … du brauchst keine Angst zu haben*. Wie alt war sie? Noch nicht einmal fünfzehn?
Die Tür der Hütte war verriegelt. Ich hörte, wie die Luft zwischen meinen Zähnen hindurchzischte. Und jetzt? Als ich die Hütte vorhin verlassen hatte, war die Tür unverschlossen gewesen, und ich hatte sie hinter mir nicht verriegelt. Ich hatte ja nicht einmal einen Schlüssel!
Ich sah meinen Vater vor mir, wie er den Schlüssel aus der Tasche seiner Hose zog und in das Türschloss steckte. Hatte er nach mir den Gang verlassen? Aber er hatte doch bereits am Abendbrottisch gesessen, als ich dazugekommen war. War er nach mir noch einmal hier gewesen und hatte die Tür verriegelt? Weil er es am Nachmittag vergessen hatte?
Ungeduldig bog ich um die Ecke der Hütte und drückte

gegen den Rahmen des verschmutzten Fensters. Es knarrte. Ich stemmte mich dagegen. Ein leises Klirren. Der Rahmen sprang zurück, das Fenster schwang auf. Regungslos verharrte ich in der Nachtluft. Das Rauschen der Blätter, das entfernte Summen der Stadt.

Das Holz des alten Fensters war ziemlich verzogen. Ich hatte Glück, dass es nicht mehr richtig geschlossen hatte. Sorgfältig untersuchte ich die Scheibe. Es hatte geklirrt, aber das Glas war nicht gesprungen. Es hatte nur innerhalb des morschen Rahmens gescheppert.

Die modrige Luft des Schuppens schlug mir entgegen, als ich auf das Fensterbrett sprang. Der runde Griff an der Falltür blinkte im Mondlicht. Ich ließ mich in das Innere der Hütte gleiten, hockte mich auf den Boden neben den gusseisernen Ring und wuchtete die schweren Bretter nach oben.

Als ich auf der dritten Eisenstufe im Schacht stand, klappte ich die schwere Falltür über mir wieder zu. Nun war es vollkommen dunkel. Aus meiner Hosentasche zog ich eine kleine Taschenlampe hervor, die ich noch rasch eingesteckt hatte, bevor ich mein Zimmer verlassen hatte. Der feine Strahl der Lampe durchschnitt den runden Schacht. Ich nahm sie in den Mund, um die Hände frei zu haben, und setzte den Abstieg fort.

Unten angekommen, konnte ich das Licht der Neonröhre am Ende des Tunnels erkennen. Kurz darauf hatte ich die Ausbuchtung in der Wand wiedergefunden. Das Plättchen, der Stift, an dem es oben befestigt war. *Yoki?*

Vorsichtig tippte ich gegen das Plättchen und schob es zur Seite. Blinzelte und tastete mit der Fingerkuppe die Öffnung ab, die ich freigelegt hatte.

Es war anders. Dunkel. Es kam kein Licht aus dem Raum dahinter.

»Hallo?«, flüsterte ich so vorsichtig, wie ich konnte. Sie schlief wahrscheinlich. Natürlich schlief sie! Aber ich musste sie wecken, oder? Ich musste doch versuchen, mit ihr zu reden. Ich konnte jetzt nicht einfach in mein Zimmer zurückkehren. »Hallo? Yoki?« *Sie heißt nicht Yoki – was ist los mit dir, Sam!*

Ich knipste meine Taschenlampe wieder an, die ich gelöscht hatte, um Batterie zu sparen, und richtete den Strahl auf das Guckloch. Es war so eng, dass ich fast nicht neben der Lampe hindurchschauen konnte. Aber dann ging es doch. Ein wenig. Ich sah den Strahl meines Lichts durch den Raum tasten. Der Vorhang. Glänzend. Rot. Ich richtete den Strahl in das Dunkel daneben. Auch die Wände des Raums waren mit Gummi verkleidet. Ein Bett kam unter dem Lichtstrahl zum Vorschein, schmal und aus groben Brettern zusammengefügt. Ordentlich hergerichtet. Aber leer. Mit blauen Elefanten auf der Decke. Ein niedriger Tisch. Gleich darüber ein einfaches Regal mit ein paar Konserven darauf. Weiter hinten eine Plastikschüssel. Daneben, an der Wand, eine niedrige Toilette, die aussah, als wäre sie aus Plastik, eine Toilette, wie ich sie einmal auf einem Campingplatz gesehen hatte. Eine halbleere Plastikwasserflasche auf dem Tisch und neben dem Bett ein Stapel zerlesener Taschenbücher.

Sie war nicht da. Der Raum lag vollkommen verlassen vor mir.

Yoki?

Ich schluckte. Merkte plötzlich, dass ich gegen Tränen ankämpfen musste. »Hallo? Hörst du mich?«

Stille. Ich knipste das Licht der Taschenlampe aus und wischte mir über die Augen. Knipste das Licht wieder an. Eine Tür?

Mein Strahl tastete die Wand, in der sich das Guckloch befand, von außen ab. Sie war massiv und ohne Kerben. Ich richtete das Licht erneut durch das Guckloch. Und dann sah ich es. Einen Reißverschluss in dem Gummibezug an der Wand, einen Reißverschluss, der die Umrisse einer Tür hatte. Nicht breiter als vielleicht dreißig Zentimeter. Dem Guckloch genau gegenüber.

Das Licht meiner Taschenlampe huschte den Tunnel entlang. Aber der Gang endete kaum zehn Meter weiter an einer senkrechten Wand. Ich sah meine Hand im Lichtkegel über den groben Beton tasten. Der Tunnel war schon vor langer Zeit zuzementiert worden, vielleicht niemals länger gewesen. Ich wandte mich um und lief an dem Guckloch vorbei zurück zu der Neonröhre, wo sich der Gang noch einmal verzweigte. Doch als ich die Abzweigung hinunterrannte, gelangte ich schon nach wenigen Schritten an eine Stahltür, die auch diesen Weg beendete. Ich rüttelte an der Klinke. Verschlossen, die Tür gab nicht nach.

Ein Papier, ich muss ein Stück Papier holen und ihr durch das Guckloch in den Raum werfen, das findet sie dann, wenn sie wieder dort ist. Nur ein paar Worte, »I help you!« … Aber versteht sie überhaupt Englisch? Außer »Daddy, no!« habe ich sie nichts sagen gehört.

Ich war mitten im Tunnel stehen geblieben und schaute, ohne es zu bemerken, auf meine nackten Zehen, die vorne in den Sandalen zu sehen waren.

Ein Herz, ich male einfach nur ein Herz auf den Zettel, um sie zu beruhigen …

Ich fühlte, wie sich meine Hand um die Taschenlampe verkrampfte.

Besser doch keine Zeichnung, kein Zettel. Was, wenn er ihn findet? Das macht doch alles nur schlimmer!

Es war kühl in dem Tunnel, aber mein Gesicht fühlte sich heiß an, als ob ich Fieber hätte.

Meine Gedanken schwirrten. Was sollte ich tun?

Ich muss vorsichtig sein, ich muss erst versuchen, mit ihr zu reden.

Morgen … genau, es war spät, das war es, ich musste mich erst einmal ausschlafen. Und morgen … morgen früh würde ich wissen, wie ich vorgehen wollte. Morgen würde sie bestimmt wieder da sein.

Oder hat er etwas gemerkt? Der Nagel, das Blut an seinem Fingernagel! Er hat doch gemerkt, wie ich es gesehen habe. Und deshalb, ja, genau, deshalb ist er zurückgekehrt und hat die Tür der Hütte wieder verschlossen … Aber nein, nein! Er hat nichts gemerkt, er hätte doch ganz anders, er würde doch nicht –

Ich schüttelte mich. Es führte zu nichts. Ich war viel zu verwirrt. Ich musste so schnell wie möglich zurück in mein Zimmer und mich sammeln, bevor ich hier unten noch vollkommen durchdrehte.

Oben in der Hütte stieg ich durch das Fenster nach draußen und schloss die trübe Scheibe vorsichtig hinter mir. Der Mond hatte sich ein wenig weiterbewegt. Ich überquerte den Rasenplatz und stieg die Stufen zur Terrasse empor. Die Terrassentür war noch so angelehnt, wie ich sie zurückgelassen hatte. Ich verriegelte die Glastür von innen und huschte die Stufen der Haupttreppe nach oben. Niemand war wach, es brannte kein Licht. In der oberen Diele ging ich an der Tür meines Bruders vorbei zu meinem Zimmer und warf einen Blick zum Schlafzimmer meiner Eltern. Ihre Tür stand einen Spalt weit offen. Grau gähnte der Raum dahinter mich an. Ich zögerte. *Dort liegt er, den Mund wahrscheinlich ein bisschen geöffnet, den Kopf in den Nacken gebogen.*

Geräuschlos ging ich zur Schlafzimmertür und verharrte davor. Es war weder ein Schnarchen noch ein Atmen zu hören. Ich berührte die glatte Fläche des Türblatts und drückte es noch etwas mehr auf. Die Frisiertoilette meiner Mutter. Der Kleiderschrank. Das große Ehebett. Leer. Die Bettdecke, auf der Seite, auf der mein Vater schlief, war zerknüllt, aber es lag niemand dort. Auf der anderen Seite, der Seite meiner Mutter, war das Bett ordentlich gemacht und unberührt.

Ich drehte mich langsam um, von dem plötzlichen Gefühl durchzogen, er könnte hinter mir stehen. Aber die Diele hinter mir war leer. Wo war er?

Ich lief zum Badezimmer meiner Eltern und drückte die Tür langsam auf. Die zwei Waschbecken, die Kacheln mit den verschnörkelten Verzierungen, die Wanne. Niemand zu sehen.

Im Arbeitszimmer? Sein Arbeitszimmer lag weiter hinten im Seitenflügel des Hauses, so dass ich es nicht gesehen hatte, als ich vom Wohnzimmer gekommen war.

Ich schlich über die Treppe zurück nach unten und huschte durch die große Halle am Wohnzimmer vorbei zu dem Flur, der in den Seitenflügel führte.

Als ich den Flur betrat, konnte ich es bereits sehen. Die Tür seines Arbeitszimmers war verschlossen, aber der Spalt,

der Schlitz, der rings um das Türblatt verlief, war ein goldgelber Streifen.
Ich wusste, dass mein Vater manchmal nächtelang durcharbeitete. Aber zu hören war nichts. Hatte er die Kopfhörer eingestöpselt, um uns beim Schlafen nicht zu stören? Ich schlich zu der Tür, hielt mein Ohr an das Holz. *Steht er auf der anderen Seite der Tür? Hat er mich kommen hören?*
Atmen. Ja, es war etwas zu hören. Ein rauchiges Keuchgeräusch, eine fast unmerkliche und doch merkwürdig eindringliche Unruhe kam aus dem Zimmer. Ein Atmen, das voranritt, voranstolperte, voransprang. Ein Atmen aus mehr als nur einer Kehle. Ein Keuchen, ja, jetzt konnte ich es ganz deutlich hören, ein Keuchen, aber seltsam gedämpft. Gedrängt.
Hält er ihr den Mund zu? Pressen sich seine Hände auf ihre Lippen? Ein leises Klirren, rhythmisch, gleichmäßig, immer wieder.
Klirr, klirr, klirr.
Wie Gläser auf einem Tisch, die immer wieder gegeneinandergerieten. Mein Blick fiel auf das Schlüsselloch unter der Klinke. Er war nicht allein dort, jetzt war ich mir vollkommen sicher. Und als ich mein Auge vor das Schlüsselloch gebracht hatte, konnte ich es auch sehen. Ein Bauch, eine entblößte Bauchdecke, dort ganz an der Seite, ein nacktes, haariges Bein davor. Und das Keuchen, so heiß, dass es mir vorkam, als würde der Atem durch das Schlüsselloch hindurch bis zu mir dringen. *Klirr, klirr, klirr.* Jetzt eine Art Quieken, hell, gedrängt, niedergepresst, und ein dumpfes Aufschlagen, als wären die Gläser nun doch vom Tisch gefallen. Aber es war kein harter Aufschlag, der zu hören gewesen war, eher ein weiches Plumpsen. Genau, dort, das da

war doch vorhin nicht dort gewesen, gleich hinter dem Tischbein, neben dem Sessel, auf dem die beiden Leiber ineinander zuckten. Es war weiß, das Ding, das eben heruntergefallen sein musste, weiß und haarig und nicht größer als ein Fußball. Ja, richtig, jetzt konnte ich es ganz deutlich sehen, eine Pfote, ein Ohr, ein leuchtendes Glasauge. Das Glasauge des weißen Teddys. Des Teddys, den Yoki an sich gepresst hatte, als sie zu mir durch das Loch unten im Keller geschaut hatte – und geweint und geschrien.
»NOOOOO, DADDY, NOOOOOO!«

9

Am nächsten Morgen schien die Sonne direkt in mein Zimmer. Als ich erwachte, kam mir das, was ich erlebt hatte, fast vor wie ein Spuk. Ohne ein Geräusch zu machen, war ich, nachdem ich den Teddy gesehen hatte, zurück in mein Zimmer geschlichen. Ungeduldig fuhr ich in meine Hosen und das T-Shirt und sprang die Treppe hinunter. Es war spät, ich hatte lange geschlafen, war von der Nacht vollkommen erledigt gewesen.
Im Frühstückszimmer, dem blau tapezierten Raum mit den großen Fenstern, der nach hinten hinaus lag und in dem wir morgens meist aßen, stand noch alles auf dem großen Tisch. Auf den Stühlen saß jedoch niemand mehr. Mein Bruder musste bereits losgegangen sein, um die Farbe und die Pinsel für sein Zimmer zu kaufen. Mein Vater hatte an

dem Tag einen Termin in der Stadt, und meine Mutter war offenbar noch immer nicht nach Hause zurückgekehrt. Nur Hannah kam mir aus der Küche entgegen, als sie hörte, dass ich nach unten gekommen war.

»Na, ausgeschlafen?«

Ich grinste, noch immer ein wenig verschlafen.

»Soll ich dir ein Rührei machen?«

»Gern!« Ich lief um den Tisch herum und folgte ihr in die Küche.

Ursprünglich war Hannah nur für ein paar Monate zu uns gekommen, inzwischen lebte sie jedoch bereits das dritte Jahr mit uns zusammen. Als unser Au-pair-Mädchen. Eigentlich waren Linus und ich ja längst zu alt für so etwas. Meine Mutter hatte Hannah jedoch immer wieder gebeten, noch ein wenig länger zu bleiben. Denn natürlich war dadurch alles viel einfacher. Erst recht, wenn meine Mutter ein neues Stück vorbereitete und lieber im Hotel bei der Oper übernachtete, als noch nach Hause zu fahren.

Hannah kümmerte sich um die Einkäufe, sie passte auf, dass mit den Schularbeiten alles glatt lief, machte die Wäsche und war für mich und Linus immer da. In London war es für sie natürlich spannender gewesen, und sie hatte den Job bei meinen Eltern angenommen, um kostenlos in der Stadt zu leben und obendrein auch noch ein wenig Taschengeld zu bekommen. Aber nun war sie auch mit uns zusammen nach Berlin zurückgekehrt, und es sah nicht so aus, als ob sie uns so schnell verlassen wollte. Hannah meinte zwar immer wieder, dass sie diesmal wirklich nur noch bis Weihnachten bleiben könne und eigentlich noch anfangen wolle zu studieren – sie war ja noch nicht einmal Mitte zwanzig –, aber ich konnte mir inzwischen schon gar nicht mehr vorstellen, wie es in unserer Familie ohne sie wäre.

Während sie eine Pfanne auf den Herd stellte und zwei Eier hineinschlug, hockte ich mich an den Küchentisch. Hannah trug ein einfaches weißes Kleid, ihre nackten Beine schauten darunter hervor. Sie war barfuß, und ihre langen, dunkelblonden Haare hatte sie zu einer Art altmodischem Kranz auf dem Kopf zusammengerollt, einer Frisur, die in London immer als Inbegriff des Deutschen gegolten hatte und die ihrem fast ein wenig breiten Gesicht mit den hohen Wangenknochen ausgesprochen gut stand.

»Schon Pläne für heute, Sammy?«

Pläne ... »Nein, eigentlich nicht.«

Sie drehte sich etwas um und lächelte. »Wie? So ein schöner Sommertag, und du weißt nicht, was du machen möchtest?«

Doch! Natürlich wusste ich, was ich machen wollte. Ich musste zurück in den Tunnel, zurück zu dem Guckloch. Aber sollte ich ihr das sagen? Konnte ich das sagen?

Hannahs Augen blinkten, und ihre Lippen teilten sich ein wenig. Sie hatte bemerkt, dass ich in Gedanken woanders war, und wartete ab.

»Ich wollte mich nachher noch ein bisschen in den Garten legen und lesen«, brachte ich schließlich hervor und drehte mich zum Fenster, scheinbar, um nach draußen zu sehen, in Wahrheit jedoch, um ihrem Blick auszuweichen.

»Lesen?« Sie hatte sich wieder zur Pfanne gewandt. »Hast du nicht Lust, mit mir was zu machen?«

»Was denn?« Ich richtete mich auf und holte mir einen Teller aus dem Küchenschrank. Vielleicht war es am einfachsten, wenn ich gleich hier in der Küche aß.

»Wir könnten«, sie hatte begonnen, das Ei zu zerrühren,

»vielleicht ein bisschen Federball spielen, und nachher noch in dein Zimmer gehen.«

In mein Zimmer? Und dann? »Jaaa.«

Ich mochte Hannah. Sie roch gut, sie lächelte gern, und ich hatte immer das Gefühl, dass sie mich auch gut leiden konnte. Ich hatte schon oft zusammen mit ihr und meinem Bruder draußen im Garten gespielt oder auch am Tisch eines von unseren Brettspielen, nur heute, heute war es wirklich ganz und gar keine gute Idee. Heute wusste ich, was ich wollte, und das war *nicht* mit Hannah Mensch-ärgerdich-nicht spielen.

»Das klingt ja nicht besonders begeistert.« Sie hatte sich mit der Pfanne in der Hand umgedreht, trat an meinen Platz und schob das Rührei auf meinen Teller. »Hier, die Brötchen sind frisch.« Sie holte eine Semmel aus der Brottruhe und legte sie zusammen mit einer Gabel neben meinen Teller. Dann stellte sie die Pfanne in die Spüle und nahm mir gegenüber an dem kleinen Küchentisch Platz.

»Linus hat sich verabredet, nachher kommen wahrscheinlich ein paar von seinen Freunden und helfen ihm beim Malen«, sagte sie, »deshalb dachte ich, wir beide könnten zusammen was unternehmen.«

Ich schob mir eine Gabel voll Rührei in den Mund und kaute. *Sicher, gern, nur …*

»Oder wollen wir vielleicht ein bisschen was für die Schule machen? Hat dein Vater das nicht gesagt? Dass du in den Ferien das neue Jahr ein wenig vorbereiten sollst?«

»Oh nein, bitte nicht.« Das war spontan herausgekommen. Sie lachte. »Okay, einverstanden, das nicht. Aber …«, sie griff nach einem Wasserglas, das auf dem Tisch stand, nippte daran und sah mich über den Rand des Glases hinweg an.

»Aber den ganzen Tag über nur am Pool liegen, das ist doch auch nichts, oder?«
»Warum denn nicht?« Gedankenverloren begann ich, das Brötchen aufzuschneiden. »Schließlich sind nicht immer Ferien.« Wollte sie etwa den ganzen Tag bei mir bleiben? Wie kam ich dann los? Behutsam schob ich mit dem Brot den Rest Rührei auf die Gabel. »Du musst dich nicht um mich kümmern, Hannah. Hast du nicht Lust, mal in die Stadt zu fahren?« Ich schaute ihr in die Augen. »Oder haben meine Eltern gesagt, dass du heute hier sein musst?« Das war deutlich. Ich merkte, dass ich sie ein bisschen vor den Kopf gestoßen hatte.
»Du willst mich loswerden, ja?« Sie lachte. »Erzähl mir nicht, dass du nur im Gras liegen willst. Was hast du vor? Komm, sag schon!«
»Nein! Nichts. Ich dachte nur … dass du dich langweilen könntest.«
»Deswegen ja, ich sag doch, wir können nachher auch in dein Zimmer gehen.«
»Ja? Und was machen wir da?«
Sie lächelte mich an, die Augen schön und groß. »Was du möchtest, Sam, wir können … ein bisschen aufräumen, wir können … was du willst, wirklich.«
Ich griff nach der zweiten Brötchenhälfte und biss hinein. *Was ich will …* Das kam mir doch irgendwie merkwürdig vor. Angenehm, es war ein angenehmes Gefühl im Bauch, wenn sie das sagte, aber ich war auch ein wenig verwirrt.
»Okaaay«, ich zog es ein bisschen in die Länge, um Zeit zu gewinnen, »bei dem Wetter allerdings, ich weiß nicht, im Zimmer sitzen kommt mir nicht gerade wie die beste Idee vor.«

Und wenn ich so tat, als würde ich es zufällig entdecken? Mit ihr? Den Eingang in der Hütte, den Tunnel, das Guckloch, die Zelle? Ich könnte einfach vorschlagen, dass wir uns im Garten ein wenig umsehen sollten, und plötzlich würde ich in diese Hütte hineinsehen wollen.

Aber so schnell mir der Gedanke gekommen war, verwarf ich ihn auch wieder. Genauso gut könnte ich ihr auch jetzt einfach sagen, was ich erlebt hatte. Aber Hannah … gewiss, ich mochte sie, ich vertraute ihr, sie gehörte ja fast schon zur Familie – wirklich *Teil* der Familie war sie jedoch nicht. Und das, was ich entdeckt hatte, darüber musste ich erst mit einem von uns sprechen. Mit meiner Mutter, meinem Bruder, wenn schon nicht mit meinem Vater. Ich konnte nicht als erstes mit Hannah darüber reden.

»Hat das eigentlich jemand gesagt?« Jetzt sah ich sie geradeheraus an. Ein seltsamer Gedanke hatte sich mir aufgedrängt. »Dass du dich um mich kümmern sollst? Heute?« Hatte *er* ihr gesagt, dass sie aufpassen soll? Auf mich? Weil er doch mitbekommen hat, dass ich im Keller war? Im Keller bei dem Guckloch? *Vielleicht weiß er nur nicht, wie viel ich genau weiß, vielleicht will er das über Hannah herausbekommen!*

»Wieso? Nein!« Ihre hübschen Augen wirkten plötzlich ein wenig beschlagen. »Komm schon, Sammy, das weißt du doch. Es ist mein Job, mich um euch zu kümmern.«

Sie soll auf mich aufpassen, sie soll mich bewachen, deshalb lässt sie nicht von mir ab. Jetzt schienen es die grünen Augen einer Raubkatze zu sein, die mich aus ihrem gebräunten Gesicht heraus ansahen. Einer Raubkatze mit Krallen scharf wie Messer.

»Manchmal komme ich mir vor wie unter Bewachung«,

murmelte ich und senkte den Blick. Ich hörte, wie sie sich von ihrem Stuhl erhob, und sah, dass sie sich neben mich auf den Küchenboden kniete. Ob ich es wollte oder nicht, ein wenig ging mein Blick von oben in den Ausschnitt ihres weißen Kleides hinein, wo sich weich und schön die Rundungen ihrer Brüste abzeichneten. »Tag und Nacht unter Wachschutz, würde *dir* das gefallen?« Etwas trotzig und herausfordernd hob ich den Blick und sah in ihre Augen. Für einen Moment kam es mir so vor, als würde sie mich lächelnd betrachten. Ich hätte ihr mit dem Finger über die vollen Lippen fahren können, aber ich hielt mich zurück.
»Das tut mir leid, Sammy. Das will ich natürlich nicht.«
»Nein, es ist ja nicht deine Schuld, du machst es ja nicht absichtlich, ich meine nur.«
Sie nickte. »Das ist nicht richtig, Sam, das würden deine Eltern bestimmt auch nicht wollen, dass du dir vorkommst wie unter Wachschutz. Nur weil ich gern ein bisschen was mit dir heute unternommen hätte.«
»Es sind doch jetzt Ferien. Ich dachte, ich könnte einfach mal den Tag genießen, ohne gleich wieder wissen zu müssen, was in einer Stunde ist, oder in zwei …«
»Aber klar, natürlich!« Sie erhob sich und trat einen Schritt zurück, jetzt fast ein wenig betroffen.
»Wirklich, Hannah, ich wollte das so nicht sagen, du machst … du hast immer alles richtig gemacht.«
Aber sie stand schon an der Spülmaschine und sortierte die schmutzigen Teller ein. Ich sah, wie sich ihr Gesäß unter dem dünnen Kleid abzeichnete, das dünne Bändchen ihres Slips an der Seite. »Alles okay, Sammy, mach dir keinen Kopf. Tut mir leid, wenn ich dich genervt habe, soll nicht wieder vorkommen.«

Ihr Oberarm war nackt, und ich sah, wie sich die feinen Muskeln unter der Haut bewegten, während sie die Teller in das Gestell schob.
»Hannah?«
»Was denn, Sammy?« Nach vorn gebeugt, sah sie über die Schulter hinweg zu mir nach hinten.
»Es ist … nur heute, ja? Heute ist schlecht, aber die Ferien sind doch noch lang. Wir können bestimmt noch ganz viel zusammen machen.«
»Schon gut, Kleiner, ich komm drüber weg!« Sie grinste.
Langsam stand ich auf und ging zur Tür, blieb in der Türöffnung aber noch einmal stehen. Sie hatte sich noch nicht wieder zurück zur Spülmaschine gedreht.
»Hannah, was meintest du eigentlich gerade?«
»Womit?«
»Dass wir in mein Zimmer gehen könnten.«
»Wie?« Sie richtete sich auf, und ich sah ihre Gestalt vor dem Fenster stehen.
»In mein Zimmer, wieso in mein Zimmer …« Ich war ein bisschen durcheinander. »Meintest du allein, wir beide?«
»Ja, wenn du das möchtest.«
Sie war vielleicht einen Kopf größer als ich, und doch hatte ich manchmal das Gefühl, der Altersunterschied zwischen uns beiden wäre eigentlich nicht besonders groß. Als würde Hannah eher zu mir und Linus gehören als zu meinen Eltern, obwohl sie ja auch eine Erwachsene war, wie meine Eltern, während ich und mein Bruder die Kinder waren. Früher, am Anfang, als Hannah neu bei uns war und ich noch kleiner, war ich zu ihr gerannt und hatte sie umarmt. Das machte ich jetzt natürlich nicht mehr, obwohl es mich noch immer zu ihr hinzog. Aber anders.

Etwas verlegen stand ich in der Tür.
»Vielleicht … vielleicht sollten wir wirklich in mein Zimmer gehen, Hannah.«
»Ja? Möchtest du das?«
Ich nickte. »Aber es war nicht Papa, oder? Der dich gebeten hat, dass du … dich um mich kümmern sollst?«
»Na ja«, sie hatte den dicken Zopf gelöst und um ihre Hand gewickelt, »es sind schon deine Eltern, die mich bezahlen, Sammy. Und sie bezahlen mich dafür, dass ich mich um euch kümmere.«
»Aber ich meine heute. Dass du dich heute besonders um mich kümmern sollst.«
»Besonders …?« Sie war einen Schritt an mich herangetreten, und ihre Nähe, ihre Größe, ihre Wärme … beinahe war es, als würden sie mir zu Kopf steigen, aber nicht nur zu Kopf, mein ganzer Körper wurde davon zum Kribbeln gebracht, wo ich doch ohnehin schon, seit ich das Mädchen unten gesehen hatte, von einer seltsamen Unruhe erfüllt war.
»Was wäre denn besonders für dich, kleiner Mann?« Sie hockte sich wieder vor mich, und ihre nackten Knie, die in dieser Haltung unter ihrem Kleid hervorsahen, berührten meine Beine.
Ohne darüber nachzudenken, streckte ich jetzt doch meine Hand aus, berührte eine Strähne, die sich aus ihrem Zopf gelöst hatte, und schob sie ihr aus dem Gesicht.
»Hm?«
Winzige Schweißperlen glitzerten auf ihrer Oberlippe, und ich sah, wie sich mein Finger ihr näherte, die Tröpfchen berührte. Ihre Augen lachten mich an und schienen doch eine gewisse Aufmerksamkeit angenommen zu haben.

»Es war Papa, oder?«, flüsterte ich. »Er hat dir gesagt, dass du dich heute um mich kümmern sollst, besonders kümmern sollst, meine ich.«
»Herrje!«
Ich schrak zusammen, so plötzlich war sie hochgefahren und hatte sich abgewandt.
»Nun lauf schon, Kleiner, und lass mich hier die Küche machen!«
Und diesmal zögerte ich nicht. Ich spürte, ich hatte sie verärgert, auch wenn ich nicht genau wusste, wieso.

10

Es klemmte.
Der Rahmen des Fensters klemmte.
Ich trat einen Schritt zurück und hatte den Eindruck, der Efeu, der an der Mauer der Hütte emporwuchs, würde sich um meine Knöchel schlingen.
Ungeduldig riss ich an den dunkelgrünen Trieben, die rings um das Fenster gewuchert waren, und warf die abgerissenen Ranken hinter einen Strauch an der Ecke. Letztes Mal war das Fenster nach einiger Mühe aufgesprungen, diesmal jedoch schien es sich regelrecht verkeilt zu haben. Ich krümmte den Rücken und ließ mich mit der Schulter gegen das morsche Holz fallen.
Es knallte, ich schlug gegen das Fensterbrett, der Rahmen flog auf und hieb innen gegen den Fenstersturz. Mit einem

durchdringenden Klirren zersprang die Scheibe. Ich erstarrte.
»Sammy?« Hannahs Stimme schallte über den Rasen. Sie stand wahrscheinlich auf der Terrasse beim Haus, die ich von der Hütte aus nicht sehen konnte. Das Klirren der Scheibe musste bis zur Villa zu hören gewesen sein.
»Alles okay, Hannah! Nur eine alte Glasscheibe hier beim Rosengarten. Ich pass auf, nichts passiert.«
Ich lauschte. Keine Antwort. Würde sie nach mir suchen? Aber das glaubte ich nicht. Ich hatte ja gerufen, dass alles in Ordnung wäre. Ich kniete auf dem Fensterbrett und schwang ein Bein in die Hütte.
Rosengarten. Sie würde den Eltern sagen, dass dort eine Scheibe zu Bruch gegangen war. Aber das schadete ja nichts, solange mein Vater nicht erfuhr, dass ich mich an der Hütte zu schaffen gemacht hatte. Ich stieg in das Innere des Verschlags und beugte mich zu dem Ring, der an der Falltür befestigt war. Zog daran, stemmte die Füße in den Sandalen auf den Boden und spürte, wie die Muskeln in meinem Rücken verkrampften.
Einen guten Zentimeter weit ließen sich die Flügel der Falltür hochliften, dann blockierten sie. Ein Vorhängeschloss oder so etwas. Jemand hatte die Falltür von unten verriegelt. Vielleicht ließ sie sich mit einem heftigen, kräftigen Ruck öffnen? Ich kniete mich auf den Boden, um den Ring richtig hochhebeln zu können, und presste mir im nächsten Moment die Faust auf die Lippen. Kreisrunde Schmerzwellen stiegen von meinem Knie auf und zogen über mein Gesicht hinweg. Ich ließ mich nach hinten kippen und sah, wie eine tiefe Wunde an meinem Knie aufklaffte. Stoßweise schwappte Blut daraus hervor. Eine

Scherbe aus der Scheibe hatte auf dem Boden hochgestanden, und ich hatte mein Knie gerade auf die messerscharfe Glaskante gestützt. Das Blut lief über meine Wade, und ich konnte sehen, wo es die Scheibe bereits verschmiert hatte. Mir wurde flau. Dann hatte ich eine Hand auf der Wunde und drückte die beiden Fleischlappen zusammen. Das Blut verklebte meine Finger. Ich riss mir das T-Shirt über den Kopf und schlang es um mein Knie. In unheimlicher Langsamkeit durchtränkte das warme Blut den weißen Baumwollstoff. Müde, plötzlich war ich müde.

»Hannah? Hannah, kannst du vielleicht doch mal kurz kommen ...« Ich sank auf mein Gesäß, während ich eben noch darauf geachtet hatte, in der Hocke zu bleiben, aus Angst davor, ich könnte mich an weiteren Scherben schneiden. Aber für solche Vorsicht war ich jetzt zu schwach. Mein Rücken sackte gegen die Holzwand des Schuppens. Zwischen meinen Fingern verschwamm das Blut. Warm, glitschig, klebrig.

Ich atmete aus – und schloss die Augen.

Als ich sie wieder öffnete, fröstelte ich. Das Licht hatte sich verändert. Es war nicht mehr das Heraufziehen eines heißen Tages, es war die brütende Hitze eines Mittags, der schon seit Stunden andauerte. Mein Nacken war von Schweiß bedeckt, und doch waren meine Arme von Gänsehaut überzogen. Ich versuchte, die Finger zu bewegen, die von meinem T-Shirt abgerutscht waren. Das Blut hatte sie vollkommen verklebt – aber sie ließen sich lösen. Der Stoff war noch immer um die Wunde geschlungen.

Sie brannte. Weniger stark, als ich befürchtet hatte, aber doch so, dass ich an nichts anderes denken konnte. Vor-

sichtig brachte ich mich auf die Füße und versuchte, ob ich das verletzte Bein belasten konnte. Ich musste humpeln, aber es ging. Das Fenster stand noch immer offen. Ich winkelte das gesunde Bein an und stemmte mich aus der Öffnung. Als mich die Sonne traf, wurde mir erneut ein wenig schwindlig, aber ich riss mich zusammen. Sprang auf den Boden, beugte mich noch einmal in die Fensteröffnung zurück und zog die beiden Flügel zu. Dann humpelte ich Richtung Haupthaus.
Keinesfalls wollte ich, dass Hannah mich so sah. Ich ging um das Haus herum zum Seiteneingang, von dem ich wusste, dass er meist nur nachts verschlossen wurde. Auf dem Parkplatz vor dem Haus sah ich den Wagen stehen, den mein Vater inzwischen gemietet hatte. Er musste aus der Stadt zurückgekommen sein, während ich in der Hütte gelegen hatte.
Die schmale Seitentür ließ sich öffnen. Gleich dahinter befand sich ein kleines Badezimmer, das ursprünglich wohl für Dienstboten gedacht war. Wenn ich mit Linus im Garten spielte, benutzten wir meist dieses Bad, um nicht bis nach oben laufen zu müssen. Ich schloss die Tür hinter mir und legte den Riegel um. Dann löste ich das T-Shirt von der Wunde. Es sah etwas weniger schlimm aus, als es das in der Hütte getan hatte. Ein Schnitt, bestimmt drei Zentimeter lang. Aber mit einem großen Pflaster …
Ich wusch mir die Hände und das Bein und öffnete den Spiegelschrank über dem Waschbecken. Das Fläschchen mit dem Desinfektionsmittel, das meine Mutter benutzte, wenn wir uns beim Fußballspielen verletzten, war noch halbvoll. Ich träufelte ein wenig von der rotbraunen Flüssigkeit über die Wunde. Der Sud lief über meinen Unter-

schenkel und tropfte auf den Boden. Vorsichtig zog ich die Ränder der Wunde auseinander und spritzte noch eine Ladung von dem Zeug dazwischen. Es zwickte, aber es war ein gutes Gefühl. Das war jetzt das Wichtigste, dass die Wunde sauber war. Rasch schraubte ich das Mittel wieder zu, griff einen Packen Pflaster und eine Nagelschere aus dem Schränkchen und schnitt mir ein passendes Pflasterstück ab. Klebte es über die Wunde und wischte mit Toilettenpapier den Boden des Badezimmers sauber.

Als Nächstes musste ich mich um das besudelte T-Shirt kümmern. Aber ich nahm an, dass mein Vater in seinem Arbeitszimmer sein würde und ich es schaffen könnte, von ihm nicht gesehen zu werden. So leise wie möglich entriegelte ich die Tür und steckte den Kopf in den Flur. Leise Stimmen, Lachen, Jungenstimmen. Offenbar war mein Bruder ebenfalls zurück und hatte seine Freunde gleich mitgebracht. Ich schlich aus dem Bad und hastete durch den Flur zur Treppe, die nach oben führte.

»Und was kriegen wir dafür?«, hörte ich eine spöttische Stimme fragen.

»Du musst ja nicht«, hielt mein Bruder der Stimme entgegen. »Wir schaffen das auch wunderbar ohne dich!«

Ich humpelte die Treppe hoch, huschte an der Türöffnung zu Linus' Zimmer vorbei, ohne weiter auf die Jungen zu achten, die sich dort versammelt hatten, und betrat mein Zimmer. Schloss die Tür hinter mir. Stopfte das verklebte T-Shirt hinter die Bücher in der obersten Reihe meines Regals und schnappte mir ein frisches Shirt aus dem Schrank. Es war klar, dass ich keine Zeit verlieren durfte. Als erstes musste ich zurück in die Hütte. Das Blut, die zerschlagene Scheibe. Keinesfalls durfte ich es so weit kommen lassen, dass er … Ich hatte ihn doch gesehen! Ich hatte gesehen, wie er die Hütte betreten hatte. Ich hatte gehört, wie er mich angelogen hatte. Ich hatte gehört, welche Geräusche aus seinem Arbeitszimmer gekommen waren. Es war sein Bein gewesen, das ich durch das Schlüsselloch gesehen hatte. Daran bestand doch überhaupt kein Zweifel. Sein Bein! Und ich hatte ihren Bauch gesehen. Ihren Bauch und ihren Teddy.

Als ich zurück bei der Hütte war, ragten die Zacken der zerborstenen Scheibe in die dunkle Öffnung. Mein Knie schmerzte, aber es ging. Ich kletterte in den Verschlag, stülpte mir einen der Arbeitshandschuhe über, die auf einem Regal dort lagen, und begann, die blutverschmierten Scherben einzusammeln. Ebenfalls auf dem Regal fand ich ein paar alte Lappen. Den Wasserhahn draußen hatte ich schon bei meinem ersten Besuch gesehen. Fieberhaft erledigte ich eins nach dem anderen. Wischte den Boden auf, spülte die Lappen aus und brachte die Scherben aus der Hütte zum Rosengarten, der auf der anderen Seite der großen Rasenfläche angelegt war. Das hatte ich ja Hannah zugerufen, dass ich mich dort geschnitten hätte. So verwildert, wie die ganze Gartenanlage war, würde es sicher niemanden wundern, wenn ein paar alte Scherben hier im Gras lagen. Ich verteilte die Glasstücke um den Sockel einer kleinen Marmorfigur, die am Eingang des Rosengartens aufgestellt war, und kehrte zurück zur Villa.
Von meinen früheren Ausflügen wusste ich, dass sich im Keller des Gebäudes mehrere Räume mit Baumaterial befanden. Über den Dienstboteneingang und vorbei am unteren Bad gelangte ich zur Kellertreppe. Kurz darauf hatte

ich eine Glasscheibe etwa der richtigen Größe in einer Ecke ausfindig gemacht, in der die verschiedensten Scheiben gelagert waren. Die Handschuhe trug ich noch. Und ich wusste, dass es einen Ausgang direkt aus dem Keller in den Garten gab. Der war zwar von außen verriegelt, innen jedoch steckte ein Schlüssel.
Als ich mit dem Glas zurück bei der Hütte war, konnte ich die Scheibe natürlich nicht einpassen, auf das Fensterbrett vor den Rahmen jedoch ließ sie sich stellen. Das musste reichen. Um sicherzugehen, dass das Glas nicht von einem Windstoß heruntergeweht wurde, lehnte ich einen langen Ast, den ich auf einem Holzhaufen an der Seite der Hütte fand, dagegen. Da das Holz gerade auf der Höhe des Rahmens gegen das Glas drückte, fiel es einem praktisch nicht auf.
Ich zog die Handschuhe aus, drehte meine Handflächen zu mir nach oben und sah, dass meine Fingerspitzen ein wenig zitterten.
Yoki? Meine Spuren hatte ich weitgehend verwischt. Aber ich durfte keine Zeit verlieren. Wenn ich Pech hatte, fiel noch in dieser Nacht auf, dass die Fensterscheibe der Hütte zerbrochen war. Ich musste so schnell wie möglich mit jemandem reden. Und es gab eigentlich nur einen, der dafür in Frage kam.
Mein Bruder Linus.

11

Das Knie schmerzte. Pochte. Das Pflaster war schon ein wenig aufgeweicht, die Wunde hatte bereits begonnen zu eitern. Ich lag auf dem Bett in meinem Zimmer. Mein Versuch, mit Linus zu sprechen, war gründlich gescheitert. Der Moment war natürlich auch denkbar schlecht gewesen. Seine Freunde, zwei waren noch da gewesen, hatten hinter ihm in seinem Zimmer gestanden und mit dem Streichen der Wände gerade begonnen. Das Zimmer war teilweise mit Abdeckplane ausgelegt, und über der Wand neben dem Fenster hatte ein schwarzer Fleck begonnen, sich auszubreiten.

Aber was sollte ich machen? Ich konnte doch nicht auf einen günstigeren Moment warten!

»Was, Sammy, was ist?« Linus war zu mir an die Tür getreten, Pinsel in der Hand, alberner Papiermalerhut auf dem Kopf.

»Können wir kurz … kurz reden, Linus? Ich meine, allein?«

Aber er hatte nicht gewollt, vielleicht auch irgendwie geahnt, dass es nicht einfach so in ein paar Minuten erledigt sein würde.

»Ich begreife das nicht«, richtig ärgerlich war er geworden, als ich angefangen hatte, ihn zu bedrängen, »immer denkst du nur an dich! Du siehst es doch. Jan und Paul sind da, wir haben die Farben gekauft, Papa ist jetzt auch endlich einverstanden. Lass uns später reden, Sammy, ja? Jetzt geht's einfach nicht!«

Wahrscheinlich hatte er irgendwie unterschwellig gespürt, dass ich einen Schritt gehen wollte, den unsere Familie nicht überstehen würde. Hätte er nicht kurz mit mir reden können? Natürlich hätte er das, hätte er normalerweise ja auch getan. Aber es war ja nicht nur kurz reden. Linus kannte mich vielleicht besser als jeder andere, er ahnte schon, vielleicht war es meinem Gesicht auch anzusehen, er ahnte, dass etwas ganz und gar nicht stimmte. Und dafür war er nicht bereit. Also hatte er sich instinktiv dagegen gewehrt. Gegen mich.

Ich hatte Tränen in den Augen, ich wusste ja nicht, wo ich mich hinwenden sollte. »Linus, ganz kurz nur …«, aber ich konnte nicht sprechen, seine Freunde standen ja direkt hinter ihm. Hätte ich sagen sollen: *»Da ist ein Mädchen, bei uns im Keller.«* Sie hätten es gehört. Es war unmöglich, aber was … was sollte ich tun?

»Sorry, Sammy, es geht jetzt nicht! Rede mit Mama, rede mit Hannah, mit Papa, was weiß ich!«

Er machte die Tür nicht vor meiner Nase zu, aber er lehnte sie an. Er drehte sich weg und lehnte sie an. »Sorry, Kleiner«, ich hatte es ja in seinen Augen gesehen, es tat ihm leid, dass er sich darauf nicht einlassen konnte, »sorry, Kleiner, aber … ich bin nicht derjenige, der dir helfen kann.« Und im Grunde genommen auch: »Sorry, Kleiner, aber das ist mir einfach zu viel.«

Also lag ich auf dem Bett in meinem Zimmer, das Knie ein wenig angewinkelt, weil es so weniger schmerzte, und spürte, wie die Unruhe stieg.

Ich sah sie vor mir. Das schwarze glatte Haar, die weichen Lippen. Den roten Vorhang.

»Sammy, hey …«

Ich hob den Kopf und blickte zur Tür, die ich offen stehen gelassen hatte. Meine Mutter trug noch das grüne Kleid, mit dem sie am Vortag in die Stadt gefahren war. Ihre langen braunen Haare fielen ihr auf die Schultern, sie war ein wenig geschminkt, und ein feiner Geruch von Parfüm durchwehte das Zimmer. »Ich hab gehört, du hast dich mit Linus gestritten.« Sie setzte sich zu mir auf die Bettkante und stützte ihre rechte Hand links von mir auf die Matratze.

»Mama!« Ich setzte mich auf und schlang meine Arme um ihren Hals. Ihre Haare umflossen mich weich und warm. Ich spürte, wie mager ich in ihrer Umarmung lag. Sie drückte mich an sich.

»Es ist wegen Papa, Mama, er …« *Er hat ein Mädchen im Keller versteckt!* »Er … ich bin ihm heute Nachmittag, nein, gestern Nachmittag nachgegangen und … draußen im Garten …« Und dann konnte ich sie nicht länger zurückhalten, die Stimmen und Laute, die ich gehört hatte, strömten auf mich ein, überschwemmten mich geradezu.

»NOOOOO, DADDY, NOOOOO!«

Das Quieken, das Stöhnen. Es war nicht sie gewesen, meine Mutter, aber es war das Stöhnen einer Frau, eines Mädchens gewesen, das ich aus dem Arbeitszimmer meines Vaters hatte kommen hören. Natürlich hätte ich nicht durch das Schlüsselloch gucken dürfen. Aber ich hatte es getan, hatte mich nicht davon lösen können. Die Tränen der Verwirrung, der Scham, der Hilflosigkeit brachen aus mir hervor, ich schluchzte, holte Atem, verschluckte mich, zitterte und klammerte mich an ihr fest.

Meine Mutter sagte nichts, hielt mich im Arm, strich mir über den Rücken.

»Du musst mit Papa reden«, flüsterte ich schließlich.

»Ist ja gut, Sammy, ist gut. Alles ist gut.« Sie löste sich ein wenig aus der Umarmung und richtete ihre samtigen braunen Augen auf mich. »Du bist ja vollkommen durcheinander.«

»Redest du mit ihm?«

»Worüber denn, Sammy, was ist denn passiert?«

»NOOOOO, DADDY, NOOOOO!« Nein, sie sollte … sie *durfte* nicht mit ihm reden! Es war viel zu gefährlich. Ich machte schon wieder alles falsch! Ich sah meine Mutter mit aufgerissenen Augen an.

»Nathan!« Sie hatte sich ein wenig umgedreht und zur Tür gerufen. »Kommst du mal bitte?«

»Nein!« Ich riss an ihrem Arm. »Nicht! Nicht Papa!«

Sie runzelte die Stirn und sah mich an. »Sammy … Sammy, was ist denn los?«

»Wo bist du?« Seine Stimme drang von der Treppe durch die Diele in mein Zimmer.

»Hier, ich bin bei Sammy.«

»Ich hab sie gesehen«, meine Stimme flog, ich presste mich an meine Mutter und flüsterte in ihr Ohr, »ihr Teddy, ihr Teddy in –«

»Hier bist du.« Seine Silhouette füllte die Türöffnung fast vollständig aus.

»Ihr Teddy?« Meine Mutter sah mich an, die Stirn ein wenig gerunzelt, aber irgendwie … irgendwie hatte ich den Eindruck, der Gesichtsausdruck, mit dem sie mich anschaute, wäre nicht ganz ehrlich.

Mein Herz schlug in meinem Hals.

»Hannah hat gesagt, du hast dich geschnitten, Sammy?« Mein Vater schaute auf mich herunter. Er war neben das Bett getreten.

»Ja …«, ich schlug die Decke zurück und zog mein Bein

darunter hervor. Ich trug bereits meinen Schlafanzug und zerrte den Stoff nach oben.

»Oh, hast du das desinfiziert?« Vorsichtig berührte meine Mutter mein Bein oberhalb des Knies und warf einen Blick auf das Pflaster.

»Ja, mit dem braunen Zeug unten.«

»Tut's noch weh?« Mein Vater zog sich den Stuhl von meinem Schreibtisch heran und setzte sich zu uns.

»Ein bisschen.«

»Soll ich das Pflaster mal abmachen, dass wir es uns ansehen?«

»Ja, vielleicht …« Ich ließ mich zurück auf das Kissen sinken. *Verdammter Schnitt!*

Es ziepte, als meine Mutter das Pflaster löste, dann brannte es kurz, als sie den letzten Rest entschlossen abriss. Die Wunde war ein wenig rot an den Rändern und etwas feucht.

»Oje«, meine Mutter stand auf, »ich hol noch mal das Jod, das kann bestimmt nicht schaden.«

»Das tut sicher ein bisschen weh, aber … es sieht nicht so schlimm aus«, meinte mein Vater. »Wie ist das denn passiert?« Er sah mich an, während meine Mutter das Zimmer verließ.

Beim Rosengarten, hatte ich Hannah gesagt, und dort hatte ich ja auch die Scherben hingebracht.

»Beim Rosengarten, bei der Steinfigur, ich bin in dem hohen Gras gestolpert und hingefallen. Dort sind so Scherben im Gras.«

Er sah mir ruhig in die Augen. »Hm.«

Ich lag auf meinem Kissen und wagte es nicht, mich zu rühren, hatte einen Kloß im Hals, der jeden Augenblick größer zu werden schien. *Mama.* Warum war sie schon wieder weg? Wie kam es, dass sie immer weg war? Keine zwei Sätze hatte ich mit ihr reden können. Es hatte ja fast so geklungen, als ob sie ihn um Hilfe rufen würde. Als ob sie es nicht ertragen könnte, auch nur für einen Moment diejenige zu sein, die für mich da sein sollte.

»Sammy ... ich hab vorhin auch schon mit Linus gesprochen«, hörte ich meinen Vater sagen, »er meinte, du hättest ihn mit seinen Freunden ... also nicht in Ruhe gelassen. Sieh mal, du weißt doch, das geht dir doch genauso, wenn du Freunde da hast –«

»Ich hab keine Freunde hier in Berlin, Papa.«

»Ja ... ja, ich weiß, du tust dich noch ein bisschen schwer, aber du wirst sehen, wenn du in der neuen Schule bist, wirst du auch Freunde finden.«

Ich tat mich schwer?

»Ich meine, du und Linus, ihr könnt ja immer spielen, aber seine Freunde hat er nicht immer da«, fuhr mein Vater fort. »Ich kann das schon verstehen, dass er dann auch mal mit ihnen allein sein will.«

Was für ein Irrsinn! Als ob ich mit Linus hätte spielen wollen. Es war zu kompliziert. Wie sollte ich ihm das erklären?

»Sammy, wirklich«, meine Mutter kam zurück in das Zimmer, »Papa hat schon recht, wir können nicht immer alle um dich kreisen.«

Ich war froh, dass das Licht in meinem Zimmer gelöscht war und nur der Schein aus der Diele hereindrang. Ich war so verwirrt, die Tränen waren schon wieder in meine Augen geschossen.

»Siehst du, jetzt sitzen wir beide wieder hier«, sie schraubte das Fläschchen auf, »ich mach das gern, ich freu mich, wenn du noch wach bist, wenn ich nach Hause komme ...

Ich will nur sagen, wir können nicht, gerade jetzt in den Ferien, Tag und Nacht für deine Unterhaltung sorgen, Sam. Natürlich, dass wir dieses Jahr nicht in Urlaub fahren, das ist auch meine Schuld.« Sie träufelte die Flüssigkeit auf die Wunde und fing die überflüssigen Tropfen mit der Hand auf. »Wir müssen jetzt alle einfach ein bisschen zusammenhalten, ja?« Ihre Augen sahen mich an, und ich trank ihren Blick. Ich hatte es immer geliebt, wenn sie mich ansah.
»Ja, okay«, nuschelte ich.
»Wir müssen auch noch mal mit Hannah reden«, sagte meine Mutter und sah zu meinem Vater, »sie soll sich mehr um Sammy kümmern, wenigstens jetzt, solange ich noch bei den Proben bin.«
»Aber das will sie ja«, mein Vater hatte die Ellbogen auf die Knie gestützt, den Kopf zwischen den Schultern ein wenig hängengelassen, während er den Blick meiner Mutter erwiderte. »Hannah will ja mehr mit Sammy unternehmen, aber er lässt es nicht zu!« Er schaute zu mir. »Stimmt's?«
Ich atmete aus.
»Heute zum Beispiel. Du wolltest allein im Garten lesen, hat sie mir gesagt.«
»Ja … ja, das stimmt.«
»Nehmt die Räder, macht einen Ausflug, fahrt zum Schwimmbad, meinetwegen auch in die Stadt.« Meine Mutter schaute mich an. »Wirklich, Sammy, wir bezahlen Hannah, damit sie für euch da ist, auch für dich, es hat doch keinen Sinn sonst.«
Ich schwieg, ich wusste nicht, was ich sagen sollte. Alles, was ich wusste, war, dass die Augen meines Vaters auf mich gerichtet waren.
Meine Mutter überlegte einen Moment, während sie ein

frisches Pflaster, das sie mitgebracht hatte, auf die Wunde klebte, und fuhr dann an meinen Vater gewandt fort. »Hattest du nicht auch den Sommer über mit Sammy ein paar Aufnahmen machen wollen?«

Ich horchte auf und sah zu meinem Vater.

»Du meinst, mit dem Diktiergerät?« Er wirkte etwas überrascht.

»Ja?«

Mein Vater schaute zu mir. »Ja, stimmt.«

Ich sah ihn mit leuchtenden Augen an. Ich hatte noch in London einmal gesehen, wie er ein kleines Diktiergerät mit auf einen Spaziergang genommen hatte, um verschiedene Geräusche damit aufzunehmen, und er hatte mir erklärt, dass er die Geräusche manchmal bei seiner Arbeit verwenden würde. Das Rauschen des Regens, das Rattern der U-Bahn, hallende Stimmen in einer Unterführung. Ganz alltägliche Geräusche, die er dann jedoch verfremdete und weiter bearbeitete.

»Hast du denn Lust dazu?«, fragte er mich jetzt, wir hatten damals, als ich ihn das erste Mal darauf angesprochen hatte, schon darüber geredet, dass ich auch einmal gerne ein paar Sachen aufzeichnen und ihm zeigen wollte.

Klar. Mit ihm zusammen etwas machen, dazu hatte ich immer Lust. Ich nickte.

»Gut, Sammy, ich hab noch ein älteres Diktiergerät mit kleinen Kassetten. Das gebe ich dir, du machst ein paar Aufnahmen, und ich hör sie mir an. Einverstanden?«

»Okay.«

Meine Mutter wirkte zufrieden. »Was meintest du denn mit Teddy gerade?«, fragte sie mich, zog die Decke über mein Bein und stopfte sie an den Seiten fest.

»Der Teddy? Hast du ihn gesehen?« Mein Vater lächelte. »Weißt du, wo der herkommt? Ich hab ihn heute Vormittag im Garten gefunden.«

Ja, ich weiß, wo er herkommt! Sie hat ihn an sich gepresst, als du sie umarmt hast, nackt und jung, wie sie ist. Sie hat in sein Fell geweint, aber du hast ihr den Mund zugehalten, damit man nichts hört!

Und *das* sollte ich meiner Mutter sagen? Sie würde daran doch zerbrechen! Überwältigt rollte ich mich auf die Seite und starrte die Wand an.

»Komm, lass ihn schlafen, Becky, es war ein langer Tag für uns alle.« Ich hörte, wie sie mein Zimmer verließen und die Tür hinter sich schlossen.

Morgen komme ich wieder zu dir, flüsterte es in mir, *Yoki, morgen reden wir – und dann hole ich Hilfe, das verspreche ich dir. Halt aus, nur noch ein paar Stunden, dann ist es vorbei!*

12

Am schlimmsten ist es beim gemeinsamen Essen am Tisch.

Seine Gedanken sind schon immer gewandert, während sie sich einander gegenübergesessen haben. Wenn man die Gabeln auf dem Porzellan hört, die Stimmen der Kinder, das Kauen und Stühlerücken. Sie sind schon immer gewandert, wenn er den Blick zum Fenster gewandt hat.

Gehöre ich wirklich hierher? An diesen Tisch? In diese Familie? Und wenn ich gehe? Aufstehe und gehe? Interessiert es mich, was sie sagen? Ist das mein Leben?

Das ist es, was ihm schon immer durch den Kopf gegangen ist, wenn er den Blick zum Fenster gewandt hat.

Jetzt aber ist es anders.

Jetzt ist es erst wirklich schlimm. Unerträglich.

Jetzt ist es so, als würde er bei lebendigem Leibe gebraten.

Jetzt spürt er die Hitze, die von unten heraufzieht. Er spürt die Glut, die durch die Mauern sickert. Eine Glut, die sein Blut aufkocht, dass er glaubt, auch die anderen müssten es ihm anmerken. Aber sie wissen nicht, was es ist, das ihn so nervös macht. Sie wissen nicht, warum es unter seinen Armen juckt, warum er ein merkwürdiges Gefühl im Bauch hat, warum sein Zahnfleisch schmerzt und seine Gedanken durcheinanderspringen. Er aber weiß es.

Es ist das Mädchen, das dort unten auf ihn wartet. An ihn denkt. Rund um die Uhr, Stunde für Stunde. Er weiß nicht, was sie denkt, er versteht ihre Sprache nicht. Aber er weiß, dass sie an ihn denkt. Dass sie sein Gesicht vor sich sieht. Dass sie denkt, was er denkt. Was er fühlt. Wie er fühlt. Dass ihre Gedanken, ihr Fühlen und Hoffen und Fürchten nur um ihn kreisen. Um das, was ihn wütend macht, und was anschmiegsam. Was ihn gefügig macht, was ihn aufregt. Wenn er jetzt den Kopf vom Familientisch ab- und zum Fenster hinwendet, ist es das, was in ihm aufblitzt. Ihre Hände. Wie sie ihn zu sich heranzieht. Wie sie ihn anschaut und versucht, ihn zu verstehen. Wie sie Angst hat und nichts falsch machen will. Wie sie ihm gehört.

Lenkt er dann den Blick zurück auf die Tafel, nimmt er seine Familie wie durch einen Schleier hindurch wahr, wie

durch eine Folie. Er ist von ihr abgerückt, wie getrennt durch eine luftdichte Membran. Und was in seinem Kopf wütet, was in seinem Bauch schwelt, ist hundert-, tausendmal stärker als das, was um ihn herum geschieht.
Denn sie wartet, und er wartet auch. Er merkt, wie laut er zu reden anfängt, wie er aufgeregt ist und seine Aufregung zu verbergen versucht. Wann kann er wieder zu ihr? Wann kann er runter? Die Belüftung, die Belüftung ist ein Problem. Das liegt an dem Gummiverschluss. Aber es geht ihr gut, gesundheitlich geht es ihr gut. Sie ist … sie blüht, es ist das Leben, das in ihr blüht, sie braucht dafür gar nichts zu machen. Und sie hat ihm dieses Leben zu geben. Er nimmt es sich. Und es tut ihm gut. Es ist falsch. Er weiß das. Er weiß es, und es ist wie ein Stahlpfeil, der ihn der Länge nach durchfährt. Er weiß, wie falsch es ist. Eine Welt, die kopfsteht, die stürzt, die zerschmilzt. Aber er lebt, und die Welt kann um ihn herum zerbersten – es sind diese Augenblicke mit ihr, für die allein sich alles lohnt.

13

Es splitterte.
Die Späne flogen mir regelrecht um die Ohren. Ich hatte einen Holzstumpen direkt neben der Falltür auf den Boden gelegt und den stählernen Schaft einer Axt darüber, die in dem Regal des Verschlags gelegen hatte. Dann hatte ich die Falltür so weit angehoben, wie es das Vorhän-

geschloss erlaubte, und den Schaft der Axt darunter geschoben. Als ich mich auf ihn stützte, knirschte es erst nur und knackte. Als ich schließlich aber mit voller Wucht auf den Schaft trat, gab die Falltür unter der Hebelwirkung nach.
Es knallte. Das Schloss wurde aus der Verankerung gerissen, und die Tür flog auf. Fast wäre sie umgeschlagen und offen liegen geblieben, doch dafür reichte es nicht. Stattdessen flogen die beiden Flügel nur ein wenig in die Höhe und krachten dann zurück auf die Öffnung.
Zum Frühstück hatte ich mich gar nicht erst blicken lassen. Kaum war ich am Morgen aufgewacht, hatte ich mich angezogen und war über die Treppe nach unten in den Garten gegangen. Dabei war ich niemandem begegnet. Sie wollten nicht immer um mich kreisen? Das konnten sie haben.
Ich sah mir das Schloss näher an. Es war mit einfachen Schrauben in den Bohlen verankert worden. Mit etwas Glück würde ich es wieder anschrauben können. Aber von unten? Das Schloss befand sich ja an der Unterseite der Falltür. Wie sollte ich aus dem Schacht wieder herauskommen, wenn ich es erst einmal zurück an die Falltür geschraubt hatte? Und im gleichen Moment, in dem ich mich das fragte, zog mir noch eine ganz andere Frage durch den Kopf: Wie war derjenige, der die Falltür zuletzt verriegelt hatte, aus dem Schacht danach wieder herausgekommen? Gab es noch einen zweiten Ausgang aus den Stollen dort unten? Ich musste an die Stahltür denken, die mir in dem Tunnel aufgefallen war. Wenn man den Schlüssel zu dieser Tür hatte …
Ich ließ die Beine in den Schacht baumeln. Wieso war die Falltür diesmal überhaupt abgeschlossen gewesen? Als ich meinem Vater das erste Mal gefolgt war, muss sie doch auch

unverschlossen gewesen sein, sonst wäre er durch die Hütte ja nicht nach unten gekommen. Das Vorhängeschloss ließ sich doch nur von unten öffnen.
Beklommen begann ich, die Eisenstufen herunterzusteigen. Nachdem ich die Falltür jetzt aufgebrochen hatte, würde sich nicht länger verbergen lassen, dass jemand in den Kellern gewesen war. Jemand, der sich gewaltsam Zugang verschafft hatte. Wie lange würde es noch dauern, bis herauskam, dass ich derjenige war, der die Tür aufgestemmt hatte? Dass ich dem Mädchen begegnet war?
Ich sprang von der letzten Stufe ab und fasste einen Entschluss. Ich würde mit ihr reden. Jetzt gleich. Egal wie. Ich würde ihr klarmachen, dass ich nicht länger schweigen konnte. Dass ich vor dem, was ich entdeckt hatte, nicht länger die Augen verschließen konnte.
Es war also egal, ob mein Vater bemerkte, dass ich das Schloss aufgebrochen hatte, oder nicht. Ich würde nicht länger so tun, als wüsste ich nichts. Ich hatte schon viel zu lange geschwiegen!
Düster verlief der Tunnel vor mir am Fuß des Schachts. Kurz darauf schritt ich unter der Neonröhre entlang und näherte mich dem Guckloch. Eine kitzlige Unruhe hatte mich gepackt. Ich freute mich regelrecht darauf, sie zu sehen, aber die bedrückende Stimmung in dem Betonstollen nahm mir fast den Atem. Beim ersten Mal waren wir beide so überrascht und schockiert gewesen, dass eigentlich alles schiefgelaufen war, was schieflaufen konnte. Diesmal wollte ich es anders anfangen. Ich wollte wissen, wie sie hieß. Ich hatte ihr auch etwas mitgebracht. Ein paar Stifte und etwas Papier, mit dem sie vielleicht etwas aufschreiben konnte.

Und dann berührte ich das Plättchen, schob es zur Seite.
»Yoki?« So ein Unsinn, ich wusste ja nicht, wie sie hieß!
Ich lauschte.
Und spürte im gleichen Moment, wie mich die Enttäuschung übermannte.
Es war alles anders.
Der Lichtkegel meiner kleinen Taschenlampe flammte auf und leuchtete in die Zelle hinter dem Guckloch.
Kahl. Verstaubt.
Und leer.
Es war, als würde der Betonboden, auf dem ich stand, zur Seite rutschen und nach oben geklappt werden. Der Schwindel wusch durch meinen Körper, ich kippte ein wenig nach links, fing mich, hielt mich an der Ausbuchtung fest. Keuchte. Um ein Haar wäre ich zu Boden gestürzt.
Das Plättchen war wieder in seine Ausgangsposition gerutscht.
Ich war allein.
Allein in diesem Tunnel.
Allein in diesem Keller.
Und alles, was in den vergangenen zwei Tagen passiert war, schien plötzlich zu verdampfen, zu nichts anderem als einem fiebrigen Traum zu werden, einem klebrigen Schattenspiel.
Ich bog das Plättchen nach oben, dass es hochstand, und blitzte das Licht erneut in den Raum.
»Hallo?« Kein Vorhang, kein Bett, kein Mädchen. Aber eine Tür im Hintergrund, die letztes Mal von dem Gummiüberzug mit dem Reißverschluss verdeckt gewesen war.
Atemlos hastete ich zu der Stelle des Tunnels, von der die Abzweigung ausging. Diesmal ließ sich die Stahltür aufzie-

hen. Ich stürzte hindurch, rannte den Gang entlang und riss die erste Tür auf, an der ich vorbeikam.
Das Guckloch. Aber von der anderen Seite. Vom Inneren der Zelle aus. Matt schien das Neonlicht an dem verbogenen Plättchen vorbei.
Ich trat an das Loch, legte mein Auge vor die Öffnung. Dahinter konnte ich den Tunnel erkennen, in dem ich zuerst auf die Ausbuchtung gestoßen war.
Ich fuhr herum. Dort, die Nische, die von dem roten Gummivorhang verborgen gewesen war. Auch die Wände waren mit Gummi verkleidet gewesen, aber das Gummi war weg. Ich kauerte auf dem Boden, spürte den körnigen Staub und Zementsand unter meinen Handflächen. Das Bett, der Tisch, die Toilette? Es war nur eine einfache Campingtoilette gewesen, die dort an der Wand gestanden hatte, ich hatte ja gleich gedacht, dass ich so eine Toilette auf einem Campingplatz schon einmal gesehen hatte. Kein Abfluss, kein Zufluss, sie ließ sich ganz einfach hochnehmen und wegtragen.
Er hat sie fortgeschafft! Er hat bemerkt, dass ich hier war, dass ich etwas gesehen habe, den Teddy!
Mein Knie brannte, die Arme hatte ich um meine Beine geschlungen. »Yoki ...« Ich holte Luft. *Sie hat so nicht geheißen, Sam – du hast dir den Namen ausgedacht!*
Schwarz. Dessen war ich mir sicher. Ihre Haare waren schwarz gewesen. Und sie hatte mandelförmige Augen gehabt, wie eine Chinesin oder Japanerin. Sie war jung gewesen, vielleicht fünfzehn, aber auch das hatte ich bloß geraten. Sie hatte geschrien. *Das* hatte ich doch gehört! Aber *was* hatte sie geschrien?
»Dein Vater –«

Nein, nicht »dein Vater«, kein Deutsch. Sie konnte kein Deutsch. »Daddy, Daddy, no!«, hatte sie geschrien, weil ich gesagt hatte, dass ich meinen Vater holen würde. *Gestern, nein, nicht gestern, vorgestern! Oder?* War es schon mehrere Tage her?

Ich fühlte, wie mich die Angst an der Gurgel gepackt hatte.

Sie war hier gewesen!

Aber jetzt hat er sie fortgebracht.

»Du hast alles falsch gemacht!«, fuhr ich mich an, voller Verachtung und Hass auf mich selbst. »Sie hatte nur dich, du warst ihre letzte Chance! Du hast dich nicht angestrengt, du bist *schuld,* dass er sie fortgebracht hat! *Wohin?* Was meinst du, was er mit ihr macht? Was meinst du, was es sie kostet, dass du so schwach bist, so dumm, so klein. So schlecht.« Ich musste schlucken. Jawohl. *Das* war es. Ich war *schlecht.* Ich hatte nichts gesagt, weil ich sie für mich haben wollte. »Dein kleines Geheimnis, dein Mädchen, nur für dich. Deshalb – deshalb hast du es nicht geschafft, mit jemandem darüber zu sprechen! Du wolltest sie für *dich!*«

Ich hielt es nicht mehr aus. Die Verantwortung, die Qual, so lange geschwiegen zu haben, zerriss mich beinahe. Mit verzerrtem Gesicht rannte ich aus dem Raum, zog mich die Eisenstufen des Schachts empor, stöhnte auf, als ich mein verletztes Knie am Schachtende auf den Boden stützte, riss mich hoch und humpelte Richtung Haus.

14

Ich hatte ihn in seinem Arbeitszimmer suchen wollen, aber so weit musste ich gar nicht erst gehen. Als ich aus der Hecke auf den großen Rasenplatz kam, sah ich, wie er am Haus entlang Richtung Pool lief. Ein wenig nach vorn gebeugt, vollkommen in Gedanken. Er hatte sich seit Tagen nicht mehr rasiert, der dunkle Bartschatten gab ihm ein wüstes Aussehen. Mein Vater trug nichts als ein weißes T-Shirt, Jeans und seine ausgelatschten Turnschuhe, die Hände aber hielt er vor sich, als wollte er mit den Fingern eine Form greifen, die ihm Antwort geben könnte. Antwort auf die zehrenden Fragen, die ihn nicht freiließen.
Ich duckte mich hinter einen Strauch und sah ihn um die Ecke des Hauses verschwinden.
Er hat sie woanders hingebracht, und jetzt geht er zu ihr. Die Pritsche, das Regal, der Vorhang und was sich dahinter verborgen hat … Eine Nacht lang hat er arbeiten müssen, dann war die Zelle leergeräumt.
Ich sah es praktisch vor mir. Er war kräftig, mein Vater war stark, das wusste ich doch. Damals war er noch keine vierzig Jahre alt, er war groß, immer schon sportlich gewesen. Wenn wir Fußball gespielt hatten und er mir den Ball abnahm, konnte ich die Muskeln unter seinem T-Shirt spüren.
Wo hat er die Sachen hingebracht? In einer der Nischen des Kellers verborgen? Oder ist er durch einen zweiten Ausgang ins Freie gelangt und hat die spärliche Einrichtung von Yokis Raum dort entsorgt?
Ich kam hoch und hastete zu der Hausecke, hinter der er

verschwunden war. Ich wusste nur zu gut noch, wohin es mich das letzte Mal geführt hatte, als ich ihm nachgegangen war, aber es gab keine Alternative. Ich musste wissen, wo er hinging. Bog um die Ecke und prallte zurück.

»Was machst du? GEHST DU MIR NACH?«

Die Augen hinter den halb den Himmel spiegelnden Brillengläsern glühend. Die Adern in den nackten Armen hervortretend.

»Papa …«

»ICH HAB DIR EINE FRAGE GESTELLT!« Die Worte schnitten durch mich hindurch wie erhitzte Drahtseile. Ich spürte, wie mein ganzer Körper, der damals noch recht klein und mager war, sich straffte. Wie meine Aufmerksamkeit nach oben schnellte. Tausend Gedanken waren mir kurz zuvor gleichzeitig durch den Kopf gegangen, jetzt aber, als er vor mir stand und sich ganz auf mich konzentrierte, war alles unwichtig, war ich wie angespitzt.

»Papa, ich … ich hab dich gesehen –«

Ich sah, wie er erbleichte, sich zusammenriss. »Sammy, warte, hör mir zu, pass auf …« Er suchte nach Worten. »Warte einen Moment, du bist … tut dein Knie weh?«

Ich blickte unwillkürlich auf das Pflaster. Das Knie spürte ich gar nicht mehr. »Nein … nein, es ist okay.«

»Sammy, hör zu, es ist im Moment für mich nicht einfach. Du kannst das noch nicht verstehen, und ich will dich damit auch nicht belasten. Es hat mit meiner Arbeit zu tun, okay?« Er legte seine Hände auf meine Schultern. »Es ist einfach … du weißt ja, ich schreibe … Musik und manchmal … die Töne, ich meine …«

Seine Stimme verlor sich.

Er sprach fast nie über seine Musik. Die Noten, die Partituren, die Töne, es war für mich immer wie ein Zauberreich gewesen, ein Zauberreich aus Zeichen, zu dem ich keinen Zugang hatte.

»Weißt du«, er sah mich direkt an, »ich muss die Töne schreiben, die ich höre. Ja? Also mache ich das, schreibe es auf, das, was ich im Kopf höre, und dann gebe ich es ihnen, denen, die mich beauftragt haben. Ich gebe ihnen die Partitur, die Streicher, das Klavier, die Klangwelten, die ich gehört habe ... und sie sehen es sich an, und manchmal sagen sie: ›Grossman, das ist phantastisch, es ist einmalig, wie haben Sie das geschafft?!‹ Und manchmal, auch wenn sich alles ganz genauso abgespielt hat, ich wieder nur aufgeschrieben habe, was ich höre, manchmal sagen sie: ›Ach so? Ach ja? Es tut uns leid, das zu sagen, lieber Grossman, aber diesmal haben Sie uns ein bisschen ratlos gemacht. Ihre Töne ... wir maßen uns ja kein Urteil an, Sie *müssen* das so machen, das ist uns klar, nur wir, Grossman, *wir* können damit leider nichts anfangen. Ganz und gar nicht.‹« Seine Augen hatten einen schmerzlichen Ausdruck angenommen. »Weißt du, man nennt das auch Muse, ich habe mit meiner Muse geredet, habe sie ... habe sie gebeten, um Töne gebeten, Sammy, aber alles, was sie mir einflüstert, es gefällt ihnen nicht mehr. Sie schicken mich zurück an den Tisch und wieder und wieder und sagen ›Nein‹ und ›leider‹ und ›tut uns leid‹.« Er schaute mich an, hatte die Hände von meinen Schultern gelöst und die Brille abgenommen, so dass man seinen Augen ansah, dass sie mich nicht deutlich erkennen konnten. »Und neulich ... kannst du dir das vorstellen? Neulich hat der Mann, dem ich zurzeit meine Musik schicke, die Notenblätter zerrissen. Nicht absichtlich, hat er mir gesagt, aber ... Verstehst du? Er hat am Tele-

fon mit mir darüber gesprochen. ›Nicht absichtlich, Grossman, natürlich nicht. Wie könnte ich? Musik von *Ihnen*? Aber es ist passiert, als ich die Blätter zurück in den Umschlag stecken wollte. Ich war in Eile, und sie sind zerrissen. Schlimm? Ich meine, Sie haben doch noch eine Kopie, oder? Also Sie könnten doch … nein, nein, verstehen Sie mich bitte nicht falsch, wir brauchen Ihre Blätter ja gar nicht mehr, wir wollten jetzt doch erst mal jemand anderes … Ich bitte Sie, Grossman, das … dafür haben Sie doch sicher Verständnis, ich meine nur, es tut uns leid wegen der Blätter, aber Sie haben doch noch eine Kopie? Für sich selbst, nicht für uns, für sich selbst, meine ich.‹«
Er hatte die Brille wieder aufgesetzt und sich aufgerichtet. »Wie gesagt, ich will dich gar nicht damit belasten, Sammy, ich habe mit dem Mann geredet, und jetzt soll ich noch einmal ein neues Stück schicken. Ich sage das nur, damit du … damit du verstehst … es sind für mich keine Sommerferien hier, ich versuche, einen Auftrag zu erledigen, und das ist nicht immer ganz leicht.«
Er schwieg.
»Ja, Papa.«
»Also möchte ich nicht, dass du mir nachschleichst.«
Ja, Papa, ja. Aber …
»HAST DU VERSTANDEN?« Da war er wieder, der Peitschenhieb, der mich zur Besinnung brachte.
»Ja, Papa.« Die Tränen flossen aus mir heraus, als hätte er einen Schalter bedient. »Ja, Papa, ich hab doch verstanden, aber –« »NICHTS ABER! Ich und deine Mutter, wir haben gestern mit dir geredet. Ich weiß, du warst schon immer so, ich weiß, es ist nicht leicht. Nichts ist leicht, für dich nicht, aber für mich auch nicht.«

»Aber … es geht nicht um mich, es geht um sie –«

Ich flog – fast kam es mir so vor, als würde ich fliegen, und meine Arme glühten in seinem Griff. Jetzt sagte er nichts mehr, er hatte mich hochgerissen, dass sein Gesicht ganz nah vor meinem war. Ich konnte die Wut fühlen, die von ihm ausstrahlte. Eine Wut, von der ich nicht wusste, wie weit sie reichte, eine Wut, die entflammt schien von den Gedanken und Empfindungen, die ihn peinigten, eine Wut, die beinahe unermesslich schien, weil mein Vater sein Leben lang damit verbracht hatte, auf jede seiner Regungen zu achten, sie zu züchten, heraufzubeschwören und zu vergrößern. Zu steigern, zu hätscheln und zu fixieren. Eine Übung, die ihn dazu gebracht hatte, auf seine Innenwelt mehr zu achten als auf seine Umwelt. So dass er sich – wie mir heiß und beinahe zischend in diesem Moment durch den Kopf fauchte – mehr und mehr von seiner Umwelt abgekapselt hat. Mehr und mehr in sich eingesperrt hat. Und ihm … *nichts anderes mehr bleibt als das Mädchen im Keller.*

»Was?«

Ich hatte genuschelt. *Das Mädchen im Keller.*

»Was hast du gesagt, Sam?« Er rammte mich auf den Boden, dass meine Beine einknickten.

»Nichts, Papa, ich hab … nichts … es tut mir leid.«

Er hat sie getötet. In so einem Anfall, bei dem er kaum noch sieht, was um ihn herum geschieht. Er hat sie getötet und eine Nacht lang gearbeitet, um das Zimmer zu leeren. Er hat sie verscharrt. Mein Blick schnellte an ihm vorbei zu den Nadelbäumen in der Ecke des Grundstücks. *Dort?* Ich sah zum Komposthaufen, der jenseits des Rosengartens angelegt war. *Oder dort? Unter dem Kompost? Er hat sie ver-*

scharrt, die feuchte Erde ist auf ihr Gesicht gefallen, da waren ihre toten Augen noch offen.
Mein Blick schoss zurück in sein Gesicht, und es stand die ganze Qual darin, die ihn schüttelte. Die Adern waren bläulich und pochend hervorgetreten, der Mund war verzerrt und zuckte. *Und wenn ich ein falsches Wort sage, bin ich der Nächste.* Da sah ich es. Seine Hand hielt sie umkrampft, dass sie wirkte wie eine Klaue. Eine Hacke, die eben noch auf der Gartenbank gelegen hatte, neben der wir standen. Eine Hacke, die er sich gegriffen haben musste, ohne nachzudenken, die jetzt aber in seiner Hand zitterte. Ein Hieb. Der Bruchteil einer Sekunde, ein Schatten, der durch sein Gehirn huschte. Eine Note, die er falsch in sich aufschimmern hörte, ein Lichtwechsel nur, aber der Stahl der Hacke würde bis in mein Gehirn dringen.
»Nichts, Papa«, jetzt flüsterte ich, »es ist nichts.« So hatte ich ihn noch nie gesehen. Er hatte sich nicht mehr unter Kontrolle. *Als wäre sein rohes Fleisch durch die Haut getreten*, musste ich denken, *jede Berührung, jeder Windhauch ist für ihn schmerzhaft.*
»Nichts, Papa, es ist nichts«, rief ich noch einmal und wich zurück, an der Hauswand entlang. Nur seine Augen folgten mir, ruckartig, mehr nach innen als nach außen gekehrt. Dann hatte ich die Ecke des Hauses zwischen mich und ihn gebracht, fuhr herum und rannte zu der Hütte mit der Falltür. *Das Schloss*, hämmerte es in meinem Schädel. *Das Schloss ist geborsten, ich muss es wieder anschrauben. Irgendwie! Er* darf *nicht wissen, was ich weiß, sonst erschlägt er mich mit der Hacke im Schlaf.*

15

Was wusste ich denn von meinem Vater?
Ich wusste, dass seine Musik unheimlich war. So unheimlich, dass sie die bedrohlichsten, dunkelsten und grausamsten Filme von ihm vertonen ließen. Und dass es jetzt Probleme gab. Dass er Schwierigkeiten hatte, seine Musik zu verkaufen. Ich wusste, dass er für diese Musik lebte. Für mich? Für Linus? Wir waren doch nur Beiwerk. Um uns ging es nicht.
Auch um meine Mutter ging es ihm nicht. Längst hatten sie sich doch auseinandergelebt, sich nur deshalb noch nicht getrennt, weil Linus und ich noch zu Hause wohnten. Nie hatte jemand uns das so gesagt, aber wenn ich meine Eltern zusammen sah, spürte ich es doch. Sie gingen rücksichtsvoll miteinander um, respektierten sich. Aber umarmten sie sich, küssten sie sich, sahen sie sich verliebt in die Augen? Doch schon seit Jahren nicht mehr.
Nächtelang blieb meine Mutter in der Stadt, wenn ihre Arbeit das erforderte, nächtelang hörte ich meinen Vater in seinem Arbeitszimmer rumoren. Vertraute ihm meine Mutter noch? Bekam ich seine Musik zu hören? Sprach er darüber? Nichts!
Es war wie eine schwarze Aura, die ihn umgab, ein Hort von Geheimnis und Dunkelheit. Was wusste ich von ihm, wenn ich ihn an unserem Tisch sitzen sah? Doch nur, dass sich in seinem Kopf ganz andere Dinge abspielten, während ich und Linus mit Mama oder auch mit Hannah sprachen.
Aber *was*, was spielte sich in seinem Kopf ab? Davon wuss-

te ich nichts. Deshalb hatte ich das Weite gesucht, als er mit der Hacke in der Faust vor mir gestanden hatte.
Und dann hatte ich mich um das Vorhängeschloss gekümmert. Ein Werkzeugkasten mit einem verrosteten Schraubenzieher hatte in der Hütte auf dem Regal gestanden. Es war nur ein Vorhängeschloss, das ich ausgehebelt hatte, aber es blieb natürlich dabei: Es befand sich auf der Unterseite der Falltür, so dass ich zuerst glaubte, es nur auf einer Seite festschrauben zu können. Bis ich entdeckte, dass sich die Stifte an den Scharnieren der beiden Falltürflügel lösen ließen.
Mit dem Schraubenzieher schlug ich die Stifte heraus, dann schraubte ich das Vorhängeschloss, das ja noch immer in den Metallbügeln hing, auf beiden Seiten zurück an die Falltürflügel. Schließlich legte ich die beiden über das Schloss jetzt wieder verbundenen Türflügel zurück auf den Schacht und hämmerte die Stifte zurück in die Scharniere.
Danach war ich mit den Kräften ziemlich am Ende. Und verbrachte den Rest des Tages damit, in meinem Zimmer bei zugezogenen Vorhängen zu dösen.
Bis mit einem Mal so etwas wie ein Gefühl von Dschungelfieber, Morast und giftigen Schlingpflanzen, von Bodennebel, Insektenschwärmen und Tierkadavern in mir aufkeimte. Musik, seine Musik hatte begonnen, durchs Haus zu ziehen. Ja, ich konnte sie hören, die Klänge und Töne, die sich geradezu bleiern auf mein Gemüt senkten.
Da! Jetzt war es eine einzelne Geigenstimme, die ich heraushören konnte, eine Geige, der sich ein Säuseln beigesellte, von dem ich nicht wusste, welches Instrument es hervorrief. Dann die Celli, das mussten die Celli sein, sie schwebten herunter, als würden sie landen. Ein tiefer Ton,

der dazukam, ein Auf und Ab, eine Bewegung wie auf der Oberfläche eines Ozeans, wo die Wellen nicht meterhoch stiegen, sondern haushoch, und man als Schwimmer verloren war, ausgesetzt den Gewalten und Wellenbergen, die über einem aufragten, dass ganze Schiffe darauf hätten hinabfahren können.

Ich hatte mich aufgesetzt und lauschte dem Gesang der Streicher. Er arbeitete schon seit Monaten an dieser Musik. »Es ist eine ganze Filmreihe«, hatte meine Mutter mir ja gesagt. Wahrscheinlich waren es Passagen, die sie schon eingespielt hatten und an die er jetzt anknüpfte. Mit Scheppern brach ein Schlagzeug in die gleitenden Töne, setzte einen Akzent, trieb die Musik an wie mit einem Gewehrschuss. Lauerte, hielt sich zurück, und brach erneut zwischen die Töne. Wie eine Fratze, die sich plötzlich in einer sonnigen Straße zeigt. Als würden die Kulissen aufgerissen und das Grauen, das dahinter verborgen ist, hervorbrechen.

Bläser. Jetzt waren es Bläser, die dazugekommen waren, Bläser und Paukenschläge und ein merkwürdiges Pumpen, ein Auf- und Abschwellen und ein Tuckern, Stampfen und Rollen, das sich verlor, in der Ferne zu versickern schien, um dann wieder heranzurollen.

Ich stand auf. Wann hatte ich meinen Vater das letzte Mal bei der Arbeit gesehen? Hier in Berlin doch überhaupt noch nicht. Konnte man nicht von der Küche aus über einen kleinen Stichflur hinweg in sein Zimmer schauen?

Es klang wie ein Bass, der durch das Haus schwebte, als ich die Treppe hinunterschlich. Ein dumpfer, tiefer Ton, zerfetzt durch schrille, schräge Geräusche, die an das Bremsen von Autos erinnerten, an das Kreischen einer U-Bahn, die in die Kurve ging. Ich betrat die Küche und spähte vorsichtig um die Ecke in den Stichflur hinein, der die Küche an dieser Seite vom Arbeitszimmer trennte.

Offensichtlich hatte er die Jalousien vor die Fenster gezogen, denn ich konnte sehen, dass es in seinem Zimmer dunkel war. Nicht stockfinster, aber dunkler als in den anderen Räumen. Zugleich aber wurde diese Dunkelheit von einem unruhigen Leuchten und Flackern belebt. Ich wandte mich zum Kühlschrank, nahm mir ein bisschen Wurst heraus, ging zum Brotkorb, holte mir ein Brötchen und schnitt es auf. *Tapp, tapp, tapp, tapp*. Ein unermüdliches Pochen, Tappen und Hacken drang aus dem Arbeitszimmer, im Rhythmus genau zu dem Flackern passend, das ich auf den Wänden blitzen gesehen hatte.

Leise bewegte ich mich wieder zur Tür und schob den Kopf so lange an ihrem Rahmen vorbei, bis ich erkennen konnte, dass mein Vater in seinem Arbeitszimmer den großen Projektor angeworfen haben musste. Ich wusste, dass er auch einen richtigen Filmprojektor dort hatte, mit dem er sich die Kopien der Filme fast wie im Kino an die Wand werfen konnte, wenn seine Auftraggeber ihm eine Kopie schickten. Offensichtlich hatte er genau diesen Projektor jetzt eingeschaltet.

Geräuschlos veränderte ich meine Position, bis ich nach und nach das Bild, das der Projektor an die Wand warf, am Türrahmen vorbei erspähen konnte. Meinen Vater selbst sah ich nicht, er musste auf der Couch an der gegenüberliegenden Wand Platz genommen haben, die aus dem Winkel, in dem ich stand, nicht zu sehen war. Aber die Bilder konnte ich erkennen, schwarz-weiße Bilder, harte Kontraste, körnige Flächen, erst nur Schatten und Lichter, verwischte

Winkel und Ecken, dann eine Fahrt, eine Fahrt durch eine Stadt? Bei Nacht? Nein, keine nächtliche Stadt, diese Kanten, Winkel und Ecken waren ein Zelt, das Innere eines Zeltes, an dessen Decke eine Lampe unruhig hin- und herschwankte, ein Zelt, dessen Eingangstuch plötzlich zurückgeschlagen wurde. Zwei entblößte Frauenarme erschienen, die durch den Eingang hindurchgriffen und von unterhalb, gerade in den Bildausschnitt hinein, ein Baby holten. Einen Säugling, splitternackt, runzlig noch, die winzigen Hände an den Mund gepresst, die Kulleraugen aufgesperrt, die Haare spärlich, die Ärmchen und Beinchen eingerollt und wie aus Gummi, ganz rund, ganz gebogen. Der ganze kleine Mensch fast noch eine Kugel, niedlich, neugierig und aufmerksam.

Es ist eine Magd, ging es mir durch den Kopf, als ich sah, wer den Kleinen an sich drückte, eine Frau etwa im Alter meiner Mutter, die eine Tracht trug, ein altmodisch aussehendes Kleid mit Rüschen und Schürze. Sie hatte die Ärmel hochgekrempelt, hielt das kleine Wesen vorsichtig im Arm, und die Musik um sie herum schwoll an zu einem bedrohlichen Knattern. Zu einem Sägen und Kreischen, einem Krachen, als würden Äste – oder Knochen – zerbersten, Schädel platzen. Die Magd aber lächelte dem Säugling zu, knuddelte ihre Nase in seinen Bauch und strahlte unter ihrer altmodischen Haube, als das Gesichtchen des Kleinen sich aufhellte.

Die Musik jedoch hörte nicht auf, um sich zu schlagen und Funken zu sprühen, Einstürze, Abstürze, Kanten, Hiebe und Schnitte zu beschwören, dass ich unwillkürlich Angst um den Kleinen bekam, der dort so vergnügt in den Armen der Magd strahlte.

Nicht, besser nicht, schoss es mir durch den Kopf als ich sah, dass sie sich mit dem Kind auf dem Arm einem Waschzuber näherte. *Lass doch den Kleinen, so dreckig ist er ja nicht. Im Gegenteil, er wirkt noch vollkommen sauber, es geht ihm doch gut! Er wirkt so ausgelassen, fröhlich, was willst du denn mit ihm dort an dem Zuber?*
Sie aber hockte sich mit dem Kind neben die Wanne auf den Boden und ließ es vorsichtig in das Seifenwasser hineingleiten. Die Augen des Kleinen waren fast noch größer jetzt, das Lächeln jedoch von den Lippen gewischt. Überraschung im Blick. Wasser. Nass.
Er schrie nicht, strampelte nicht, hielt nur die Fäustchen an die Lippen gepresst. Behutsam stützte die Magd das Baby mit einer Hand, während sie mit der anderen sein Bäuchlein spülte und ihr Blick mit seinem verschmolz. Jetzt schob sich das freudige Strahlen wieder zurück in die Miene des Kerlchens, ein Gluggern war zwischen den schartigen Kanten der Musiksplitter zu hören, ein Glucksen, die Fäustchen hoben sich ein wenig von den Lippen, und die zahnlose Mundhöhle wurde sichtbar.
Und dann war es, als würde die Musik auf mich herabstürzen wie eine Lawine. Die Töne, die Klangwelten, Klangräume prasselten auf mich herunter, dass ich fühlte, wie meine Beine zu zittern begannen. Allein schon die Lautstärke war gewaltig. Vor allem aber war es das Abgerissene, Springende der Musik, was sie so gewaltsam, so bedrohlich machte.
Gleichzeitig sah ich, wie das fröhliche Strahlen des Kleinen einer sorgenvollen Miene, einem Quengeln, einem Schreien, und schließlich einem blanken Entsetzen Platz machte. Einem Entsetzen, das das Säuglingsgesicht mit einem

Herzschlag in das Gesicht eines Greises verwandelt zu haben schien.

Nicht, keuchte es in mir, *nimm ihn raus, den Kleinen, dort mit dem Handtuch! Du musst ihn abrubbeln, er wird doch sonst kalt!*

Aber die Sehnen am Hals der Magd hatten angefangen hervorzutreten. Sie hatte sich auf ihren Knien aufgerichtet, die Arme durchgedrückt und nach unten gestreckt. Aber nicht, um den Säugling aus dem Wasser zu holen – sondern um ihn unter die Oberfläche zu pressen.

Das Strampeln! Ich habe das Strampeln niemals vergessen können. Das Spritzen des Wassers, das geschwollene Gesicht des Kleinen, die Lippen, dick und rosig, verzweifelt aufgerissen jetzt, um noch Luft in die Lungen hineinzubekommen, aber zu kurz, zu kurz nur, da schlagen die Wellen auch schon wieder über dem kleinen Mann zusammen. Seine Augen riesig und gerötet, die Schulterblätter der Magd scharfkantig wie Scheiben. Es ist nur ein Baby, aber sie muss all ihre Kraft aufbieten, um das strampelnde Kind in das flache Wasser zu drücken. In der seifigen Lache zu ertränken, während es seine Händchen, seine dicken Fingerchen auf ihre Arme presst, die Nägel in ihre Haut bohrt. Zu ertränken, während die Musik meines Vaters *feiert*, sich zu ihrem endgültigen Höhepunkt aufschwingt und die Töne zu explodieren scheinen. Eine Feier des Todes, des Tötens, des Grauens, das ist es, was sich dort abspielt – und was mit einem Mal in sich zusammenfällt. Die Blasen der Seifenlauge schwimmen zusammen, bilden einen Teppich, eine lückenlose Fläche. Der Rücken des Babys schwimmt oben, das Strampeln ist vorüber.

Mir rann der Schweiß an den Seiten hinab. Die Musik –

verstummt. *Sitzt er auf der Couch? Erschöpft wie die Magd, nachdem seine Töne den Tod des Babys gefeiert haben?* Mit zitternden Knien trat ich zurück an den Küchentisch, griff nach dem Teller mit meinem Brötchen, doch meine Hände gehorchten mir nicht mehr. Ich konnte ihn nicht halten und sah, wie er zurück auf die Tischkante fiel. Das Brötchen löste sich vom Porzellan, der Teller schlug auf den Fliesen der Küche auf. Die Scherben drehten sich noch einmal in der Luft, ich hörte es jedoch weder scheppern noch klirren.

Ihm jetzt nicht begegnen, war, was ich dachte. Ich stolperte aus der Küche, das Schreien des Babys noch in den Ohren, ein Schreien, das nicht enden wollte. Die Wände um mich herum wirkten schief, das ganze Treppenhaus, das ich hinauftrampelte, wie eine Ansammlung von Kanten und Ecken, die in merkwürdigen Winkeln zueinander standen und ineinandergeschoben zu sein schienen.

Er war doch früher nicht so, Papa ist früher nicht so gewesen! Was ist es, das ihn verändert hat? Sind es diese Filme, für die er die Musik schreiben soll? Ist es das, was ihn beeinflusst? Dass er solche Bilder vertonen muss, Musik finden für solche Szenen? Aber … auch in London, oder? Auch in London hat er für diese Filmreihe bereits die Musik geschrieben. Oder nicht? Aber mit einer Hacke in der Faust und glasigem Blick hat er in London nie vor mir gestanden.

Ich rannte die Treppe weiter nach oben, an dem Stockwerk vorbei, in dem unsere Schlafzimmer lagen, bis hinauf zum Dachboden des Hauses, in dem seit dem Umzug unsere Kisten und Kartons lagerten. Auch ein alter Kinderwagen stand noch dort, verstaubte Koffer lagen auf dem Boden, ein auseinandermontiertes Bettgestell …

Es war nicht das erste Mal, dass ich mich auf den Dachboden hinaufrettete. Bereits in den ersten Tagen, die ich in dem Haus verbracht hatte, als die Packer und Umzugsarbeiter noch unsere Kartons und Möbel in das Gebäude geschleppt hatten, als die Gemälde noch aufgehängt werden mussten, die Schränke gestellt und die Lampen angebracht, als meine Eltern händeringend versucht hatten, Ordnung in das Chaos zu bringen, hatte ich mich hier hochgeflüchtet. Ich kauerte mich auf eine alte Matratze, die unter der Dachschräge lag und um die herum ich mir in den vergangenen Tagen so etwas wie eine geheime Lagerstatt eingerichtet hatte. Ein Stoffelefant gehörte dazu, ein kleines batteriebetriebenes Radio und eine Dose mit Keksen.

Das Wasser, der Kleine, der entsetzliche Sog der Musik …

Schwer atmend ließ ich mich auf den Rücken rollen und verschränkte die Arme hinter dem Kopf. Nie wieder wollte ich etwas von den Filmen sehen, an denen mein Vater arbeitete. Es kam mir so vor, als hätten sich die Klangwelten, die Wellen und Bewegungen der Musik in mich hineingeschlichen, als würde das Grauen, das von den Sprüngen der Musik ausgegangen war, noch immer in meinen Knochen nachschwingen.

Verstört ließ ich meinen Blick durch den schummrigen Dachstuhl gleiten, bis er an den drei Fenstern hängenblieb, die mir genau gegenüberlagen und die Stirnwand des Hauses durchbrachen. Das untere ein Halbkreis, typisch für die ganze Bauweise der Villa, oben gebogen und an der unteren Kante gerade. Darüber zwei Luken, durch die ich den verregneten Nachmittagshimmel sehen konnte.

Die Reihe, die Filme … ist es das, was meinen Vater nicht loslässt?

Ich merkte, wie mein Blick verschwamm, wie die rechten Winkel der zwei oberen Fenster verflossen. Wie sich das Rund des unteren, halbkreisförmigen Fensters noch weiter nach unten zog, gleich einem Mund, dessen Winkel sich herabziehen. Fiebrig heiß glühte meine Stirn über den Augen. Erinnerungsblitze an meinen Vater im Garten, wie er vor mir gestanden hatte, den Blick wie nach innen gekehrt, die Hacke in der Hand, vermischten sich mit dem Flackern der Bilder, die ich gerade in seinem Zimmer gesehen hatte, mit dem Peitschen der Musik, dem Kreischen des Kindes.
Die Filme? Nein, es sind nicht die Filme, an ihnen hat er so lange schon gearbeitet …
Und plötzlich stand es mir so klar vor Augen, dass ich fühlte, wie mir der Schweiß an der Stirn fast gefror: *Es ist das* Haus, *das ihn so verändert! Das Haus,* dessen drei Fenster durch das Halbdunkel des Dachbodens auf mich zuwaberten wie die Augen und der Mund eines uralten Wesens. *Das Haus, das wir erst vor ein paar Wochen bezogen haben.* Nie zuvor hatte ich meinen Vater erlebt wie in den letzten Tagen. Dass wir hier wohnten – nicht in Berlin, nein, in diesem *Haus* –, *das* war es, was in ihn gefahren sein musste, was schuld sein musste an der Veränderung, die ich doch ganz deutlich an ihm wahrnahm. Niemals hätte er das Mädchen in den Keller gesperrt, wenn ihn das Haus nicht dazu gebracht hätte, niemals hätte er so mit der Hacke vor mir gestanden, wenn er nicht dem Haus, in dem wir lebten, zum Opfer gefallen wäre!

16

Papa?« *Bist du gar nicht schuld an dem, was passiert ist? Ist es das Haus, das dich dazu gebracht hat?*

»Was ist, Sammy?«

Wir saßen beide auf der Sonnenterrasse des Hauses, meine Mutter war mit Linus und Hannah in die Stadt einkaufen gefahren. Ich hatte mich mit einem Buch auf einem der Korbsessel eingerollt, mein Vater saß – die Kopfhörer übergestülpt, die mit der Musikanlage im Wohnzimmer verbunden waren – mir gegenüber auf der Bank. Jetzt hielt er einen der beiden gelben Kopfhörer von seinem Ohr ab und sah mich freundlich an. Leise scheppernd hörte ich die Musik aus der Muschel kommen.

Ich hatte ihm über den Rand meines Buches hinweg zugesehen, während er das große Heft, das auf seinem Schoß lag, studierte. Eine Partitur. Bedrückt hatte er gewirkt, nicht so verloren und entrückt wie im Garten, und auch nicht so, dass man das Gefühl hatte, überhaupt nicht zu wissen, was ihm durch den Kopf ging, aber sichtlich besorgt.

»Papa, was ich dich schon immer mal fragen wollte!« Ich sprang auf, legte das Buch neben mich und lief zu ihm, hüpfte auf seinen Schoß. Dort hatte ich früher öfter gesessen, in letzter Zeit aber nicht mehr, denn eigentlich kam ich mir zu alt dafür vor. An diesem Nachmittag jedoch hatte ich irgendwie den Eindruck, es noch einmal tun zu können, vielleicht zum letzten Mal in meinem Leben.

»Wenn du deine Musik schreibst«, sagte ich und lehnte mich mit dem Rücken an ihn, »wie machst du das? Ich meine …« Ich sah zu ihm hoch. Er hatte die Kopfhörer abgesetzt, aber er wirkte, als sei er noch immer bei seiner Musik. Als spielte er sich immerzu unzählige Töne im Kopf vor und versuchte zu entscheiden, welche davon er auswählen sollte.

»Sag doch mal!« Ich rüttelte an seinem Arm.

»Was?« Er kam mir vor wie aus Träumen gerissen.

»Wenn du deine Musik schreibst, Papa, wie machst du das? Du suchst die richtige Tonfolge, stimmt's? Aber welche ist das, die richtige, woran erkennst du sie?«

Er lächelte mir zu. »Seit wann interessierst du dich für meine Musik?«

Es stimmte, bisher war ich fast immer, wenn es um seine Musik ging, so mit Ehrfurcht erfüllt gewesen, dass ich ganz starr geworden war und fürchtete, etwas Falsches zu sagen.

»Hast du denn jetzt mal ein paar Aufnahmen mit dem Diktiergerät gemacht?«, fuhr er fort, ohne meine Antwort abzuwarten.

Ich nickte. »Ja, habe ich.« Er hatte mir vor ein paar Tagen sein altes Gerät zusammen mit einer bespielbaren Kassette gegeben, und ich war tatsächlich zwei oder drei Mal über das Grundstück gestromert, hatte das Rauschen der Baumkronen aufgenommen und das Glucksen des Wassers im Pool. »Ich sammele noch Töne, dann spiel ich sie dir vor, ja?«

Noch war ich dafür nicht bereit, noch – so mein Eindruck – hatte ich längst nicht genug Geräusche gesammelt, als dass ich sie ihm bereits hätte präsentieren können.

»Du wählst die schönste Tonfolge, oder?«, kam ich auf meine ursprüngliche Frage zurück. »Wenn du deine Musik schreibst, meine ich. Ist es so?«

»Die schönste, wenn ich schöne Musik komponieren will,

aber manchmal will ich auch erschreckende Musik schreiben, traurige oder fröhliche.«

»Und dann …«, ich überlegte, bevor ich weitersprach, »dann sagst du dir: Jetzt mache ich die Musik traurig … und dann wählst du die Noten, die traurig sind. Ja?«

»Ich ›wähle‹ …«, er legte die Partitur, die er noch in der Hand gehabt hatte, auf den Tisch vor sich, »… so würde ich das nicht sagen. Manchmal habe ich eher den Eindruck, die Musik wählt mich. Also … als ob das Musikstück schon fertig wäre und ich es nur aufschreiben muss. Als wenn ich es bloß dort, wo es schon fertig ist, hören und hierher zu uns holen müsste, hier aufschreiben, dass alle anderen es auch hören können. Aber das klingt so einfach und in Wahrheit … weißt du, manchmal ist es, als könnte ich das Stück nur undeutlich hören. Als wüsste ich, dass es dort in dieser anderen Welt … dass es dort spielt und ich es nur aufschreiben muss. Aber ich höre nicht genau, welche Töne es sind, höre viel Rauschen und Brausen … und dann … das ist …«

Ich wartete, aber er sprach nicht weiter.

»Er macht sich Sorgen, auch wegen dem Geld natürlich«, fiel mir ein – das hatte Linus mir vor ein paar Tagen gesagt. »Papa bekommt seine Musik ja bezahlt, aber natürlich nur, wenn sie sie ihm abnehmen. Wenn sie das, was er komponiert, nicht haben wollen, kriegt er nichts. Und was meinst du, was die Villa hier … also die Miete, was die im Monat kostet!«

»Aber Mama –«

»Verdient auch«, hatte Linus mich unterbrochen, »aber Mamas Honorar allein reicht nicht für alles.«

»Wir könnten doch in ein kleineres Haus ziehen!«

»Ja«, Linus hatte genickt, »klar, aber ein bisschen Platz brauchen wir schon, er braucht einen Raum zum Arbeiten …«
»Die Villa hier ist doch ohnehin viel zu groß!«
»Ich glaube, er hofft, dass sie ihn …«, Linus hatte mich ein bisschen merkwürdig angesehen, »dass sie ihn *inspiriert.*« Und dann hatten wir beide gelacht.
»Aber wenn er die Töne nicht richtig hört«, hatte Linus schließlich gesagt, »macht ihn das natürlich nervös. Und je länger das andauert, je weniger er aufschreibt, desto nervöser wird er.«
Mein Vater war auf seiner Korbbank ein wenig zusammengesunken und hatte die Arme um mich geschlungen.
»Papa«, fing ich leise an und drückte mich an ihn. »Papa, geht es dir nicht so gut?« Ich wagte es nicht, zu ihm nach oben zu schauen, hatte den Kopf auf seine Brust gelegt, spürte am Ohr die weiche Wolle des Pullovers und hörte darunter sein Herz schlagen.
Er antwortete nicht. Hatte ich zu leise gesprochen? Ich traute mich nicht, die Frage zu wiederholen. Und plötzlich sah ich es vor mir. Das Blut, in regelrechten Wellen. Es schwappte auf mich zu. Das Blut von Yoki. *Er hat sie umgebracht, sie hat es nicht überlebt! Ich habe ihr nicht geholfen, habe alles falsch gemacht!*
Ich spürte, wie mir die Tränen in die Augen schossen. Ein Zittern lief über meine Schultern hinweg, und ich presste meine rechte Faust auf die Lippen, um mein Weinen zu ersticken.
»Papa, geht es dir nicht so gut?«, flüsterte ich jetzt doch erneut. Da sah ich, wie seine Hand mir eine Haarsträhne aus dem Gesicht strich.

»Was?«
Ich blinzelte nach oben, er hatte sich zu mir heruntergebeugt. Das Gesicht zermartert, als hätten die Sorgen ein stumpfes Beil genommen und seine Gesichtszüge damit kräftig nachgezogen.
»Was ist denn, Sammy?« Erst jetzt hatte er bemerkt, dass mir Tränen in den Augen standen. »Bist du traurig?«
Ich nickte stumm.
»Aber wieso denn?«
»Das …« *Das ist wegen Yoki,* hörte ich eine Stimme in mir.
»Das Haus«, kam es mir schließlich über die Lippen, »das Haus ist irgendwie komisch, oder, Papa? Meinst du nicht?«
»Das Haus?« Seine Augenbrauen gingen hoch, und für einen Moment schienen die Sorgen aus seinem Gesicht vertrieben zu sein. »Wieso, was ist denn mit dem Haus?«
»Die Fenster –«
»Die Fenster?«
»Oben auf dem Dachboden, das halbrunde Fenster und die beiden Luken.« Mein Arm schlang sich um seinen Rücken, und ich drückte mich an ihn. »Papa, ich habe den Eindruck, es grinst mich an …«
Ich hörte ihn über mir atmen.
»Und du, Papa –«
»Was ist mit mir, Sammy?« Seine Stimme war jetzt ganz weich geworden, und er hielt mich fest.
»Ich hab … vor ein paar Tagen hab ich durch die Tür von der Küche in dein Arbeitszimmer gesehen … und ein Stück von dem Film, an dem du arbeitest, angeschaut, als du ihn an die Wand geworfen hast.«
»Sammy«, er hob mich ein wenig hoch, um das Gewicht auf seinen Beinen besser zu verteilen, »das haben wir dir

doch ganz oft schon gesagt. Diese Filme, an denen ich zurzeit arbeite, die sind nichts für dich.« Er schwieg eine Weile. »Was hast du denn gesehen?«
»Die Frau, mit der Haube, wie sie das Baby in dem Waschzuber ertränkt.«
»Hm.«
Er weicht mir aus, er will nicht darüber sprechen.
»Ich hab Angst, Papa.« Fast hauchte ich es, aber ich wusste, dass er mich gehört hatte, denn der Druck seiner Arme verstärkte sich.
»Das brauchst du nicht, Sam, hörst du? Du brauchst keine Angst zu haben. Vor nichts und niemandem.«
Nein? Ich schwankte. Stimmte das? Aber das Mädchen im Keller, musste es auch keine Angst haben? Hätte es keine Angst haben müssen? Hatten ihre Eltern ihr das auch gesagt? Und stimmte es? Nein, es stimmte nicht! Es stimmte nicht, dass man keine Angst haben musste. Es gab Dinge, die einem geschehen konnten, entsetzliche Dinge, die so fürchterlich waren, dass, wenn sie einem widerfuhren, es die ganze Zeit war, als würde sich einem ein Schrei aus der Brust winden.
»Aber … Papa?« Ich sah hoch, er lächelte mich an. »Es gibt doch schlimme Dinge, und ich meine …«
»Ja … ja, da hast du vielleicht … natürlich recht. Aber davor brauchst du doch keine Angst zu haben –«
»Aber das Haus, Papa, ich meine, wenn das Haus, wenn es so ein Haus ist –«
»Was für ein Haus, Sammy?«
»Ein … ein Spukhaus?«
»Ein Spukhaus?!«
»Ja. Wenn es ein Spukhaus ist, und wir darin wohnen,

dann … es wird doch immer schlimmer, je länger wir hier sind. Oder? So ist es doch, nicht wahr?«

Er lächelte mich jetzt wirklich an, fast schien es ihn zu amüsieren. »*Wenn* es ein Spukhaus wäre, sollten wir möglichst schnell daraus verschwinden. Aber es ist kein Spukhaus. Und weißt du auch, warum?«

Ich schüttelte den Kopf.

Er lehnte sich etwas zurück. »Ich habe mal Musik für einen Film über ein Spukhaus geschrieben. Da habe ich mich ein bisschen damit beschäftigt. Und diese Spukhaus-Geschichten, die sind immer gleich. Am Anfang kommt eine Familie in ein neues Haus –«

»Siehst du! Genau wie wir.«

Er grinste. »Genau wie wir, richtig. Aber dann geht es anders weiter. Denn die Familie erlebt unheimliche Dinge, ein Teller fällt vom Tisch, oder eins der Kinder sieht eine Rüstung nachts durch die Gänge taumeln –«

Yoki ist kein Gespenst gewesen, zog es mir durch den Kopf. Sie hatte ihren Kopf nicht unter dem Arm gehabt, sie war lebendig gewesen, aus Fleisch und Blut. Das Haus war kein Haus, in dem Gespenster herumliefen, es war ein Haus, das meinen Vater in seiner Gewalt hatte, das ihn verändert hatte, das in ihn eingesickert war wie ein Pesthauch.

»… und dann«, hörte ich seine Stimme wieder, aber seine Worte kamen wie aus weiter Ferne, »versuchen die Mitglieder der Familie, meist der Vater, für alles eine vernünftige Erklärung zu finden. Dass der Teller heruntergefallen ist, sagt er, ist ganz natürlich. Er stand eben sehr nahe an der Tischkante. Und als wir daran vorbeigelaufen sind, hat der Fußboden gewackelt, das hat den Teller langsam an den Rand geschoben, bis er schließlich heruntergefallen ist. So versucht der Vater, die Dinge ganz vernünftig und beruhigend zu erklären. Aber dann nehmen die Erscheinungen immer mehr zu, bis die Familie sich vor ihnen kaum noch retten kann, bis die Geister immer frecher, immer aufdringlicher, immer blutrünstiger werden, und aus Türen nach ihnen greifen, aus Ausflüssen und Rohren und Rissen und Spalten, bis sich von überall her Arme und Hände und Krallen um ihre Hälse legen.« Ich hasste es, wenn er so redete, aber ich wollte ihn nicht unterbrechen. »Und schließlich ist es ein Kampf um Leben und Tod. Wer wird gewinnen, die Lebenden oder die Toten, die Geister oder die Menschen? Und manchmal, na ja, das stimmt schon«, er strich mir über die Stirn, »manchmal geht es auch nicht so gut aus. Dann verschluckt so ein Haus die Familie auch einfach und … rülpst, hätte ich fast gesagt. Danach steht es wieder ein paar Jahre leer, bis die nächste Familie einzieht.« Er holte Luft. »Aber …«, sein gekrümmter Zeigefinger hob mein Kinn, so dass er mir ins Gesicht sehen konnte, »all das ist hier nicht passiert, oder?«

Ich nickte. *Nein, natürlich nicht, nur …*

»Deshalb denke ich wirklich nicht, dass die alte Villa hier ein Spukhaus ist.«

Die Lebenden oder die Toten, die Geister oder die Menschen.

»Aber –«, fing ich wieder an.

»Aber, was?«, unterbrach er mich. »Aber ein bisschen unheimlich ist es schon. Das willst du sagen?«

Ja, ein bisschen unheimlich ist es schon und …

»Vielleicht hast du recht«, fuhr er fort, bevor ich etwas sagen konnte, »und weißt du, woran das liegt?«

Ich schüttelte den Kopf.

»An der Gegend hier. Nicht so sehr an dem Haus.«
»Wieso?«
Seine Augen wirkten beinahe verträumt. »Na ja, die Geschichte dieses Viertels hier, wo all die Villen stehen, mit den riesigen Gärten, den schönen Häusern, das ist eine sehr traurige Geschichte ...«
»Ja?«
Er stützte den Ellbogen auf die Lehne der Bank und legte seinen Kopf in die Handfläche. »Vor gut hundert Jahren, Ende des neunzehnten Jahrhunderts, war Berlin noch nicht so groß wie heute, aber die Stadt wuchs rasend schnell. Berlin boomte, und die Menschen kamen zu Hunderttausenden hierher. Die Hauptstadt des neuen Deutschen Reiches, alle wollten hier sein, und mit Grundstücken ließ sich viel Geld verdienen. Damals haben ein paar findige Makler die Gegend hier, weit im Westen des Zentrums gekauft und in große Parzellen eingeteilt. Grunewald haben sie das Viertel genannt, so heißt der Wald, der gleich in der Nähe liegt. Sie haben ein paar künstliche Seen ausgehoben, die es heute noch gibt, und durch die Bahnverbindung mit Potsdam war man auch ganz schnell in Berlins alter Mitte. Damals haben sich viele Millionäre und Industrielle, aber auch Verleger und Schriftsteller hier angesiedelt. Leute, die mit ihrem Geld die Künste gefördert haben und die stolz darauf waren, große Gesellschaften zu geben. Die haben sich die herrlichen Parzellen in dem neuen Viertel gekauft und die besten Architekten der Zeit damit beauftragt, ihnen großartige Häuser zu bauen. Es gibt Berichte aus dieser Zeit, aus den zehner und zwanziger Jahren, über die rauschenden Feste, die in diesen Villen gefeiert wurden. Und man sieht es den Häusern, den Freitreppen und Terrassen

auch heute noch an, findest du nicht? Aber dann …«, fuhr er fort, als ich nickte, »kam die Zeit der Nazis. Viele Eigentümer wurden verschleppt, und innerhalb kürzester Zeit wurde aus diesem blühenden Bezirk ein Geisterviertel. Die Villen standen zum Teil leer, die Gärten verwilderten, die ganze Gegend verfiel. Nach dem Krieg schließlich wurde Berlin geteilt, das weißt du ja. Eine Mauer wurde rings um den Westteil der Stadt gezogen, und aus der pulsierenden Metropole der zwanziger Jahre ist binnen weniger Jahre so etwas wie eine halbtote Frontstadt geworden. Hier in Grunewald haben sie statt prächtiger Villen auf den leergebombten Grundstücken ein paar hässliche Betonbungalows hochgezogen. Die großen Häuser wurden zum Teil aufgeteilt, niemand konnte es sich mehr leisten, so ein Gebäude allein zu bewirtschaften. Die ganze Ecke hier … also, sie blutete aus, sozusagen, und von den großartigen Festen, die man gefeiert hatte, war nichts mehr übrig als eine flüchtige Erinnerung. Jetzt, nachdem die Mauer gefallen ist, ist es wieder besser geworden, aber eigentlich … eigentlich liegt die Gegend hier noch immer wie ausgestorben da. Wenn du einmal die Straßen entlanggehst, merkst du es. Ein paar Rentner sieht man in ihrem alten Mercedes noch die Kopfsteinwege entlangrollen, ein paar Handwerker, die etwas reparieren – mehr nicht. Keine Läden, keine Feste, kein Betrieb. Das ganze Viertel der reinste Totentanz.« Er zupfte sich an der Augenbraue, sein Blick war an mir vorbei auf den Garten gerichtet. »Es ist eine sehr traurige Geschichte, finde ich, aber für mich … für meine Musik ist diese Traurigkeit manchmal hilfreich.«

Er saugt sie auf, musste ich denken. *Diese Traurigkeit, die von den leeren Villen ausgeht.*

»Auch für den Film, an dem du gerade arbeitest, Papa?«
»Hm.«
»Worum geht es denn in dem Film eigentlich?«
Er holte tief Luft, tiefer als die Male zuvor, als würde ihm der Gedanke an seine Arbeit wie ein Nachtmahr auf der Brust sitzen.
»Eine Geschichte aus lange vergangener Zeit. Die Menschen in dem Dorf, in dem der Film spielt, glauben, dass dieser Säugling, den du gesehen hast, etwas Böses in sich tragen könnte. Deshalb ertränkt die Frau ihn. Und es stellt sich heraus, dass es stimmt. Es gibt tatsächlich etwas Böses, das die Menschen im Dorf bedroht. Wenn man zuerst sieht, wie sie das Kind ertränkt, denkt man, was für ein Monster sie sein muss. Aber dann, wenn man weiterschaut, versteht man, dass nicht die Frau das Monster ist, sondern das Kind. Dass die Bedrohung nicht von der Frau ausgeht, die das Kind ertränkt, sondern tatsächlich von dem Kind, gegen das die Frau sich mit Recht wehren muss.«
… sich mit Recht wehren muss. Ich lauschte seinen Worten nach.
»Du«, fing ich schließlich an und räusperte mich, weil das »du« ganz gekrächzt herausgekommen war, »du würdest uns aber nie etwas tun, oder, Papa? Mir und Linus, meine ich. Egal, was passiert, oder?«
Ich sah, wie er schluckte. »Du machst dir Sorgen, dass … dass ich dir etwas antun könnte?«
Ich griff nach seiner Hand, die noch immer mindestens doppelt so groß war wie meine, sah ihm aber nicht in die Augen. »Neulich … da hattest du diese Hacke in der Hand.«
»Aber doch nur, weil ich sie auf der Bank gesehen hatte,

Sammy! Wir hatten sie dort vergessen. Das Werkzeug wird rostig, wenn man es draußen liegen lässt.«

Ja, natürlich. Ich legte seine Hand auf meine Schulter und rollte mich ganz in seinen Armen zusammen. Er würde uns nichts tun, plötzlich war ich mir dessen ganz sicher. Ich hatte mir viel zu viele Sorgen gemacht. Und Yoki ... wenn ich an sie dachte, wusste ich schon fast nicht mehr, ob ich sie wirklich gesehen hatte oder vielleicht doch nur von ihr geträumt.

17

In dieser Nacht schlief ich nicht gut.

Am Abend hatte mein Vater mir noch ein Album gezeigt, das er vom Besitzer des Hauses geborgt bekommen hatte und in das viele großformatige Fotos aus der Glanzzeit der Villa geklebt waren. Ehrfürchtig hatte ich die steifen und vergilbten Seiten des Albums umgeschlagen und mich in die alten Aufnahmen vertieft. Ein eleganter Mercedes mit geschwungenen Kotflügeln, der auf der Kieseinfahrt stand, eine Frau mit einem runden Hut am Steuer, lachend. Neben dem Wagen, einen Arm auf die Fahrertür gelegt und ebenfalls in die Kamera lächelnd, ein Mann, die Haare zurückgegelt, die Beine in Hosen, die unterhalb der Knie zusammengeschnürt waren. Auf den folgenden Seiten dann Bilder von einem Sommerfest, das vor Jahrzehnten in der Villa gegeben worden war. Frauen in langen, eng anliegenden weißen Kleidern und mit Perlenketten im Haar. Männer, die in ihren perfekt sitzenden Anzügen aussahen wie Pinguine. Man hielt eckige Cocktailgläser in den Händen oder lag ausgestreckt auf den Korbstühlen, die auch jetzt noch auf der Sonnenterrasse standen, nur damals war ihre Farbe noch nicht so abgeblättert und das Geflecht halb zerbrochen.

»Morgen kommt Herr Bastian noch einmal vorbei«, hatte mein Vater zu mir gesagt, während wir das Fotoalbum anschauten. »Der Besitzer der Villa, weißt du? Er will das Album hier wiederhaben und mir auch noch mal erklären, wie die Umwälzpumpe beim Pool funktioniert. Wenn du möchtest, kannst du ihm guten Tag sagen, vielleicht erzählt er dir noch ein bisschen was von dem Haus hier.«

Noch ein bisschen was von dem Haus hier …

Es war mitten in der Nacht, als ich hochschreckte. Ich lag im Dunkeln und sah das Glitzern des Teichs an der Decke meines Kinderzimmers. Warum war ich aufgewacht? Ich wusste es nicht. Ein paar Minuten lang wälzte ich mich im Bett herum, hoffte, dass ich gleich wieder einschlafen würde. Doch irgendetwas schien mir im Kopf herumzugehen, das das verhinderte.

Ungeduldig schlug ich schließlich die Decke zurück, stand auf und holte mir ein Glas Wasser aus dem Badezimmer. Trank einen Schluck und schlüpfte wieder zurück unter die Decke.

Noch ein bisschen was von dem Haus hier …

Es war heiß in dieser Nacht, so heiß, dass eine feine Schweißschicht meinen Rücken bedeckte. Das Fenster hatte ich bereits vor dem Schlafengehen aufgerissen, aber auch draußen hatte die Dunkelheit keine Abkühlung gebracht.

Und plötzlich stand ich unten auf dem Rasen. Ich musste wieder eingeschlafen sein. Ich *fühlte*, dass ich schlief, aber an den Sohlen meiner nackten Füße war es feucht, es war das Gras, das mich dort kitzelte, und ich sah zu dem Balkon nach oben, der sich vor meinem Zimmer befand. Ich konnte das schwarze Glas meines Fensters sehen, und ich *wusste*, dass ich dahinter in meinem Bett lag, die Augen geschlossen, die Decke heruntergestrampelt. Und doch stand ich zugleich hier unten auf dem Rasen.

Es war Nacht, kein Mond beleuchtete den Garten, nur der Schein der beiden Straßenlaternen, die an unserem Grundstück entlang auf dem Bürgersteig standen, fiel durch die Hecke. Ich konnte schemenhaft die Wolken erkennen, die tiefgrau am schwarzen Himmel über mich hinwegrasten, ich konnte das Rauschen der Baumkronen hören und die dunkle Hitze spüren, die mich umfing.

Wie war ich hier heruntergekommen? Das Oberteil meines Schlafanzugs fühlte sich an, als wäre es plötzlich viel zu groß, und schlackerte in dem warmen Wind, der aufgekommen war, regelrecht um meinen Körper.

Es war ein Licht, das mich dazu brachte, zum Haus zu sehen, ein Licht, das im Wohnzimmer angegangen war, und in dem ich jetzt sah, dass eine Frau hinter dem Fenster stand und zu mir nach draußen schaute. Ihr Haar war recht kurz geschnitten, so dass es sich an Ohren und Stirn in einer lockeren Welle nach innen bog. Sie trug eines dieser eng anliegenden Charleston-Kleider, die ich in dem Fotoalbum gesehen hatte, und an ihren Handgelenken glitzerten Armbänder. Erst jetzt, im Schein des Lichts, das auch in den Garten hinausfloss, erkannte ich, dass überall noch Flaschen und Gläser auf dem Rasen standen, kleine Tische, deren Decken zum Teil halb heruntergerutscht waren, Aschenbecher voller Zigarettenstummel, Teller mit Essensresten.

»Ich … ich wollte die Sachen gerade in die Küche bringen«, stammelte ich und sah zu der Frau, die inzwischen durch die Glastür getreten war und über die Treppe von der Terrasse zu mir nach unten kam. »Ich habe nur kurz zu den Wolken hochgesehen. Aber jetzt weiß ich wieder, was ich machen wollte, ich wollte die Gläser und die leeren Flaschen in die Küche tragen.«

Ich konnte den Blick nicht von ihr wenden, fühlte, dass sie mir eine kalte unerklärliche Angst einflößte.

»Hast du meine Tochter gesehen?«, hörte ich sie mit einer festen, beinahe unfreundlichen Stimme fragen, während sie noch auf mich zuging. »Wer bist du überhaupt?«

»Sam … Sammy, ich … ich wohne hier.«

Sie sah mich an, als hätte ich etwas Unanständiges gesagt.

»Seit wann?«

»Drei Wochen … oder vier, ich weiß es nicht genau.«

»Hast du meine Tochter gesehen, Sammy? Sie wollte am Teich … sie hatte gesagt, ihr sei etwas in den Teich gefallen, und sie wollte versuchen, es herauszufischen.«

Am Teich … ihre Tochter …

Ich versuchte, mich zu erinnern, ob ich ihre Tochter überhaupt schon einmal gesehen hatte. Aber wen meinte sie denn?

»Siehst du nicht, dass alle anderen schon gegangen sind? Du kannst nicht hier bleiben, Sammy.«

»Ich wollte nur noch schnell die Gläser und Teller abräumen und dann auch gehen, Frau … Frau …« Wie hieß sie bloß? Ich wusste nicht einmal ihren Namen.

»Lass die Gläser stehen, Sammy, es ist ohnehin schon zu spät. Am besten, du gehst jetzt – oder nein«, unterbrach sie sich, »kannst du vielleicht am Teich nachsehen, ob meine Tochter dort ist?«

Ihre Augen waren dunkel, und als ich tief hineinsah, um zu erkennen, wie ernst es ihr war, bemerkte ich, dass in ihren Pupillen keine schwarzen Punkte zu erkennen waren, sondern dass die ganze Iris von abgrundtiefer Schwärze war, ja dass auch das Weiße in ihrem Auge schwarz war, so dass mich eher zwei schwarze Löcher anstarrten als zwei Augen. Im gleichen Moment wusste ich, woher ich sie kannte.

»Sie haben Ihr Baby … also das Baby, es war Ihr Baby, oder?« Meine Stimme hatte begonnen zu zittern. »Ich … ich habe Sie gesehen.«

»Was hast du gesehen, Sammy?«

»Ich habe gesehen, wie Sie das Baby in dem Waschzuber ertränkt haben. Aber ich glaube nicht, dass das Baby das Monster war, Frau … Frau …« *Ich glaube, Sie waren es.*

»Du hast mich gesehen?«

»Ja …«

»Aber meine Tochter hast du nicht gesehen? Sie wollte aus dem Teich etwas holen, das ihr hineingefallen ist.«

Unwillkürlich musste ich zu der schwarzen Oberfläche des Teichs blicken, der zwischen mir und dem Haus lag. An einer Seite war das Ufer mit einem steinernen Blumenbeet eingefasst, auf der anderen Seite aber fiel es sanft zum Wasser hin ab. Hellrote Schimmer glitten unter der Wasseroberfläche entlang, *Goldfische, es müssen Goldfische sein,* und eine Seerose hatte mit ihren dunkelgrünen Blättern den halben Teich überwuchert.

»Willst du, dass ich dich im Teich ertränke?«

Ich schrak so heftig zusammen, dass ich die Luft hart durch den Mund einsog und meine Lippen flatterten. *Nein … nein, das will ich nicht.*
Der schwarze Blick der Frau war auf mich geheftet, und sie hatte noch einen Schritt auf mich zugemacht. »Willst du, dass ich dich unter Wasser drücke und sich deine Lungen mit Schlamm füllen? Dass sich die Goldfische in deinem Mund tummeln? *Nein?* Dann sieh nach, ob du meine Tochter finden kannst, Sammy! Sie hat im Teich etwas suchen wollen, vielleicht kannst du es für sie ja herausholen.«
»Ich … ich möchte jetzt wieder hoch in mein Zimmer, Frau …« *Aber ich darf nicht in mein Zimmer, ich dürfte gar nicht hier sein.* »Wer sind Sie?«, brach es aus mir hervor.
»Ich bin die Besitzerin des Hauses, Sammy, und ich habe dich nicht eingeladen.«
Nein, das haben Sie nicht.
Und dann stand ich am Ufer des flachen Tümpels, und meine nackten Zehenspitzen berührten das Wasser. Die Augen hatte ich auf die Oberfläche gerichtet, unter der ich die Goldfische dahingleiten sah. Das Wasser war wärmer, als ich gedacht hatte, es fühlte sich beinahe ölig an. Jetzt stieg mir auch ein Geruch nach verfaultem Gemüse, nach Gärung und Zerfall in die Nase. Zwischen den Schatten der Fische aber, zwischen den braunen Körnern, die durch das schleimige Wasser schwammen, sah ich es gut zwei Meter vor mir bleich blinken, ziemlich genau in der Mitte des Teichs. Ein fahler Schimmer, der unter einem Seerosenblatt hervorglitzerte, als sich die Blätter langsam drehten.
Kröten, Lurche, Laiche. Ich hatte den Eindruck, das ganze Ufer des Teichs würde sich langsam regen, bewegen, verschieben, während ich mich vorantastete, das sacht abfal-

lende Ufer hinab, vorsichtig, um nicht in etwas zu treten, das sich im Uferschlamm eingegraben haben mochte.

Ich muss mich nur ein wenig hinhocken, dann werde ich an das Weiße, das dort schimmert, schon herankommen.

Da aber stand mir das Wasser schon bis zu den Kniekehlen, und ich hatte noch immer nicht die Mitte des Teichs erreicht. Ich fühlte, wie die seltsam aufgeblähten Leiber der Fische an mir vorbeistrichen, und konnte langbeinige, spinnenartige Wasserläufer auf der Oberfläche sehen, die nicht vor mir flohen, sondern auf mich zuschossen und mich berührten. Einer kroch gar an meiner Seite hoch, dass ich ihn mit einer heftigen Bewegung von mir abstreifen musste. Durch meine Zehen hindurch drang der Schlamm vom Teichgrund, ich fühlte, wie er sich um meine Füße legte, und wie tiefer unten am Boden des Teichs eine kühlere Strömung herrschte.

Schon reichte mir das Wasser bis zur Brust. Der Gestank war inzwischen beinahe unerträglich, als hätte der ganze Tümpel begonnen zu gären, als hätte der ganze Teich begonnen, etwas zu verdauen, etwas Großes, das noch lebte, das er mit seinen Säften erst noch töten musste. Als hätte der ganze Teich begonnen, *mich* zu verdauen, während ich noch immer zur Teichmitte strebte, die Augen unverwandt auf den weißen Schleier gerichtet, den ich jetzt schräg unter mir erkennen konnte. Ein weißes Fließen, ein träges Gleiten, das ich dort unten, unter den Seerosen erkennen konnte, aber die Wasseroberfläche war von den Laichen und Insekten, die darauf schwammen und glitten, zu unruhig, als dass ich die Bewegung wirklich hätte begreifen können.

Nur ganz kurz, nur für einen Moment, so tief ist es ja nicht.

Ich würde die Augen offen halten, sagte ich mir, mich nur

kurz hinhocken, in die Knie gehen, die Hand nach dem weißen Schleier ausstrecken und ihn nach oben ziehen.
Dann aber drehte ich mich doch um, streckte die Arme nach vorn und stieß mich mit dem Kopf zuerst in die Tiefe, verdrängte mit einem kräftigen Zug das Wasser und durchglitt das warme Nass, auf den Schleier zu, durch die Schwärme der Goldfische hindurch, die mir entgegenkamen, als wollten sie mich davon abhalten, dorthin zu tauchen. Ich stieß die beschuppten Leiber beiseite und hatte ihre kalten, fast toten Augen direkt vor mir. Ich fühlte, wie sich die glitschigen Stengel der Seerose um meine Hände wickelten, wie mein Schlafanzug, von dem Wasser ganz durchtränkt, schwer an meinem Leib hing. Aber ich kam dem Schleier näher, sah ihn durch die Greifer der Seerose blinken, sah das Fließen, die Bewegung des weißen Tuchs. Denn es war ein Tuch, das sich dort unten in den Wurzeln der Wasserpflanze verhakt hatte, ein Tuch jedoch, das nicht leer war oder lose, ein Tuch … das gefüllt war.
Gefüllt mit einem Leib.
Und dann schwamm sie mir entgegen. Von einem weißlichen Violett, dass ich es nicht wagte, sie zu berühren. Eine Hand, die aus dem Tuch hervorschaute wie aus einem Ärmel. Plötzlich wusste ich es ganz genau. Die Tochter, es war die Tochter der Frau mit dem Pagenhaarschnitt. Da berührte mich bereits das warme Fließen des Stoffs, und ich musste ihn mir aus dem Gesicht ziehen, wo er begonnen hatte, sich um mich zu wickeln.
Pass auf, Sammy, pass bloß auf, dass du dich in das Tuch nicht verstrickst und aus dem Wasser nicht mehr herauskommst!
Aber ich musste ihr jetzt ins Gesicht sehen, musste das Ge-

sicht der Tochter sehen und hatte doch auch noch ein bisschen Luft in der Lunge. Also schob ich mit einer Hand das stinkende ölige Wasser hinter mich, um in der Tiefe zu bleiben, und zog mit der anderen an dem glatten, durchsogenen Stoff, durch den sich jetzt die Augenhöhlen, eine Nase, ja Ohren und Lippen zu drücken begannen.
Gleichzeitig quollen sie hervor in einer Wolke, die aufbrach wie eine unendlich langsame Explosion. Ihre Haare, unzählige lange Haare, die unter dem Tuch hervorkamen und sich auf meine Hände legten, meine Arme umschlangen, in mein Gesicht trieben und zwischen meine Lippen. Schwarze Haare – und im selben Moment wusste ich auch, wessen Leib es war, der dort vor mir im Wasser trieb. Es war Yoki … das Mädchen, das ich tief unten in der Zelle gesehen hatte.
Und ich schrie.
Saß in meinem Bett und schrie, aber das Wasser – nein, es war nur Schweiß.
Es ist nur Schweiß.
Ich war klatschnass, meine Hände umklammerten die Bettdecke, und ich hatte sie bis zu meinen Lippen gezogen. Der Schrei, den ich ausgestoßen hatte, schien noch immer in meinem Zimmer zu hängen.
»Sammy? Alles in Ordnung?« Die Stimme meiner Mutter.
Ich zitterte.
Bloß ein Traum. Es ist – es war bloß ein Traum.
Die Sonne schien, das Parkett neben dem Teppich in meinem Zimmer strahlte golden, und ich konnte die hellgrünen Baumkronen der Bäume vor meinem Fenster sehen.
»Ja, Mama, alles gut«, murmelte ich. *Es war bloß ein Traum.*
»Kommst du runter, Herr Bastian ist gerade da? Du woll-

test doch mit Papa mitgehen, wenn er ihm beim Pool alles zeigt.«

Ja, richtig. Ich schlug die Bettdecke beiseite, aber sie schien sich an meinen Füßen verfangen zu haben.

Nur ein Traum.

Mit einem hastigen Ruck riss ich die Decke, in die sich meine Füße gewühlt hatten, beiseite und fühlte, wie es in meinem Kopf ein Geräusch gab, als würde ein rohes Ei zerbrechen.

Sie war voller Schlamm!

Die Bettdecke, sie war voller Schlamm. Schon ein wenig eingetrocknet war der Matsch, aber an manchen Stellen auch noch schwarz von Feuchtigkeit.

»AAAAAH!!!«

»Sammy!« Diesmal hörte ich sie die Treppe hochkommen. »Sammy, was ist denn?«

»Mama! Es … ES WAR DOCH NUR EIN TRAUM!«

Ich sah sie in der Tür auftauchen und fühlte, wie mein Herz in der Brust so sehr stampfte, dass man die Schläge durch meine Haut hindurch sehen konnte. »Nur ein Traum, Mama, ich will nicht in den Teich, es ist schleimig dort, das Wasser lebt!«

Die Augen meiner Mutter waren schreckgeweitet. »Sammy, um Himmels willen.« Mit einem Schritt war sie an meinem Bett, hielt mich. Aber das Rasen meines Herzens ebbte nicht ab. »Beruhige dich, Sammy, du bist ja ganz außer dir!«

Über ihre Schulter hinweg konnte ich meine Füße sehen. Sie hatten das weiße Bettlaken vollkommen verdreckt. Die schmierige Erde vom Teichgrund hatte sich an dem Stoff festgesetzt.

Ich klammerte mich an sie.
»Mama«, die Worte kamen nur stoßweise und verzerrt aus mir hervor, »heute Nacht, ich war im Teich, sieh doch – meine Füße!« Ohne mich loszulassen, rückte meine Mutter ein wenig von mir ab und drehte sich zum Fußende meines Bettes herum.
»Der Schlamm, ich hab den Schlamm bis ins Bett gebracht!« Für einen Moment hatte ich nur ihren Hinterkopf vor Augen.
»Mama?«
Langsam wandte sie sich wieder zu mir um, und ich hatte den Eindruck, sie würde plötzlich ganz furchtbar müde wirken.
»Das … Sammy, das ist doch nicht so schlimm.«
Aber ich hätte ertrinken können, fuhr es mir durch den Kopf, und für einen entsetzlichen Moment dachte ich, keine Luft mehr zu bekommen. *Ich* bin *ertrunken, wahrscheinlich bin ich schon ertrunken.*
»Sammy, du hast nur schlecht geträumt«, hörte ich meine Mutter sagen, aber ich konnte ihren Worten vor Aufregung gar nicht folgen. »Es ist nichts Schlimmes, du hast nur schlecht geträumt.«
»Aber sieh doch die Füße!«
Ich zog sie zu mir heran, um sie ihr zu zeigen, schlammverkrustet, wie sie waren – und spürte im gleichen Augenblick ein Kribbeln in Armen und Beinen, als würden sie in einem Ameisenhaufen stecken. Denn meine Füße waren vollkommen sauber.
»Mama, *Mama*«, schluchzte ich, »ich hab es doch eben ganz deutlich gesehen! Sie waren voller Schlamm, meine Füße, weil ich im Teich war.«

Ich fühlte die warme Hand meiner Mutter, die mir über den Rücken strich, und die Tränen flossen aus mir heraus.
Meine Füße, ich hab es doch ganz deutlich gespürt, sie waren kalt und klebrig vom Schlamm.
Und das Gesicht im Teich unten, Mama, die Augen und Lippen, als ich das Tuch endlich davon gelöst hatte – es waren die Augen und Lippen von Yoki.

18

Ein entferntes Vibrieren schien mir noch in den Knochen zu stecken, aber draußen war es so hell und heiß, dass ich das Gefühl hatte, der Traum würde aus meinem Kopf verdampfen wie eine flache Pfütze im prallen Sonnenlicht.
Ich stand auf der Terrasse, die vor unserem Wohnzimmer angelegt war, und schaute hinunter in den Garten. Meinen Vater und Herrn Bastian konnte ich jedoch nicht sehen.
»Sie sind schon im Pumpenhäuschen beim Pool«, hörte ich meine Mutter aus dem Haus rufen. Und als ich dorthin sah, erkannte ich, dass die Tür zu dem kleinen Häuschen, das gleich am Ende des Pools errichtet worden war, tatsächlich aufstand.
»Sammy, mein Jüngster.« Mein Vater hatte sich zu mir umgesehen, als ich das Häuschen betrat.
Neben ihm stand ein rundlicher Mann mit spärlichem Haar, der einen schmutzigen Lappen in der Hand hielt und

gerade dabei war, meinem Vater die Anlage zu erklären. Ich machte einen Schritt auf den Mann zu und streckte ihm die Hand hin. Als er mir den Kopf zuwandte und sein Blick auf mich fiel, hatte ich den Eindruck, er würde unwillkürlich ein wenig zusammenzucken. Wir schüttelten uns die Hände, seine Lippen bewegten sich, aber er sagte nichts. Irritiert zog ich die Hand wieder zurück und blickte zu meinem Vater. Auch ihm war aufgefallen, wie betroffen der kleine Mann reagiert hatte.

»Was ist, Herr Bastian? Hat mein Junge schon was kaputt gemacht?«

»Nein! Nein, gar nicht!« Der Hausbesitzer fuhr sich über den Mund und wandte sich ab.

»Sie wirkten eben so, als wäre Ihnen plötzlich etwas eingefallen«, hakte mein Vater nach.

»Nein!« Herr Bastian machte eine unwirsche Handbewegung. »Ich sage doch, es ist nichts. Ich will nicht unhöflich sein, Herr Grossman«, setzte er hinzu, »aber ich wollte Ihnen nur rasch die Poolanlage erklären, ich habe gleich noch einen anderen Termin.«

»Was ist das da eigentlich?« Auch wenn mich die Reaktion des Hausbesitzers ein wenig stutzig gemacht hatte, überwog doch meine Neugier. Ich zeigte auf eine Hundehütte, die ich schon vor Tagen in dem Pumpenhäuschen entdeckt hatte. Die Farbe war ein wenig abgeblättert, einst jedoch musste die Hundehütte schön blau getüncht gewesen sein, mit rot angemalten Dachlatten. Vor allem aber war mir der Eingang der Hütte aufgefallen, beziehungsweise das, was über dem Eingang auf einem Schild stand. »Nemo« war darauf zu lesen.

Nemo.

Nur vier Buchstaben, und doch hatten sie mich irgendwie seltsam berührt. Unwillkürlich hatte ich an die schwarze Dogge denken müssen, die mir vor ein paar Tagen unten im Tunnel begegnet war.

»Gab es hier mal einen Hund?« Aufmerksam sah ich zu Herrn Bastian.

»Ja, richtig«, hörte ich meinen Vater sagen, der hinter mir stand, »hatten Sie das nicht neulich erwähnt, dass hier auf dem Grundstück mit einem Hund mal was war?«

Ohne uns anzusehen, wischte sich der Mann mit dem dreckigen Lappen die Hände ab, faltete ihn zusammen und legte ihn behutsam auf eines der Rohre, die sich an den Wänden des Pumpenhäuschens entlangzogen.

»Der Nemo, ja, das stimmt schon. Viele Leute haben ja hier in der Gegend Hunde. Der Auslauf in den großen Gärten, das ist für Hunde natürlich toll.«

»Was war mit Nemo? War es Ihr Hund?«

Die Dogge war so unerwartet aufgetaucht, sie war so groß … so schwarz gewesen, dass sie mir Angst eingejagt hatte, aber eigentlich liebte ich Hunde. Und sein Häuschen, Nemos Häuschen … man konnte es doch allein schon an der Größe der Hundehütte erkennen, was für ein prächtiges Tier das gewesen sein muss. »Oh bitte, Papa! Wollten wir uns nicht auch einen Hund zulegen?« Ich wusste, dass mein Vater als Junge selbst einen Hund gehabt hatte, er würde mir alles über Hunde beibringen, und ich könnte den ganzen Tag mit dem Tier im Garten spielen.

»… vielleicht keine so gute Idee«, hörte ich Herrn Bastian sagen, der mit meinem Vater bereits das Pumpenhäuschen verließ.

»Wieso denn nicht!«, rief ich und rannte hinter ihnen her.

Ich sah, wie der Mann sich zu mir umdrehte, und als er den Mund öffnete, kamen die Worte fast gedehnt und seltsam schwankend daraus hervor. »Willst du das wirklich wissen, Junge?«
»Aber ja doch! Oder, Papa?« Ich drehte den Kopf und sah zu meinem Vater hoch. »Natürlich nur, wenn du auch willst, Papa, aber ich hätte wirklich so gern einen Hund.«
»Hier, kommen Sie, es ist gleich hier«, mischte sich Herr Bastian ein, »gleich hier neben dem Pool bei den Kiefern.« Er führte uns über einen kurzen Steinplattenweg am blauen Schwimmbecken entlang und hinein in eine kleine Gruppe hochgewachsener Kieferbäume. Zwischen den Stämmen war der Boden weich und braun, die Nadeln hatten ein dickes Bett gebildet, Gras oder Rasen wuchsen hier nicht.
»Ist dir die Steinplatte hier schon aufgefallen?«
Herr Bastian war am Ende des Weges stehen geblieben. Während die Natursteine auf dem Gehweg die unterschiedlichsten Formen hatten, war die Platte, die am Ende des Weges in den Boden gelassen war, ein einfaches Rechteck. Der Mann ging in die Hocke und wischte mit der Hand über den grauen Stein.
»Nemo.«
Da waren sie wieder – diese vier Buchstaben –, sie waren unter den beiseitegefegten Nadeln hervorgekommen. Vier Buchstaben und zwei Jahreszahlen: »1973 – 1977«.
Ich war neben Herrn Bastian getreten und schaute an ihm vorbei auf den Stein.
»1977, das ist das Jahr, in dem ich die Villa gekauft habe.« Er sah zu mir hoch und dann zu meinem Vater, der neben mir stand. »Für einen wirklich sehr guten Preis damals.«

»Ach ja, was haben Sie denn bezahlt?«, hörte ich meinen Vater fragen, doch der Mann winkte ab.
»Sie würden lachen, aber damals, in den siebziger Jahren, kosteten die Häuser in Berlin sowieso nicht so viel.« Er schwenkte seinen Blick wieder zurück zu der Platte. »Das war aber nicht der Grund, warum der Besitzer vor mir das Haus unbedingt loswerden wollte und mit fast jedem Preis einverstanden war.«
Ich hockte mich neben den Stein und fuhr mit dem Finger die Buchstaben nach.
N – E – M – O.
»Der Mann hatte das Haus von einem entfernten Verwandten geerbt und war mit seiner Familie hier eingezogen«, hörte ich die Stimme von Herrn Bastian neben mir. »Das war gar nicht so lange, bevor er das Haus an mich verkauft hat. Vier Kinder hatte er, ich habe die Familie ja kennengelernt, wirklich reizende Leute. Vier Kinder und …«, er schaute zu uns hoch, und diesmal blieb sein Blick an mir hängen, »… und ein Hund. Nemo. Ein irischer Wolfshund.«
Ich sah ihm in die Augen. *Ein irischer Wolfshund*. Großartig! Ich wusste, dass irische Wolfshunde riesig waren, fast noch größer als Doggen vielleicht. Kein Wunder, dass die Hütte so groß sein musste.
»Sie hatten den Hund schon als Welpen bekommen, jahrelang hatte er zur Familie gehört«, fuhr Herr Bastian fort, und jetzt schaute er wieder zu meinem Vater. »Ein toller Hund, der beste Freund der Kinder, ein großes Tier, sicher, aber deshalb hatten sie sich ja auch entschlossen, in das Haus hier zu ziehen, wo Nemo genug Auslauf hatte. Die Kinder, die drei Töchter, aber auch Philipp, ihr Jüngster,

haben das Tier wirklich geliebt und seit frühester Kindheit mit ihm gespielt.«
»Schön!« Ich stand auf, legte den Kopf in den Nacken und ließ mich gegen die Beine meines Vaters sinken.
»Doch dann, ein paar Monate, nachdem sie hier eingezogen sind ... erst war es nur ein Knurren, das ihnen komisch vorkam, ein Knurren von Nemo, das sie so gar nicht kannten, und dann ... sie konnten es sehen, wenn sie an dem Kissen vorbeikamen, auf dem er schlief. Er begann im Schlaf zu zittern, seine Schnauze zitterte ... und wenn sie sich ganz nah zu ihm herunterbeugten, konnten sie sehen, wie sich die Augäpfel unter den Lidern bewegten.«
»Die Augäpfel des Hundes.«
»Ja ... ja, genau, bis ...« Ich sah, wie Herr Bastian hustete und sich von der Platte, an der er gehockt hatte, erhob.
»Was?« Er hatte etwas gesagt, aber ich hatte ihn nicht verstanden. Ich blickte zu meinem Vater. Der wirkte plötzlich blass, und sein Gesicht war merkwürdig verzogen.
»Was? Was denn, Papa?!« Ich griff nach seiner Hand und zerrte daran, aber mein Vater schaute weiter zu Herrn Bastian.
»Zerfleischt«, hörte ich die Stimme des Mannes jetzt wieder, »er hat den kleinen Philipp ... der Junge war gerade sechs Jahre alt, nicht viel größer als Nemo. Er war kurz vorher im Schwimmbad gewesen und hatte nichts an außer seiner Badehose. Der Hund hat den Kleinen in Stücke gerissen.«
Ich taumelte, hielt mich an der Hand meines Vaters fest.
»Philipps Mutter ... als ich mit ihr gesprochen habe, war es schon ein paar Monate her, aber ... sie hat es vom Wohnzimmer aus gesehen. Das Erste, was sie gesehen hat, war

das struppige Fell des Hundes. Zuerst dachte sie, er hätte die Katze der Nachbarn. Sie hat ihn gerufen und ist aus dem Haus gekommen, aber der Hund hat nicht auf sie gehört. Sie ist über den Rasen gerannt, und plötzlich hat sie gesehen, was es war, auf das der Hund seine Vorderpfoten gestellt hatte. Es war die nackte Brust ihres Sohnes.«
Die Hände meines Vaters hatten an meinem Hals vorbeigegriffen und lagen auf meiner Brust. Er drückte mich an seine Beine, schützte mich mit seinen Händen. Ich schaute zu Herrn Bastian auf, der vor mir stand, und sah ihm an, dass ihn das, was er uns erzählte, nie mehr losgelassen hatte.
»Die Mutter ist auf das Tier zugestürzt. Zu diesem Zeitpunkt waren es nur ein paar Kratzer, die der kleine Philipp auf der nackten Brust hatte. Doch Nemo hatte noch nie jemanden angegriffen, und diesmal stand er auf der Brust ihres Jungen. Es war offensichtlich, dass er ihn zu Boden geworfen hatte, und sie konnte an den Augen ihres Sohnes ablesen, dass er unter Schock stand. Sie hat sich dem Tier genähert, ihr müssen tausend Sachen gleichzeitig durch den Kopf gerast sein. Sie kannte den Hund, hatte schon immer Hunde gehabt, aber so etwas war ihr noch nie passiert. Sie wusste, was auf dem Spiel stand, sie sah ja, dass Philipp nichts anhatte als seine Badehosen, dass sein Fleisch den Zähnen des Tieres vollkommen schutzlos ausgeliefert war. Aber das allein war es nicht, was ihr so Angst gemacht hat. Es waren die Augen des Tieres. Der Blick!« Herr Bastian strich sich nachdenklich über seine Glatze, auf der kleine Schweißtropfen glänzten.
»Sie meinte, es seien nicht die normalen Augen eines Hundes gewesen. Normalerweise senke ein Hund den Blick, wenn man ihn ansehe, Nemo aber habe ihren Blick nicht

nur erwidert, er habe sie angesehen, als würde er sie herausfordern wollen. Als würde er *wissen*, was er gerade dabei war zu tun, als würde er wissen, dass sie Philipps Mutter war und dass sie gerade das vielleicht Schrecklichste erlebte, was man als Mutter erleben kann. Als würde er es wissen und in Kauf nehmen. ›Lass meinen Jungen, Nemo, lass ihn mir.‹ Sie hat nur geflüstert, es ging nicht darum, dem Hund einen Befehl zu erteilen, es ging darum, ihn zu bitten. Ihn darum zu bitten, dass er das hilflose Wesen dort unter seinen Pfoten verschont. Aber das hat er nicht getan.«

Herr Bastian sah mit roten Augen zu meinem Vater, zu mir traute er sich offenbar nicht mehr zu schauen.

»Er hat ihn nicht verschont, verstehen Sie? Er hat seine Schnauze aufgerissen und dem Jungen in die Seite gebissen. In das nackte hilflose Fleisch. Die Mutter hat sich auf das Tier gestürzt, hat ihre Hände in sein Fell gegraben, hat versucht, mit ihrem ganzen Gewicht den Hund vom Leib des Jungen fortzureißen, aber sie ist nicht gegen ihn angekommen. Sie hat gespürt, wie sich die Muskeln unter dem Fell des Hundes gestrafft haben, sie hat das Schmatzen seiner Lefzen gehört, sie hat gerochen, wie er aus dem Maul stank. Und sie hat das Gesicht ihres Jungen gesehen, der die Augen ganz aufgerissen hatte, die Pupillen unter die oberen Lider gedreht.«

Der Mann schwieg. Ich hatte mich umgedreht und mein Gesicht an den Beinen meines Vaters vergraben, fühlte seine Hand auf meinem Hinterkopf.

»Irgendwann muss sie begriffen haben, dass sie gegen die Bestie nicht ankam. Sie war ja allein, die anderen Kinder waren in der Schule, ihr Mann bei der Arbeit. Sie hat geru-

fen, geschrien, aber ... es war Sommer, wie jetzt, die Nachbarn waren verreist, und niemand ist zu Hilfe gekommen.«
Ich hörte, wie Herr Bastian Luft holte. »Sie hat sich hochgekämpft, ist gerannt und hat einen Spaten geholt. Mit einem einzigen Hieb hat sie dem Tier das Rückgrat zerschmettert. Aber es war zu spät. Der Kleine –«
»Hören Sie bloß auf«, sagte mein Vater über mir, und seine Hand drückte mich fester an seine Beine, »mein Sohn hat schon genug davon gehört.«
Ich wandte mich um und warf einen Blick zu Herrn Bastian hinüber, der eine Hand erhoben und an die Stirn gelegt hatte. »Ja, Sie haben recht.« Er schwieg eine Weile, hob dann aber noch einmal an. »Wissen Sie, ich habe auch mit Philipps Vater darüber gesprochen, habe ihn gefragt, wieso sie den Hund ausgerechnet hier auf dem Grundstück verscharrt haben.«
Ich sah zu der steinernen Platte.
»Und er hat etwas gesagt, das mir nie aus dem Kopf gegangen ist.« Herr Bastian räusperte sich, als müsste er seinen Hals von etwas befreien. »Und wissen Sie, was er mir geantwortet hat?«
Ich wartete, aber von meinem Vater kam keine Antwort.
»Er hat gesagt«, hörte ich stattdessen Herrn Bastian fortfahren, »dass er das Gefühl gehabt hätte, Nemo würde zu dem Haus irgendwie dazugehören. All die Jahre lang, so meinte er, wäre Nemo ein ganz normaler Hund gewesen. Bis zu dem Tag, an dem sie hier eingezogen seien. Erst da habe Nemo begonnen, sich zu verändern. Erst da sei eine regelrechte Bestie aus ihm geworden. Als hätte den armen Köter von ihrem Einzug an etwas geritten, das aus dem lieben Tier einen richtigen Teufel gemacht hat.«

19

Seitdem ich erfahren hatte, was sich unter der Platte bei den Kiefern verbarg, ging eine geradezu magische Anziehungskraft von dem grauen Stein für mich aus. Natürlich musste ich an die Dogge denken, die ich gesehen hatte. Längst hatte ich mitbekommen, dass man von jenseits der großen Mauer, die unser Grundstück an der Rückseite begrenzte, das Bellen eines Hundes sowie Kinderstimmen hören konnte, und ich zweifelte nicht, dass die Dogge, die mir begegnet war, zu dem Grundstück auf der anderen Seite der Mauer gehörte. Aber obwohl Nemo bereits seit Jahrzehnten tot war, während die Dogge noch lebte, war es Nemo, zu dem meine Gedanken immer wieder zurückkehrten. Ich stellte mir sogar seine Überreste unter der Grabplatte vor. Nicht, dass ich mich daran erfreut hätte, mir genüsslich alle Einzelheiten vor Augen zu führen, das verfilzte Fell, die erloschenen Augen – nein, der Anblick *kroch* geradezu in meinen Kopf. Ich lag nachts wach und sah an die Decke, und die Bilder *fielen über mich her*. Die Pfoten des Tieres, die Schnauze, deren Lefzen sich hochzogen, der entseelte Kadaver, auf den Erde geschippt wurde. Hatten sie einen Sarg verwendet, ein Tuch? Sicher nicht. Aber sie hatten einen Grabstein besorgt. Und das war kein Betonklotz, es war ein richtiger Stein, Granit oder Marmor … und sie hatten die Lebensdaten des Tieres hineingemeißelt. 1973 – 1977.

Aber ich sah Nemo nicht nur tot vor mir, als eingefallenen Hundeleichnam, ich sah ihn auch lebendig vor mir, als er noch Freund der Kinder war, wie er neben Philipp stand, den kleinen Jungen überragte, wie er mit ihnen durch den Garten tollte, in dem jetzt ich herumschlich, wie er bellte und sie ansah – und wie er an jenem Nachmittag den Kleinen angesehen hat, als Philipp aus dem Schwimmbad gekommen war, ein mageres Bürschchen mit nasser Badehose und tropfenglänzender Haut.

Es ging eine magische Anziehungskraft von der Grabplatte aus, denn darunter lag der Hund, und ich konnte nicht aufhören zu denken, dass dieser Hund mit all dem, was das alte Haus in meinen Augen so unheimlich und bedrohlich machte, in irgendeiner Weise in Verbindung gestanden hatte. Fast kam es mir so vor, als würde unter der Platte selbst das hausen, was die Villa, in welcher Form auch immer, belebte. Gleichzeitig aber spürte ich auch, dass ich mich noch immer nicht ganz von meinem Alptraum erholt hatte und meine Stirn sich, wenn ich darüberwischte, ein wenig heiß anfühlte.

Ich hielt es nicht länger aus. Ich machte mich erneut auf den Weg. Zu der Hütte am Ende der Buchenhecke. Die Tür war verschlossen, aber die Scheibe hatte ich ja nur von außen gegen den Fensterrahmen gelehnt. Alles war unberührt, oder wie unberührt. Konnte ich wissen, ob in der Zwischenzeit jemand hier gewesen war, die Scheibe heruntergenommen hatte und durch das Fenster gestiegen war? Ich konnte nur sehen, dass das Glas noch immer auf dem Fensterbrett stand. Was in dieser Hütte geschah, wenn ich nicht dort war, wer ein und aus ging, wer die Falltür darin hob und darunter verschwand – davon hatte ich keine Ahnung.

Angespannt kletterte ich den Schacht hinab, rannte den Tunnel entlang und schob das Plättchen vor dem Guckloch zur Seite. Schwarz gähnte mich der Raum dahinter an. Ich hatte vergessen, eine Taschenlampe mitzunehmen, aber ich spürte es auch so. Hier hatte sich seit meinem letzten Besuch nichts verändert. Der Raum hinter dem Guckloch war leer.

Hatte ich mir alles nur eingebildet? Wenn ich den Raum so tot vor mir liegen sah, drängte sich dieser Verdacht förmlich auf. Doch dann musste ich wieder an Nemo denken und an das, was Herr Bastian erzählt hatte.

Jahrelang hatte der Hund mit den Kindern der Familie gespielt. Bis sie hierhergezogen waren, hierher in diese Villa. Erst da hatte das Tier angefangen zu knurren, erst hier hatte er den kleinen Jungen angefallen.

Dann sah ich wieder meinen Vater vor mir stehen, die Hacke in der Faust, die Augen seltsam entrückt. Hatte ich es nicht selbst erlebt, als ich von dem Teich geträumt hatte? Wie das Haus nach einem greift, in einen hineinsickert, seine faulige Ausstrahlung einem unter die Haut, in die Zellen, in die Blutbahn drückt? Natürlich hatte ich es erlebt. Und der alte Verdacht, der nagende Argwohn fraß sich immer tiefer in mich hinein.

Das Haus ist es, das meinen Vater in der Gewalt hat, das Haus ist es, das ihn dazu gebracht hat, dieses Mädchen in den Keller zu sperren.

Wann immer ich konnte, versuchte ich, in meinem Vater zu lesen. Ich beobachtete, wie er aß, ich beobachtete, wie er in sein Arbeitszimmer ging, ich beobachtete, wie er mit meiner Mutter sprach oder sich in unser Auto setzte, um in die Stadt zu fahren. Ich beobachtete ihn, wenn wir im Supermarkt waren und wenn er am Abend aus dem Badezimmer kam. Ich war vorsichtig, unauffällig – nur unsichtbar war

ich natürlich nicht. Einmal begegnete mir sein Blick, als ich ihn verstohlen betrachtete, und ich hatte das Gefühl, er würde stutzen. Er würde bemerkt haben, dass ich ihn beobachtete. Fast hatte ich den Eindruck, seine Gedanken *hören* zu können: »Was schaust du mich denn so an, Sammy? Was ist los, beobachtest du mich?«
Nur einen Moment, dann hatten sich unsere Blicke wieder gelöst und er sich abgewendet. Er war nicht an mich herangetreten und hatte mich nicht gefragt, was los sei. Nein, er hatte nur gestutzt und sich dann wortlos umgedreht, obwohl wir doch beide wussten, dass wir uns angesehen hatten und dass irgendetwas merkwürdig daran gewesen war. Ich wusste, was es war – es war das Mädchen im Keller. *Das* war es, was merkwürdig gewesen war, und nicht nur merkwürdig, sondern erschreckend. Aber auch die Hacke, der Hund, die Geräusche, die aus seinem Arbeitszimmer gekommen waren. *Ich* wusste es. Wusste er es etwa nicht? *Musste* er es nicht auch wissen? Dass etwas nicht stimmte! Dass etwas im Gange war und wir *nur so taten,* als wäre alles in bester Ordnung? Ja, musste er dann nicht auch wissen, dass ich es wusste? Alles wusste?
Erschöpft, geradezu entkräftet von dem unablässigen Misstrauen, das mich umtrieb und nicht zur Ruhe kommen ließ, lag ich, wenige Tage nachdem Herr Bastian bei uns gewesen war, eines Abends im Wohnzimmer auf dem Teppich und ließ die Bilder einer Fernsehsendung, die Linus hatte sehen wollen, vor mir über den Bildschirm flimmern. Ich schaute immer gern, was meinen Bruder interessierte, auch wenn ich mich heute nicht mehr daran erinnern kann, was für eine Sendung es war. Woran ich mich jedoch erinnere, ja, was ich nie vergessen werde, ist, wie Linus zu mir schaute, als wir

plötzlich die Stimme meines Vaters von oben herunterrufen hörten. »Linus? Kommst du mal bitte!«
Er musste oben ans Treppengeländer getreten sein. *Kommst du mal bitte!* Das hieß, dass Linus hätte aufstehen und die Treppe hochgehen müssen, um mit ihm zu reden. Mitten in der Sendung, die er gerade anschauen wollte. Aber ich sah es dem Blick meines Bruders gleich an. Er würde nicht gehen. Diesmal nicht.
Ohne etwas zu sagen, wandte sich Linus wieder nach vorn und folgte weiter dem Geschehen auf dem Bildschirm. Ich lauschte. Mehr darauf, ob ich die Stimme von oben noch einmal hören konnte, als darauf, was aus dem Fernseher kam. Ich wusste, dass die Aufforderung meines Vaters absolut klar und deutlich gewesen war, und dass man sich so einer Aufforderung nicht ohne Konsequenzen widersetzte.
»Ich hab dich nicht gehört, Papa!« Mir war schon klar, dass Linus das hervorstoßen würde, wenn mein Vater ihn schließlich zur Rede stellen würde, zugleich aber war auch klar, dass diese Ausrede nicht gelten würde. Noch nie gegolten hatte.
Und dann stand er neben uns. Ich bemerkte eine Bewegung aus dem Augenwinkel, fuhr herum, und sah im nächsten Augenblick ein Paar Beine durch die Luft fliegen. Die Beine meines Bruders. Ich sah seinen Kopf nach unten gedrückt, die Haare schräg abstehend, die Finger seiner Hände starr gespreizt. Mein Vater musste ihn am Arm gegriffen und mit einem fürchterlichen Ruck aus dem Sofa gerissen haben. Er schrie nicht, es waren keine Stimmen zu hören, es war nur das Keuchen meines Bruders zu hören, der sich plötzlich neben dem Sofa wiederfand, auf seinen Füßen, aufgerichtet. Ich hatte meine Beine an mich gezogen, drückte mich in die

Kissen, auf denen ich gelegen hatte, und schaute wie elektrisiert zu den beiden. Dumpf hörte ich es krachen und sah, dass mein Vater meinem Bruder mit der geballten Faust einen heftigen Hieb auf die Brust versetzt hatte. Speichel flog aus Linus' Mund, und er knickte zusammen.

Entsetzt und verstört – nie zuvor hatte mein Vater uns so geschlagen – sprang ich auf das Sofa und schrie.

»Nicht, Papa! Bitte!« Da war es, als würde in meinem Kopf etwas knirschen, und die Worte quollen aus meinem Mund, ohne dass ich etwas dagegen tun konnte: »*Zerfleisch* ihn nicht, Papa.« Meine Stimme überschlug sich, und es blitzte vor meinen Augen. »Zerfleisch ihn nicht, er kann sich doch dagegen nicht wehren!«

Aber da hatte sich mein Vater, so plötzlich, wie er im Zimmer aufgetaucht war, auch schon wieder abgewandt, und ohne noch einen Blick auf meinen Bruder oder mich zu werfen, verließ er den Raum.

Mir aber, während ich zu Linus sah, der vor mir auf dem Teppich lag und mühsam versuchte, wieder auf die Beine zu kommen, pochte das Blut in den Ohren, und mit einem Mal hatte ich den Eindruck, alles ganz deutlich zu sehen. Als hätte sich das geheime Antlitz des Hauses, das bislang verschleiert gewesen war, mit einem Ruck jetzt vor mir entblößt.

Er ist wie Nemo, mein Vater ist wie Nemo. Das Haus ist ihm in die Knochen gefahren, es hat ihn verseucht, und jetzt schlägt er meinen Bruder, bricht ihm die Knochen und das Genick.

20

Linus bekam kaum noch Luft. Er hielt sich die Brust, würgte, keuchte, ächzte. Und war vollkommen durcheinander. Auch weil er ganz offensichtlich mit einer solchen Explosion nicht gerechnet hatte. Ich stützte ihn ein bisschen, als wir das Wohnzimmer verließen und nach oben gingen. In seinem Zimmer fiel er aufs Bett und rang weiter nach Luft. Ich hockte neben ihm, hatte die Handflächen aufeinandergelegt und meine Hände zwischen die Knie gequetscht. Ich wusste nicht, was ich machen sollte.

»Weißt du, wo er jetzt ist?«, stieß Linus zwischen zwei flachen Atemzügen hervor. *»Weißt du es?«* Er stützte sich auf einem Arm auf, sein Gesicht aber war nach unten gewandt. Ich hatte keine Ahnung, was er meinte.

»Deshalb hat er so zugeschlagen! Weil er weiß, dass es nicht richtig ist.«

»Was?«

Mein Bruder nickte mit dem Kopf, wischte sich mit der freien Hand über den Mund. »Er ist bei Hannah, hinten in ihrem Zimmer. Wie immer, wenn Mama in der Stadt ist.«

Bei Hannah. Ich ließ es mir durch den Kopf gehen.

»Sie … sie machen es, hinten bei Hannah auf dem Bett. Weißt du das?«

Nein, das wusste ich nicht.

»Er *fickt* sie – so heißt das, das weißt du nicht?«

Doch, das wusste ich schon, dass es so hieß. Auch wenn es mir jedes Mal unangenehm war, wenn ich hörte, wie jemand das Wort benutzte.

»Er fickt sie, aber Mama weiß nichts davon. Wenn sie davon etwas wüsste, würde sie nicht länger bei uns bleiben. Bei ihm.«

Ich spürte, wie sich in meinem Kopf etwas zu drehen begann.

»Deshalb hat er zugeschlagen – weil ich was von ihm und Hannah mitbekommen habe. Jetzt hat er Angst, dass ich Mama sage, was ich weiß«, hörte ich meinen Bruder keuchen. Dabei hatte er sein Gesicht weiter zur Matratze gewandt, und ich sah, wie etwas auf das Laken tropfte. Speichel, Flüssigkeit aus der Nase? »Hannah lässt ihn das machen, sie schließt die Tür nicht ab, weil sie den Job bei uns nicht verlieren will.« Linus schnaufte. »Glaube ich jedenfalls.« Und dann sah er mir ins Gesicht. »Er ist ein Schwein, Sammy, unser Vater ist ein Schwein. Er fickt Hannah, obwohl sie mir gehört.«

»Dir?« Ich sah Linus in die Augen, sie funkelten, und sein ganzes Gesicht wirkte seltsam verspannt. *Wieso dir?* Das klang in meinen Ohren völlig verkehrt. *Wieso gehört Hannah dir? Wieso gehört sie irgendjemandem?*

»Ich … ich und Hannah, uns verbindet was, aber das kann er nicht verstehen. Er ist doch viel zu alt für sie.«

Ich hatte das Gefühl, dass mein Bruder wirklich ziemlich durcheinander war.

»Was meinst du? Dass er sich Gedanken über Mama macht? Sie ist ihm doch scheißegal. Er fickt Hannah, und dann sagt er ihr, dass sie die Bettlaken waschen soll. Hannah, sie soll die Laken waschen. Und zwar in der gleichen Waschmaschine, in der Mama ihre Kleider wäscht.«

»Und woher weißt du das?«

»Was?«

»Dass er Hannah das sagt.«

Mein Bruder schüttelte den Kopf. »Wie kannst du nur so blöd sein«, schien er zu denken. »Du glaubst mir nicht? Dein Problem! Es ist die Wahrheit. Und ich weiß es.«

»Woher weißt du, dass ... dass er und Hannah –«

»ICH WEISS ES, OKAY?«, schrie er, die Augen stur und zittrig zugleich. Er ließ sich auf das Kissen hinter ihm zurückfallen.

»Hat Hannah dir das gesagt, dass sie und Papa –«

»Nein. Natürlich nicht.« Linus legte einen Arm über sein Gesicht, dass die Armbeuge seine Augen bedeckte. »Aber es reicht doch, dass du zu ihr schaust, wenn er ins Zimmer kommt. Ist dir das schon mal aufgefallen?«

Ich schüttelte den Kopf.

»Sie ist total angespannt in seiner Nähe. Mit uns ist sie locker, wir lachen, also ich ... ich unterhalte mich auch viel mit ihr, wenn du nicht dabei bist. Wir verstehen uns ...« Er schwieg kurz. »Wir verstehen uns richtig gut, weißt du?« Er lupfte den Arm ein wenig und sah mich darunter hinweg an. »Aber wenn er im Zimmer ist, dann ist sie vollkommen anders. *Befangen.*«

»Hm.«

Jetzt, wo Linus das sagte ... Natürlich, wenn mein Vater im Raum war, alberten wir nicht so mit Hannah herum, aber hieß das wirklich, dass ...?

»Deshalb hat er mich voll auf die Brust geschlagen. Er will mir zeigen, dass ich mich zurückhalten soll.« Jetzt lag der Arm wieder über Linus' Augen, aber sein Mund war frei. »Ich halt das nicht mehr aus.« Er holte Luft. »Meinst du, dass ich es Mama sagen soll?«

»Das mit Hannah?«

»Ja.«

»Bist du dir denn sicher? Ich meine, nachher ... wenn es nicht stimmt ...«
»Er schläft mit ihr, Sammy, verlass dich drauf.«
Ob er es Mama sagen soll. Mama würde ... was würde sie denn machen? Ich hatte keine rechte Vorstellung davon, was es bedeuten würde. Aber mein Bruder, meine Mutter, mein Vater, ich und Hannah ... Es hatte eine gewisse Richtigkeit so. Eine Richtigkeit, die eigentlich nicht, wie ich feststellte, als ich darüber nachdachte, gestört werden sollte.
»Ich weiß nicht.« Ich starrte auf meine nackten Zehen, die in den Sandalen vorne rausguckten.
»Jetzt grade in ihrem Zimmer. Ich kann sie ... ich kann sie stöhnen hören.«
Ich grinste. »Gar nicht.«
Ärgerlich richtete sich mein Bruder hinter mir auf und setzte sich neben mich auf die Bettkante. »Ah, Ah, Ah –«
Ich stieß ihn mit dem Ellbogen in die Seite, und er brach ab.
»Aber dass mit Papa was los ist, finde ich auch«, meinte ich nach einer Weile.
Linus sagte nichts, doch ich wusste, dass er mich gehört hatte.
»Oder?« Ich warf ihm einen Blick von der Seite zu.
»Wie ›was los ist‹?«, murmelte er, leicht ungehalten.
»Naaaa«, fing ich an, »früher, also vor Berlin, da ist so etwas doch nicht passiert. Dass er dich geschlagen hat, meine ich. Er hat dich ja richtig niedergeboxt! Das hat er früher doch nicht gemacht.«
»Nee, klar, ich sag ja –«
Doch ich fiel ihm ins Wort. »Aber wieso? In London war Hannah doch auch dabei.«

»Da … da hat er es noch nicht gemacht.«
»Was?«
»Na, du weißt schon, dass er in ihr Zimmer, dass sie …«
»Ja, okay, schon gut«, unterbrach ich ihn. Ich wusste, was Linus meinte, er hatte es ja jetzt oft genug gesagt. »Genau«, ich lehnte mich gegen ihn. »Sag ich doch. In Berlin fing es an, erst hier ist er anders geworden. Erst *hier* hat er sich verändert.«
»Findest du?«
Ich nickte. »Ich glaube, es hat mit dem Haus zu tun, mit der Villa.«
Jetzt sah Linus mich an, doch er hatte dabei die Stirn in Falten gelegt und die Mundwinkel nach oben gezogen, als wollte er sagen: Was redest du denn da?
»Ich hab dir doch erzählt, was der Besitzer gesagt hat, mit dem Hund und dem Jungen?« Natürlich hatte ich Linus von Nemo und Philipp berichtet. Aber ich hatte den Eindruck gehabt, dass mein Bruder es nicht so ernst nahm wie ich. »1977, das ist lange her«, hatte er gesagt. »Wer weiß, was damals wirklich passiert ist.«
»Der Hund, Nemo«, ich passte genau auf, was ich sagte, aber ich war mir sicher, dass ich auf der richtigen Spur war, »der war immer lieb und brav, aber dann sind sie hierhergezogen – und ein paar Monate später fällt er den Jungen an.«
Linus sah zwischen seinen Knien hindurch auf den Boden. »Beißt ihn einfach so zu Tode.«
»Ja, ich weiß.«
»Es ist das Haus gewesen, Linus, das Haus hier, das in den Hund gefahren ist – und jetzt, wo wir hier leben, ist es in Papa gefahren. Deshalb. *Deshalb* hat er dich umgeboxt.«

Ich sah, wie Linus' Augenbrauen ein wenig nach oben gingen, aber er antwortete mir nicht.

»Und das ist erst der Anfang«, fuhr ich fort und senkte die Stimme. »Wenn wir nicht aufpassen, wird es immer schlimmer. Er wird immer wilder werden, immer rücksichtsloser – und wir sind es, an denen er das auslässt.«

Jetzt schüttelte Linus den Kopf.

»Wir müssen ihm helfen, Linus, wir müssen Papa helfen. Er meint es nicht böse, er *will* das gar nicht. Er ist eher, also ... wie besessen davon, und wir ... wir müssen ihm helfen«, wiederholte ich.

»Er meint es nicht böse?! Er schlägt mich, und dann geht er nach hinten zu Hannah und ... er fickt sie, Sammy. Das ist, was los ist. Hast du sie mal gesehen? Im Badeanzug? Natürlich hast du das. Aber ich meine auch vorher, wenn sie sich umzieht. Manchmal sieht man es doch, wenn sie den nassen Bikini auszieht. Hast du das mal gesehen?«

Was? Dass sie sich umzog? Klar, das hatte ich schon mal gesehen.

»Hast du gesehen, dass sie da unten«, Linus deutete mit dem Zeigefinger fahrig zwischen seine Beine, »dass sie da unten rasiert ist? Alles ab. Nackt wie ein kleines Mädchen. Das ist, was Papa in den Kopf gestiegen ist.« Er suchte nach Worten und vermied den Blickkontakt mit mir. »Gar nicht so lange her, vielleicht zehn Tage oder so, da war ich allein mit ihr beim Pool. Sie ist aus dem Wasser gestiegen, ich bin noch drin geblieben, sie hat sich abgetrocknet, ich bin meine Bahnen geschwommen, als wenn nichts wäre. Und dann hat sie dort auf dem Rasen, gleich dort beim Pool, da hat sie sich den Bikini ausgezogen. Als wäre es das Normalste von der Welt. Erst oben das Teil, au Mann, sie hat ja wirklich was zu bieten. Ich dachte, ich geh gleich unter. Ich hab im Wasser getreten, in dem Moment hätte ich sowieso nicht rausgehen können, wenn du weißt, was ich meine.«

Ich hatte eine vage Vorstellung davon, was er meinte.

»Ich trete also im Wasser, und sie zieht sich oben ein trockenes Bikinioberteil an, und dann … zack, zieht sie sich das nasse Höschen aus. Ich konnte einfach nicht weggucken. Alles glattrasiert, man konnte … alles sehen. Und sie hat natürlich gemerkt, dass ich zu ihr geschaut habe. Aber meinst du, sie hat schnell nach dem Handtuch gegriffen, um sich zu bedecken? Hat sie nicht! Sie hat so getan, als merkte sie nicht, dass ich zu ihr schaue.«

Ich sah, wie er die Hände zu Fäusten ballte.

»Ich schwör dir, in dem Moment wär ich am liebsten aus dem Wasser gesprungen und über sie hergefallen. Nass, wie ich war. Dort auf dem Rasen. Ich konnte gar nichts anderes denken. Wie es sich anfühlen würde, auf ihr zu liegen. Die Augen von ihr vor sich zu sehen, die Brüste, die Haut, die noch ganz kalt vom Poolwasser sein musste. Und das, was sie dort unten hat, was sie sich rasiert hat, das war so stark, der Drang, über sie herzufallen, war so stark, dass ich nicht anders konnte. ›Hannah‹, hab ich gerufen, ganz leise, damit man es im Haus nicht hörte. ›Du bist wunderschön.‹ Ja, das habe ich gesagt, und sie hat zu mir geguckt. Und gelächelt hat sie, und dann hat sie doch nach dem Handtuch gegriffen und sich bedeckt.« Er hatte die Ellbogen auf seine Knie gestützt und die Hände in die Haare gewühlt. »Aber vorher hat sie mich alles sehen lassen, und sie wusste, wie mich das anspringen würde. Sie wusste es und hat es extra gemacht.«

Aber wieso, dachte ich, *wieso sollte sie das extra gemacht haben?*

»Sie hat es gemacht, weil sie mich mag, Sammy, und deshalb hat mich Papa vorhin auch geschlagen. Weil er weiß, dass sie mich mag, aber er will sie für sich haben.«
Nein, ging es mir unwillkürlich durch den Kopf, *tut mir leid, Linus, aber das kann ich mir nicht vorstellen. Hannah ist zwar jünger als Papa, aber du bist doch noch nicht mal so groß wie sie!*
»Mit dem Haus hat das nichts zu tun, dass Papa sich so benimmt, Sammy«, hörte ich meinen Bruder neben mir sagen. »Vergiss es, das ist Quatsch. So was gibt es im Film, aber nicht in echt.«
»Doch«, entfuhr es mir, *»du verstehst das nur nicht«*, wollte ich sagen, aber Linus schien keine Lust mehr zu haben, mit mir über diese Dinge zu reden. Eher wirkte er so, als habe er das Gefühl, bereits zu viel gesagt zu haben.
»Komm, Sammy, lass gut sein«, murmelte er, »du bist noch zu klein dafür.« Und damit stand er auf. »Lass mich mal kurz«, er sah zum Fenster, »ich muss mal allein sein, okay?«
»Ja, klar.« Ich stand ebenfalls auf und ging zur Tür, blieb aber noch einmal stehen.
»Linus?«
Er drehte sich nicht mehr um.
»Lass uns morgen weiterreden, Sam.« Er legte die Unterarme auf das Fensterbrett. »Aber das mit dem Haus kannst du wirklich vergessen, das ist Blödsinn.«

21

Es war in den Tagen nach meinem Gespräch mit Linus, dass sich die leicht erhöhte Temperatur, die ich zuerst an dem Morgen verspürt hatte, an dem ich aus dem Alptraum erwacht war, zu einem unangenehmen Fieber auswuchs. Morgens, nach dem Schlafen, schien es fast weg zu sein, und ich sprang erfrischt und gutgelaunt aus den Federn, nachmittags aber kam das Fieber zurück, und abends, wenn ich nach stundenlangen Überlegungen, Beobachtungen und Vermutungen vollkommen erschöpft wieder ins Bett sank, konnte ich spüren, wie es mich wieder ganz in seine heißen, geröteten Hände nahm. Beklagen wollte ich mich deshalb nicht. Sicher, es wäre bestimmt kein Problem gewesen, den nächstbesten Kinderarzt aufzusuchen – auch wenn wir bisher keinen hatten –, aber ich wollte meine Mutter mit diesen Sorgen nicht belasten, solange ich noch jeden Morgen das Gefühl hatte, an diesem Tag würde das Fieber vielleicht nicht mehr zurückkehren. Essen jedoch tat ich nicht mehr viel. Ich hatte einfach keinen rechten Appetit mehr.

Obwohl ich wenig aß und wegen der erhöhten Temperatur in den heißen Nächten nicht besonders gut schlief, hatte ich tagsüber nicht das Gefühl, geschwächt oder benommen zu sein, angeschlagen oder irgendwie krank. Im Gegenteil. Eher kam es mir so vor, als seien meine Gedanken besonders alert, mein Kopf besonders frei und leicht, meine Aufmerksamkeit besonders geschliffen und geradezu angespitzt. Nichts entging mir, meine Ohren, meine Augen hatte ich überall. Ich reagierte schnell, blitzschnell, merkte auf, wenn ich etwas hörte, fuhr herum, wenn hinter mir jemand durchs Zimmer lief. Ich war stets auf dem Sprung, zu allem bereit, im Prinzip auf alles gefasst. Nur nicht auf das, was dann geschah.

Es war ein Sonntag, einer dieser Tage einer langen Kette von ruhigen Sommertagen, an denen die Stadt fast eingeschlafen zu sein scheint. Die Luft stand, der Himmel war wolkenlos. Hannah hatte mehrere Rasensprenger, die über Schläuche im ganzen Garten verteilt waren, aufgedreht, und außer dem Summen der Insekten konnte man nur das gleichmäßige Geräusch der Sprinkler hören, bei denen ein Metallstift immer wieder in den Wasserstrahl schlug, um ihn auf möglichst breiter Fläche zu verteilen. Ich hatte am Pool gesessen, die Füße ins Wasser getaucht, war dann aber – wie schon so oft in den vergangenen Tagen – aufgestanden und zu der Steinplatte unter den Nadelbäumen geschlendert. Es war, als würde mich das Hundegrab wie magisch anziehen. Ich hatte schon davor gehockt, mich daraufgelegt und eingerollt, und sogar die Nadeln an seinen Rändern mit bloßen Fingern herausgekratzt, um zu sehen, wie tief die Platte reichte.

Diesmal blieb ich vor dem grauen Stein mit der Inschrift stehen und beobachtete, wie die Sonnenpunkte darüber krochen, wenn der Wind die Baumwipfel über dem Grab in Bewegung setzte. Ich kniff die Lider ein wenig zusammen und sah zu, wie die hellen und dunklen Flecken auf der Platte langsam verschwammen und ineinanderflossen. Gedankenverloren bohrte ich meine nackten Zehen in den warmen Waldboden.

Krrrrr.

Ein Knirschen, leise, aber unüberhörbar.

Stein auf Stein.
Ich zog den Kopf ein wenig zwischen die Schultern. Das Spritzgeräusch der Rasensprenger. Das Summen der Bienen und Hummeln. Und ein Knirschen, wie wenn ein schwerer Stein über einen anderen geschoben wird. Erschrocken riss ich die Augen auf.
Die Platte, dort vor meinen Füßen, die Sonnenflecken, die braunen Nadeln. Es kam mir so vor, als würde ein Impuls, eine winzige Welle, ein leichtes Pumpen durch den Waldboden ziehen, ein leichtes Schlingern – und plötzlich ein kräftigeres Schwappen. Da riss ich nicht nur die Augen auf, da machte ich einen Satz zurück.
»Mama!«, kam es aus mir hervor, ohne dass ich die Grabplatte aus den Augen gelassen hätte.
Ich fuhr herum. Aus dem Schatten unter den Nadelbäumen heraus konnte ich die sonnenüberflutete Rasenfläche mit dem Pool sehen und dahinter die Fenster, Winkel, Erker und Dachschrägen der Villa. Die Scheiben beinahe schwarz, die Dachziegel von verschossenem Rot.
»Mama!« Ich sprang über den warmen Rasen zur Treppe, die auf die Terrasse hochführte, hüpfte über die heißen Tonplatten, mit denen sie ausgelegt war, und brach in das vergleichsweise kühle Wohnzimmer hinein, das abgedunkelt und still hinter der Terrassentür wartete. Meine Mutter lag auf dem Sofa, ihr Kopf war ganz nach hinten gesunken, eine Hand ruhte auf ihrem Bauch, die andere lag mit der Handfläche nach oben auf dem Kissen neben ihr.
»Mama, kannst du mal bitte kommen, zu der Platte hinten bei den Kiefern?!«
Ich wusste, dass ich sie nicht wecken sollte, dass sie erst spät in der Nacht nach Hause gekommen war, aber ich war

bis ins Mark erschrocken. Und weder mein Vater noch Linus noch Hannah würden mich beruhigen können.
»Sammy«, ihre Stimme klang fast ein wenig verklebt, und ich hatte den Eindruck, sie würde ihre Lider kaum hochbekommen, »ich hab doch geschlafen …«
»Nur ganz kurz, Mama, bitte, es ist gleich neben dem Pool, dort hinten, du kannst es hier durchs Fenster sehen.«
Es war eine Welle, eine Welle, die durch den weichen Boden gegangen ist, flüsterte eine Stimme in meinem Kopf, aber das sagte ich nicht. »Bitte, es bewegt sich da was –«
»Wirklich?« Sie hatte sich ein wenig aufgesetzt, hielt sich mit der Linken die Stirn, dass ihre langen schönen Haare an ihrer Wange vorbeifielen. »Ein Maulwurf vielleicht, Sammy, das hat Herr Bastian auch gesagt. Dass es ein paar Maulwürfe gibt hier im Garten …«
Ein Maulwurf.
Ich hörte das Knirschen, das Knirschen der Steinplatte. Hatte sich die Platte durch ihr Eigengewicht verschoben, weil ein Tier dort entlanggegraben hatte?
»Sammy, hör zu, ich …« Sie hob den Blick, und ich sah, wie verschleiert ihre Augen waren. »Ich hab eine Schlaftablette geschluckt, ich bin ein bisschen benommen. Diese Dinger …« Sie sah, wie ich sie anstarrte. »Es ist nicht schlimm, ich muss nur ein paar Stunden Schlaf haben, du wirst sehen, heute Abend bin ich ganz ausgeruht.« Sie strich mir mit dem Rücken ihrer Finger sanft über die Wange.
»Bitte, Mama, nur ganz kurz! Du kannst auch gleich weiterschlafen.«
Sie legte mir ihre Hand auf den Nacken und zog meinen Kopf zu sich heran, legte den anderen Arm um mich und drückte mich an sich. »Ich … ich fall noch die Treppe run-

ter, wenn ich so durch den Garten stolpere, Sammy, das willst du doch nicht.«
Nein, natürlich nicht. »Irgendwas ist mit der Platte, Mama, ich … ich glaube wirklich, es ist besser, wenn du mal guckst.«
»Aber was soll denn schon sein, Sammy. Hörst du nicht die Insekten? So ein schöner Sommertag.« Sie schob mich ein bisschen zurück, um mir ins Gesicht sehen zu können. »Hast du denn schöne Ferien?«
Ich sah sie an, antwortete nicht. *Bitte.* Da gab sie mir einen Klaps auf den Hintern – wie einem Baby! Auf den Hintern! »Na, nun lauf, Junge, fang den Maulwurf! Das wär doch was. Weißt du, wie süß die sind?« Aber während sie das sagte, senkten sich ihre Lider schon wieder herab. »Sei vorsichtig, dass er dich nicht beißt«, murmelte sie.
Ich stand neben dem Sofa und betrachtete ihr Gesicht. Sie war ganz ungeschminkt, und jetzt, als ich ihr dabei zusah, wie sie sich dem künstlichen Schlaf der Tablette wieder ergab, bemerkte ich, wie sehr der Umzug nach Berlin sie angestrengt haben musste. Ich griff vorsichtig nach ihrer Hand, die neben ihr auf dem Sofa lag. Ihre Haut war ganz weich und warm. Ich fühlte, dass sie die Finger ein wenig zusammendrückte, wie um mich noch ein letztes Mal zu grüßen, bevor sie sich endlich in die wohlige Welt des Traumes verabschiedete.
»Ich hab dich lieb, Mama.«
Ihre Lippen teilten sich, und ich hörte, wie sie schwerer zu atmen begann.
Ich hatte sie lieb, meine Mutter, genauso wie meinen Vater, genauso wie Linus, ich liebte sie alle drei, aber … sie verstanden mich nicht. Ich konnte es versuchen, wie ich woll-

te, sie schienen meine Worte zu hören, aber sie schienen nicht den Sinn greifen zu können, den ich damit zu vermitteln versuchte. Nur wusste ich nicht, woran das lag. An mir – oder an ihnen?
Und dann trat ich wieder zurück in die Sonne. Heraus aus der Schattenwelt des Wohnzimmers, in dem die Atemzüge meiner Mutter zu hören waren, zurück in den Tag, die Hitze, das gleißende Licht.
Versuch, den Maulwurf zu fangen, aber pass auf, dass er dich nicht beißt.
In fahrigen Hüpfbewegungen, als wäre der Boden, den ich mit den Sohlen berührte, kochend heiß, oder als würde eine Art Gewicht in mir hin- und herspringen, lief ich zurück Richtung Kiefernwäldchen. Ich achtete darauf, dass mich der Wasserstrahl der Sprenger nicht nass spritzte, und blieb gut zehn Schritte vor dem Grab gleich neben der Einfassung des Pools stehen, dort, wo kein Schatten das Sengen der Sonne abschirmte, wo ich das Grab jedoch bereits sehen konnte.
Die Platte – *sie hat sich aus der Einfassung geschoben!* Ich konnte es genau sehen. Der Grabstein lag nicht mehr flach auf dem Boden, sondern ragte an einer Ecke ein wenig nach oben. Ein Maulwurf? Groß wie ein …
Ich fühlte, wie meine Augen sich weiteten.
Sie hob sich ja noch immer! Die Platte. Sie knirschte, zitterte, stieg steil nach oben auf!
Ich fühlte, wie es in meinen Ohren sang und die Schläge meines Herzens unregelmäßig kamen. Aber ich konnte mich nicht bewegen. Die Sonne glühte auf meiner Stirn, und ihre Hitze vermengte sich mit dem Fieber, das mich von innen verbrannte.

»Mama«, ganz leise, als könnte ich in ihren Schlaf schlüpfen und ihr dort zuflüstern, was hier geschah, »sieh doch, was dort emporsteigt.«
Es krabbelte aus dem Grab an die Oberfläche, unter der Platte hervor, deren hintere Kante in die Tiefe gerutscht war, während die vordere nach oben stand. Es hangelte sich mit den Armen auf den Nadelboden und schob seine Schultern unter dem Stein nach draußen. Es war blutverschmiert, und es war das offene Fleisch, in das ich hineinsah. Kein Hund, kein Fell, keine Pfoten. Es war ein Junge, ein Junge von vielleicht sechs Jahren. Ein Junge, dem die eine Hälfte des Gesichts fehlte, weil ein Tier sie ihm weggebissen hatte.
»Sammy«, hörte ich ihn nach mir rufen, »bitte, Sammy«, und ich sah seine Augen. Das eine gesunde, aber auch das andere, das von dem Hund zerfleischt worden war. Ich sah seine Augen nach mir tasten. »Sammy, bitte, warte auf mich!« Der Junge hatte das Grab jetzt ganz abgestreift, sich aus ihm befreit, wie eine Geburt sich aus einem Mutterleib schält. »Nemo ist nicht böse, Sammy, es hat gar nicht weh getan.« Er stützte sich mit einer Hand auf dem Waldboden auf und richtete sich dann empor. Sein Leib war von wächserner Blässe, auch wenn die Haut vor Jahren einmal gebräunt gewesen sein mochte. »Ich bin so froh, dass du jetzt hier bist, Sammy.« Nicht mehr als halb so groß wie ich kam er mir vor, halb so alt, aber mit einer Fleischwunde in der Seite, deren Ränder sich sanft bewegten. »Hier, du kannst reingreifen«, hörte ich seine helle Knabenstimme nach mir rufen. »Es tut mir nicht weh, es ist ganz warm hier drin.« Langsam kam er auf mich zu, mit der Rechten hatte er sich an die Seite gefasst, die Finger unter den Wundlappen ge-

schoben. »Fühl mal!« Er drehte mir seine Seite zu und hob den Fleischlappen an, unter dem sich ein Gemenge von Organen und roter Masse zusammendrängte. Aber es war nicht nur sein Körper, der dort aufgerissen war, es bewegte sich auch etwas darin.

Ich spürte, wie ich zu zittern begonnen hatte, wie mein Arm an meiner Schulter in kleinen Ausschlägen nach außen zuckte, und dann erkannte ich die Würmer, die in seiner Wunde wühlten, ich sah die kleinen Leiber in seinem Fleisch aasen, ich sah das Gleiten ihrer Bewegungen, ich sah sie in den Jungen hinein verschwinden, während oben, oberhalb der tiefen Wunde, mir sein gesundes Auge ins Gesicht schaute.

Ein Maulwurf, summte es in meinem Schädel, *es kann nur ein Maulwurf sein, der die Grabplatte verschoben hat.*

Und doch sah ich ihn vor mir, das Auge auf mich gerichtet, ich sah, wie er mich anlächelte, dass seine Lippen sich über seinem Zahnfleisch zurückzogen, ich sah die Würmer, die seinen Mund ausfüllten und zwischen seinen Zähnen ins Zahnfleisch drangen.

Er ist es nicht, er steht nicht hier, raste es in mir, fluchte ich, schrie ich mir zu, während ich nur abgerissene Laute, ein zerhacktes Schnaufen von mir gab. *Er ist nicht hier! Es ist nichts als der Wahnsinn, der nach mir greift, der Junge ist der Wahnsinn, der mich überwältigen will. Ich darf aber nicht wahnsinnig werden.*

»Das Mädchen.« Ich fühlte, wie das Wort sich aus meinem Mund löste und durch den sonnenüberhitzten Garten schwebte. »Sie war doch dort, ich hab sie dort unten doch selbst gesehen.« Ich riss mich herum und sah das Haus unter dem glitzernden Sommerhimmel. »Das Mädchen habe

ich mir nicht eingebildet!« Ich sprang über den Rasen zur Terrasse, rannte die Stufen hoch.
»ICH HABE SIE SELBST GESEHEN!«, schrie ich, während ich in das Wohnzimmer stürzte. Im Halbdunkel sah ich meine Mutter liegen, die sich bewegte, als würden Gewichte an ihr hängen. Ich rannte an ihr vorbei in die Halle.
»ICH HABE SIE GESEHEN!«, schrie ich und stieß die Tür zum Arbeitszimmer meines Vaters auf. »Papa, im Keller, das Mädchen!«
Er fuhr aus seinem Stuhl hoch, die gelben Kopfhörer, die er trug, noch auf den Ohren.
»Im Keller, du hast sie dort gefangen gehalten!«
Er riss die Plastikschalen von seinem Kopf, und ich sah seinem Gesicht an, wie sehr ich ihn überrumpelt hatte.
»Im *Keller,* ich hab mit ihr gesprochen –« Fast kam es mir so vor, als wäre der zerfetzte Junge hinter mir ins Haus gekrochen, als würde er mit seinen blutigen Händen nach mir greifen, als würden die Würmer, die ich in seinem Zahnfleisch gesehen hatte, bereits in meine Nasenlöcher kriechen. *Nur so*, kochte es in mir, *nur so kann ich mich vor dem Wahnsinn retten, der nach mir greift,* nur indem ich endlich herausschrie, was seit Tagen, seit Wochen wie ein Gift in mir schwelte.
»Sammy, beruhige dich, Junge!« Mit einem Satz kam mein Vater hinter seinem Schreibtisch hervor und auf mich zu.
»NEIIIIIIIIIIIIIIIIIN, PAPA, NEIIIIIN!«, schrie ich ihm mit heller Kinderstimme entgegen, aber ich sah es doch, sah es ganz deutlich, dass ich ihn so nicht aufhalten konnte, und also schnellte ich zurück durch die Tür in den Flur, über die Steinfliesen bis zur Eingangshalle, riss die Haustür auf und sprang die Stufen hinunter.

Er ist schnell, er wird mich aufhalten, hämmerte es in meinem Schädel, *er wird mich aufhalten. Ich komme nicht gegen ihn an!* Da hatte ich bereits das Tor im Gartenzaun durchquert und die Straße erreicht, und flitzte, so schnell ich konnte, den heißen Bürgersteig entlang.
In meinem Kopf tobte es jetzt, und ich ruderte mit den Armen, hörte das Platschen meiner Füße auf dem Asphalt. Nie war ich so schnell bis zur nächsten Kreuzung gelangt. Ich rannte die breite Hauptstraße hinunter, zur Bushaltestelle, von der ich wusste, dass dort meistens Leute standen. Doch diesmal nicht. Ich konnte es aus der Entfernung schon sehen, diesmal wartete niemand dort. Die gelbe Markierung, das einfache Häuschen, die Bank – menschenleer.
»Hilfe!«, wie erstickt presste ich es hervor. »Hilfe, er holt mich doch ein!« Da stand ich bereits auf der Straße, inmitten der Fahrbahn, der Asphalt glühend, ich sah die Autos auf mich zukommen und hatte die Hände über den Kopf gerissen. Ich hörte das verzerrte Geräusch einer Hupe, das Quietschen von Bremsen. Schloss die Augen, wie gefasst auf einen entsetzlichen Aufprall, mit dem das nächste Auto mich umreißen würde. Mein Mund aber, mein Mund war offen, und ich schrie: »MEIN VATER, MEIN VATER HAT EIN MÄDCHEN IN SEINEM KELLER EINGESPERRT!«

Teil II

22

Sie waren äußerst diskret, so viel steht fest. Sie kamen in Zivil. Eine Uniform oder gar ein Polizeiwagen war nicht zu sehen. Stattdessen hatten sie gleich einen Mitarbeiter vom Jugendamt dabei.

Der Wagen, der gestoppt hatte, als ich auf die Straße getaumelt bin, war ein Taxi. Der Mann ist aus seinem Fahrzeug gesprungen, kurze Hosen bei der Hitze, das T-Shirt durchgeschwitzt, und ich konnte ihm ansehen, was er sich für Sorgen machte.

»Komm von der Straße runter, Kleiner, bist du wahnsinnig?!« Er hatte mich am Oberarm gegriffen und auf den Bürgersteig gezogen, während sein beiger Benz mit laufendem Motor am Straßenrand vor sich hin brummte.

»Im Keller, er hat sie im Keller versteckt«, stieß ich hervor und sah den Taxifahrer mit Riesenaugen an. Ich wusste, dass mein Gesicht von den Tränen und der Aufregung ganz verschmiert war, immerhin hatte ich gerade noch in einen Mund voller Würmer gestarrt. Und doch war mir zugleich auch klar, dass es einen Unterschied gab – zwischen dem Würmermund und dem Taxifahrer dort vor mir. Mir war klar, dass ich dabei war, den Verstand zu verlieren, wenn ich nicht endlich rausschrie, was seit Tagen auf mir lastete.

»Ich hab sie selbst gesehen, das Mädchen, mit schwarzen, langen glatten Haaren, noch ganz jung …«

Er schaute mich bedrückt an. Es war klar, dass das, was ich sagte, ein Problem war, ein gewaltiges Problem. Und ich tat ihm leid, das konnte er gar nicht verhehlen.

»Ganz ruhig, Kleiner. Hier, setz dich in mein Taxi, ich muss erst mal telefonieren.«

Also hockte ich auf der weichen Rückbank des Mercedes und hörte ihn gedämpft in sein Telefon sprechen. Einerseits war es, als hätte ich ein gewaltiges Gewicht von meiner Brust gestoßen, als ich endlich den Mund aufgemacht hatte. Andererseits aber ahnte ich schon, wie das, was ich gerade getan hatte, mein Leben aus den Fugen reißen würde. Denn das, was meinem Leben bisher Form und Halt gegeben hatte, waren meine Eltern gewesen. Gerade ihnen aber war ich jetzt in den Rücken gefallen, und zwar mit einer Wucht und Heftigkeit, dass selbst sie sich – so sicher und selbstgewiss sie in meinen Augen sonst auch sein mochten – so schnell davon wahrscheinlich nicht erholen würden.

Aber ich hatte alles versucht, hatte versucht, die Sache anders aufzulösen, hatte versucht, so wenig wie möglich daraus zu machen. Es war einfach nicht möglich gewesen.

Ich hatte sie doch gesehen!

Es hatte mich innerlich aufgefressen. Und nun war es aus mir herausgebrochen, ob ich wollte oder nicht.

Jetzt war ich froh, dass ich ziemlich weit gerannt war und meine Eltern nicht wissen konnten, in welche Richtung ich gelaufen war. So würde es wenigstens ein paar Minuten dauern, bis sie mich gefunden hatten.

Doch dazu kam es nicht mehr, denn die Beamten waren schneller.

Keine drei oder fünf Minuten, nachdem der Taxifahrer den Notruf gewählt hatte, hielt ein Streifenwagen vor dem Taxi. Wenn ich heute daran zurückdenke, sehe ich alles nur noch wie durch einen Nebel vor mir. Die Aufregung war

zu einem Rauschen in meinen Ohren geworden. Noch lange, nachdem ich das Taxi gestoppt hatte, fiel es mir schwer, meine Atmung zu kontrollieren und das Schnappen nach Luft auf einen normalen Rhythmus zurückzuschrauben.
»Er kommt gleich, er muss jeden Moment hierherkommen und mich holen«, flüsterte ich dem Beamten mit der blauen Uniform zu, der sich als Erster zu mir herunterbeugte. Der gleiche Ausdruck der Betroffenheit wie beim Taxifahrer. Aber der Polizist war der Situation besser gewachsen, offensichtlich war er es gewohnt, mit Menschen zu reden, die in Panik waren.
»Wir nehmen ihn in unseren Wagen.« Der Beamte gab seinem Kollegen ein Zeichen.
Dann saß ich hinten auf der Rückbank des Streifenwagens, neben mir der Polizist, der zuerst mit mir gesprochen hatte, und wir rollten durch die Straßen des Viertels. Aber nicht Richtung Villa, sondern Richtung Stadtmitte.
»Ganz ruhig, Junge, du hast alles richtig gemacht. Wir treffen uns mit einer netten Dame, und die kümmert sich dann um dich.«
Der Mann neben mir versuchte, ein bisschen mit mir zu reden, aber eigentlich wollte ich jetzt schon wieder zurück zu ihnen, zurück zu meinen Eltern, wollte ihnen alles erklären, vor allem meiner Mutter. Ich fühlte mich, als hätte ich eine furchtbar teure Vase zerbrochen, als hätte ich etwas entsetzlich falsch gemacht, und doch wollte ich nicht weg von ihnen, sondern zu ihnen zurück.
Währenddessen hatte der jüngere Beamte, der am Steuer saß, begonnen, über Funk Verstärkung anzufordern. Sie vereinbarten einen Treffpunkt mit einem Mitarbeiter vom Jugendamt und den Kollegen von der Kripo. Ich sollte so

schnell wie möglich von einer Fachkraft begutachtet werden, die dann entscheiden würde, was die nächsten Schritte waren.

Es waren schließlich die Psychologin vom Jugendamt und zwei Beamte von der Kripo, die im Auto saßen, als wir zurück zu der Villa fuhren. Nicht im Streifenwagen, sondern in einem ganz normal aussehenden Zivilfahrzeug. Offenbar wollte man auf die Nachbarschaft ein wenig Rücksicht nehmen und dafür sorgen, dass sich nicht gleich überall herumsprach, was vorgefallen war. Zugleich aber sollte mein Ausbruch auch durchaus ernst genommen werden. Längst war telefonisch Kontakt mit meinen Eltern aufgenommen worden. Sie wussten inzwischen, dass mir nichts zugestoßen war, sie wussten, dass ich geschrien und Autos angehalten hatte, sie wussten, dass sich die Polizei der Sache angenommen hatte. Mir selbst kam die Situation, die ich heraufbeschworen hatte, wie ein verrutschter Augenblick vor, in dem etwas in eine Schieflage geraten war, von dem ich noch gar nicht so genau wusste, was es war.

Die Ankunft bei meinen Eltern werde ich nie vergessen. Sie standen hinter dem Gartenzaun auf dem Grundstück und sahen uns entgegen, als wir mit dem Fahrzeug am Bürgersteig hielten. Mein Vater hatte meiner Mutter einen Arm um die Schulter gelegt, und beide wirkten wie zusammengeschrumpft. Ich stieg aus dem Wagen, und meine Glieder waren schwer wie Blei. Ich sah, wie sie mich anguckten, und hatte den Eindruck, sie plötzlich im Dunkeln verloren zu haben.

Sind das meine Eltern? Oder zwei völlig Fremde, deren Kind ich nie gewesen bin?

Meine Mutter war vollkommen aufgelöst. Mein Vater begrüßte die Beamten. Gemeinsam mit den Polizisten und der Psychologin lief ich durch das Gartentor und drückte den Rücken durch, als meine Mutter ihre Arme um mich schlang. Mein Vater berührte mich nicht. Er kam mir so vor, als hätte er einen Schlag auf den Kopf bekommen. Im Hintergrund, am Ende der Auffahrt, sah ich Linus und Hannah stehen, die zu uns hinunterschauten. Einsam war ich, schlagartig vereinsamt, und in meinen Ohren summte es.

Die Beamten blieben ganz ruhig, ich hörte sie mit gedämpften Stimmen mit meinen Eltern sprechen. »Taxifahrer ... auf der Straße ... können wir den Jungen bei der Kollegin vom Jugendamt lassen?« Es lief darauf hinaus, dass sie mit meinen Eltern allein sprechen wollten, während sich die Psychologin mit mir unterhalten sollte.

Sie waren einverstanden, und fast war ich froh, als wir getrennt wurden, hatte doch der Druck beinahe unerträglich auf mir gelastet. In meinem Zimmer dann sah sich die Psychologin, die ich Gabriella nennen sollte, in aller Ruhe um, bevor sie mich bat, mich an meinen Schreibtisch zu setzen, während sie selbst auf meinem Bett Platz nahm. Punkt für Punkt ging sie die Geschehnisse noch einmal mit mir durch, und brav wiederholte ich alles: Wie ich meinem Vater in den Schacht gefolgt war, der in der Hütte im Garten in die Tiefe führte, wie ich den Tunnel mit dem Guckloch entdeckt hatte – und dahinter das Mädchen. Ich hütete mich, sie Yoki zu nennen, obwohl der Name wie unausweichlich in meinem Kopf aufblitzte. Ich hatte ihn mir nur *ausgedacht,* das wusste ich doch.

Ich hielt mich lieber an das, was ich gesehen hatte: den Vorhang, die Werkzeuge, die Pritsche, das Regal, den Teddy.

Ich berichtete, dass ich das Plüschtier im Zimmer meines Vaters wiedergesehen hätte und dass ich die Hand des Mädchens berührt hätte – und dass der Kellerraum jetzt leergeräumt sei.
Gabriella, das muss ich ihr lassen, gab mir während der ganzen Zeit nicht das Gefühl, Unsinn zu reden. Sie blieb bei all meinen Ausführungen freundlich und ernst. Ich hatte den Eindruck, es interessiere sie wirklich, was ich zu sagen hatte. Sie fragte mich auch nicht nur über meine Begegnung mit dem Mädchen aus. Sie fragte nach unserem Umzug von London nach Berlin, wie ich mich in der neuen Stadt eingelebt habe, was ich sonst in den Ferien machen würde, wie ich mit meiner Mutter, meinem Vater, aber auch meinem Bruder und Hannah zurechtkäme. Sie wollte wissen, ob mir ähnliche Erlebnisse schon einmal widerfahren seien, sie fragte mich sogar über die Bücher aus, die in meinem Zimmer standen, und ließ sich Bilder zeigen, die ich zuletzt gemalt hatte. Und doch hatte ich im Laufe dieser scheinbar so locker dahinfließenden Unterhaltung nie den Eindruck, Gabriella würde mir ganz beliebige Fragen stellen, sondern vielmehr das geradezu nagende Gefühl, sie würde mit all ihren Worten und Erkundigungen einem ganz genauen Plan folgen. Als würde sie eine Schlinge um meinen Hals legen und langsam zuziehen. Als würde unser Gespräch in die falsche Richtung gehen. Als würde sich alles, was ich sagte, auf seltsame Weise in dem Moment, in dem es meinen Mund verließ und zu ihr flog, in der Luft drehen und zu einer Waffe werden, die sie am Ende gegen mich richten würde.
Deshalb vermied ich es auch, ihr etwas von meinem Verdacht zu erzählen, dass das *Haus* in irgendeiner Weise mit

der Sache etwas zu tun haben könnte. Die Geschichte von Herrn Bastian, von Nemo, vom Tod des kleinen Jungen, dass ich Würmer in seinem Mund gesehen hatte. All das verschwieg ich. Ich wusste doch, wie sich das anhören musste. Gabriella würde mit der gleichen auffällig unauffälligen Stimme all dies zur Kenntnis nehmen, mit der sie auch schon meine Berichte über Yoki zur Kenntnis genommen hatte. Am Ende aber würde sie sagen: »So, wie du dir diese Würmer ausgedacht hast, hast du dir auch das Mädchen ausgedacht.«

Dabei wusste ich doch, dass es einen Unterschied zwischen den beiden Erlebnissen gab. Es fiel mir zwar schwer, mir selbst klarzumachen, woran ich das festmachte, in meinem Innersten aber hatte ich doch das Gefühl, sie auseinanderhalten zu können. Dass ich Yoki in dem Keller gesehen hatte, hatte mich in Aufruhr versetzt. Das Fieber ausgelöst. Und ich hatte mich in etwas hineingesteigert … Dass ich die Würmer schließlich gesehen hatte, war bereits Wahn gewesen. Dass ich Yoki berührt hatte, jedoch nicht.

Oder? Ja, aber sicher doch, so musste es sein! Ich war nicht verrückt!

23

Die beiden Beamten von der Kriminalpolizei hatten unterdessen mit meinen Eltern gesprochen. Als Gabriella und ich aus meinem Zimmer wieder nach unten kamen, stand fest, dass mein Vater mit in die Stadt zur Kripo musste. Aber ich sah es der Haltung der beiden Polizisten bereits an, dass sie ihn nicht etwa festnahmen. Sie hatten irgendwie nichts Bedrohliches an sich, wie sie neben ihm standen. Offenbar hatte die Villa, das Wohnzimmer, in dem sie sich aufhielten, die Art, wie meine Eltern das Gespräch mit ihnen geführt hatten, bereits erheblichen Eindruck auf sie gemacht. Sie beäugten meine Eltern nicht mehr so misstrauisch wie noch zu Beginn. Als ich mit der Psychologin ins Wohnzimmer trat, war es vielmehr, als würde eine wie auch immer geartete Linie nicht etwa zwischen meinen Eltern und den Polizisten verlaufen, sondern zwischen den vier Erwachsenen und *mir*. *Ich* wurde misstrauisch beäugt, und zwar sowohl von meinen Eltern als auch von den Polizisten. *Ich*, der ich nichts weiter getan hatte, als endlich das herauszuschreien, was längst hätte gesagt werden müssen.

Gabriella blieb zwar bei mir stehen, aber noch über meine Schultern hinweg, das konnte ich genau spüren, nahm sie Kontakt zu den anderen Erwachsenen auf und signalisierte ihnen etwas mit den Augen. Sie verständigten sich alle stumm untereinander. Und zwar über mich. *Ich* war derjenige, um den es ging. Das war das überwältigende Gefühl, das sich mir aufdrängte. Dabei hätte doch mein Vater derjenige sein müssen, um den es ging. Ich öffnete sogar schon

den Mund. Sollte ich es herausrufen, so unkontrolliert, wie es mir durch den Kopf ging: »IHN müsst ihr ausgrenzen, nicht mich!«
Sollte ich versuchen, ihnen zu erklären, dass nicht *ich* es war, um den sie sich kümmern mussten, sondern *er?*
Ich ließ es bleiben. In dem Augenblick, in dem wir das Wohnzimmer betreten hatten, wusste ich es: Was auch immer ich sagte, es würde sich gegen mich wenden. Das Beste war, wenn ich schwieg.
Gesagt wurde ohnehin nicht viel. Schon als wir angekommen waren, war die Atmosphäre vergiftet gewesen, jetzt aber war es unerträglich. Mitleid hatte mitgeschwungen, als mich die Beamten vom Taxifahrer entgegengenommen hatten. Davon war jetzt fast nichts mehr zu spüren. Und an die Stelle der Verunsicherung war bei den Polizisten, meinen Eltern und auch Gabriella die Haltung getreten, mit so wenig Schaden und Komplikationen wie möglich die Angelegenheit abwickeln zu wollen. Wobei die Angelegenheit eben nichts anderes zu sein schien, als dass ich, ein elfjähriger Junge, eine Art Nervenzusammenbruch erlitten hatte.
Eine Sache allerdings blieb noch zu tun. Ein paar Minuten verstrichen, während der die Psychologin mit einem der Beamten in einem Nebenzimmer unter vier Augen sprach, wohl um ihn darüber zu unterrichten, was ich gesagt und welchen Eindruck sie von mir gewonnen hatte. Kurz darauf wollte sich dieser Polizist von mir zu dem Kellerraum führen lassen, in dem ich das Mädchen gesehen hatte. Ob es in Ordnung wäre, wenn ich Gabriella und den Beamten dorthin führen würde, ohne dass die Eltern dabei seien, wollten sie von meiner Mutter wissen. Die nickte nur, die Augen gerötet, die Haare zu einem Knoten zusammenge-

bunden, die dünne Baumwolljacke, die sie trug, eng um sich geschlungen – während mein Vater sich in seinem Arbeitszimmer bereits fertig machte, um in die Stadt zu fahren.

Also gingen wir los. Ich, Gabriella und der Beamte. Ich brachte sie zu der Hütte und zeigte ihnen die Scheibe, die ich aufs Fensterbrett gestellt hatte. Meine Mutter hatte uns einen Schlüssel für die Tür mitgegeben, so dass wir den Verschlag durch den Eingang betreten konnten. Ich zeigte ihnen die Bodenplatte, wir lösten die Scharniere, klappten die Falltür hoch und stiegen den Schacht hinunter. In dem Tunnel schritten wir unter dem Neonlicht hindurch und gelangten zum Guckloch.

Damit hatten sie dann wohl in dieser Form doch nicht gerechnet. Ich merkte es daran, wie sie sich schweigend von mir herumführen ließen. Der Beamte machte auch Fotos, meinte aber, dass ältere Luftschutzbunker öfter mit Gucklöchern oder Sehschlitzen ausgestattet seien. Ich brachte sie zu der Tür am Ende des Gangs, die in den Raum hineinführte, und zeigte ihnen das Verlies, in dem ich das Mädchen gesehen hatte, jetzt eine leere Zelle mit Staub auf dem Boden und kahlen Betonwänden. Der Raum wirkte so verlassen, dass ich förmlich fühlen konnte, wie der Eindruck, den der Weg dorthin auf den Beamten gemacht hatte, wieder in sich zusammenfiel.

»Hier unten hast du gespielt?«

»Wussten deine Eltern davon?«

»Du hast die Bodenplatte aufgebrochen?«

»Wie oft warst du denn hier?«

Fragen über Fragen, die er mir stellte. Und dabei musste selbst ich mir eingestehen, dass die Kammer, in der wir stan-

den, ganz und gar nicht nach Yoki aussah, sondern nach nichts anderem als einem verlassenen Kellerloch, in dem sich seit Jahrzehnten niemand mehr länger aufgehalten hatte.
Dann waren sie weg. Nicht ohne anzukündigen, dass sie noch einmal wiederkommen würden. Meinen Vater hatten sie mitgenommen, und auch Gabriella hatte versichert, dass sie am gleichen Tag später noch einmal zurückkehren würde, um alles Weitere zu besprechen.
Für den Rest des Tages war ich sozusagen zu nichts mehr zu gebrauchen. Die Aufregung war wie ein Waldbrand durch mich hindurchgefegt. Ich stammelte unzusammenhängendes Zeug, umarmte meine Mutter, weinte an ihrem Hals, versuchte verzweifelt, mich zu verteidigen, aber meine Gedanken waren verwirrt, und meine Seele fühlte sich an wie wundgescheuert.
»Du hast *was?*«
Linus guckte mich an, als hätte er mich noch nie gesehen, als wir am Ende dieses endlosen Tages allein zusammen in der Küche saßen. Meine Mutter hatte Hannah gebeten, mir und Linus etwas zum Abendessen zuzubereiten, sie selbst hatte sich zurückgezogen, und auch Hannah hatte uns zwei Brüder, nachdem sie ein wenig Brot, Käse und Wurst auf den Küchentisch gestellt hatte, allein gelassen.
»In dem Keller dort unter der Hütte?« Linus musste jetzt richtig grinsen. »Papa hatte ein Mädchen dort im Keller gefangen?«
Ich kaute schweigend auf meinem Brot herum.
»Und wieso hast du mir nichts davon gesagt?«
»Wollte ich ja, aber –«
»Mit dem Haus«, fiel er mir ins Wort. »Du hast gesagt, das Haus hat ihn verhext.«

Ich verzog das Gesicht. Es ging alles durcheinander.
»Das hab ich natürlich nicht weiter ernst genommen.« Er legte sich ein paar Schinkenscheiben auf sein Brot. »Hast du ihnen erzählt, was ich dir gesagt habe?«
Hannah. Das mit Hannah und Papa. Ich wusste sofort, was er meinte. Aber daran hatte ich überhaupt nicht gedacht.
»Nee.«
»Hm.« Er kaute, dachte ein wenig nach, und sein Gesicht wurde ernst. »Glaubst du das wirklich? Mit dem Mädchen?«
Ich sah ihn an. Wie sollte ich es denn noch sagen? Ich hatte sie *gesehen*. Ich schaute wieder auf meinen Teller. Ich hatte keine Lust, auch Linus gegenüber zu erleben, wie sich alles, was ich sagte, gegen mich wandte. »Ich hab sie gesehen. Nicht älter als fünfzehn war sie.« Ich schaute zu ihm auf. »›DADDY, NOOOOO!‹, hat sie gerufen, als ich gesagt habe, dass ich Papa hole.«
Linus sah mich interessiert an. »War sie hübsch?« Wieder musste er grinsen.
Ich nickte. *Ja, und wie*. »So mit schwarzen Haaren, eine Chinesin oder Japanerin oder so. Aber sie konnte kein Deutsch.«
»Was hatte sie denn an?«
»Ein T-Shirt und Jeans.«
Er ließ es sich durch den Kopf gehen. »Wahnsinn.«
Ich nickte, kaute und merkte, wie er mir einen verstohlenen Seitenblick zuwarf. »Du hast Mama und Papa mit deiner Behauptung ganz schön fertiggemacht. Das ist dir klar, oder?«
Ich atmete aus. *Ja, ist mir klar*. Unwillig biss ich in mein Brot. Worauf wollte er hinaus? Er wollte sich doch nur gemeinsam mit ihnen auf die andere Seite der Linie stellen,

statt zu mir zu halten, das konnte ich doch jetzt schon spüren. Das kannte ich bereits. Irgendwie gab es etwas, das bewirkte, dass Linus letztlich *immer*, wenn es darauf ankam, zu meinen Eltern hielt und nicht zu mir. Vielleicht weil er der Ältere war, ich wusste es nicht.

Zugleich aber war mir natürlich klar, dass es damit ein quälendes Ungleichgewicht gab. Auf der einen Seite meine Eltern und Linus, und sicherlich auch Hannah, auf der anderen Seite ich allein. Aber es war mir egal. Ich hatte nur gesagt, was ich gesehen hatte. Ich war froh, dass ich endlich den Mund aufgemacht hatte. Auch wenn mir nur zu deutlich vor Augen stand, dass die Erleichterung, die mir mein Ausbruch verschafft hatte, durch die unerträgliche Stimmung, die sich seitdem bei uns festgesetzt hatte, wieder mehr als zunichtegemacht worden war.

24

Nichts, nichts, nichts.

Sie hatten nichts gefunden. Sie hatten den Keller untersucht. Sie hatten mit meinem Vater gesprochen, mehrfach. Sie hatten mit meiner Mutter gesprochen, meinem Bruder. Sie hatten einen regelmäßigen Termin vereinbart, an dem ich Gabriella in der Stadt aufsuchen sollte. Aber sie hatten nichts gefunden. Nichts, das das, was ich gesehen und ihnen erzählt hatte, auch nur annähernd bestätigt hätte.

Es hatte ein paar Tage gedauert, bevor das Ergebnis der Untersuchung feststand. Ein paar Tage, in denen es noch in der Schwebe hing, obwohl ich schon glaubte zu wissen, worauf es hinauslief. Dann aber stand es fest. Es war nicht mehr nur eine Ahnung von mir, es war sozusagen amtlich.

»Sammy, kommst du mal bitte ins Wohnzimmer, dein Vater und ich wollen mit dir reden.«

Meine Mutter hatte mich aus dem Garten hereingerufen. Ihre Haltung hatte sich in gewisser Weise verfestigt. Ich konnte ihr ansehen, dass sie wusste, welchen Kurs sie fahren sollte. Dass sie das mit meinem Vater abgesprochen hatte. Dass sie es sich nicht leichtgemacht hatten, dass die Zeit des Zweifelns und der geröteten Augen jedoch vorbei war. Jetzt galt es, mir das, wozu sich die beiden durchgerungen hatten, mitzuteilen.

»Ich weiß nicht, was in deinem Kopf vor sich geht, Junge. Es ist mir vollkommen unbegreiflich.« Mein Vater hatte seine dunklen Augen, in deren Blick ich zu ertrinken glaubte, auf mich gerichtet. Es war Sonntagmorgen nach dem Frühstück, Hannah und Linus hatten sich auf ihre Räder gesetzt und waren losgefahren. Sie hatten mich nicht mitgenommen, weil klar war, dass meine Eltern ihr Gespräch mit mir heute führen wollten.

»Ich habe immer versucht, mit dir zu reden, Sammy«, fuhr mein Vater fort, »aber mir ist schon auch aufgefallen, dass du seit dem Beginn der Ferien unruhig gewirkt hast, fahrig, unkonzentriert, als ob etwas in dir umgehen würde.« Er warf meiner Mutter einen Blick zu, die neben mir auf dem Sofa Platz genommen hatte. »Was passiert ist, wird uns bestimmt noch lange beschäftigen. Und ich bin sicher, dir ist auch klar, was für eine ernste Sache das ist. Dass wir, deine Mutter und ich, uns große Sorgen um dich machen.«

Es war schrecklich. Ich fühlte mich, als würde in meiner Brust etwas brennen. Schon wieder hingen Tränen an meinen Lidern. Ich wollte aufspringen und in die Arme meines Vaters stürzen, aber ich traute mich nicht.

»Gabriella hat mit uns gesprochen«, hörte ich ihn sagen, »und sie hat gemeinsam mit uns entschieden, dass wir eine Therapie mit dir machen müssen. Eine Therapie, die aus regelmäßigen Gesprächen mit Gabriella besteht, aber auch unterstützend aus einem Medikament, das du einnehmen musst.«

Ich sah zu meiner Mutter. Sie hielt es schon in der Hand. Eine Schachtel, eine Pillenschachtel.

»Risperdal«, fuhr mein Vater fort, »du sollst das Medikament jetzt erst mal nur ein paar Wochen einnehmen, dann sehen wir weiter.«

Eine Tablette. Instinktiv passte es mir nicht, aber es kam überhaupt nicht in Frage, dem jetzt zu widersprechen.

»Hörst du mir zu, Sam?«

»Ja, Papa.«

»Ich will, dass wir uns verstehen. Das ist schon ein starkes Neuroleptikum, ein Mittel, das auf deine Psyche wirkt. Wir hoffen, dass dir das hilft.«

Ihr wollt ein Instrument in meinen Kopf einschleusen, damit ich nicht mehr klar sehe.

»Gabriella hat Anzeichen einer Depression, aber auch manische Episoden festgestellt. Risperdal wird bei Erwachsenen in Fällen von Schizophrenie eingesetzt, aber –«

»Nathan, das muss er doch alles jetzt noch gar nicht wissen. Nicht alles auf einmal!«

Bei jedem Fachwort, das mein Vater mir an den Kopf geworfen hatte, war ein bisschen mehr meiner Kraft aus mir herausgeflossen.
»Ist gut, du hast recht«, lenkte er ein. »Hier, Sammy«, er nahm meiner Mutter die Schachtel aus der Hand und öffnete sie. »Am besten, du nimmst gleich mal eine Tablette.« Er löste eine Pille aus der Verpackung und hielt sie mir hin.
Ich regte mich nicht.
»Oder?« Mein Vater sah zu meiner Mutter, doch die hatte ihr Gesicht in den Händen und weinte. »Becky, sie haben doch gesagt, wir sollen heute beginnen.«
»Ja, natürlich!« Sie fuhr aus dem Sofa hoch. »Wie soll er es denn schlucken. So? Ohne Wasser?« Sie lief aus dem Raum Richtung Küche, um – wie ich annahm – ein Glas Wasser zu holen.
Mein Vater legte dic Tablette zurück in die Verpackung, hielt die Schachtel in der Hand und starrte auf das Kleingedruckte.
Sie wollen mich nicht so, wie ich bin, deshalb geben sie mir die Tabletten. Damit ich mehr so werde, wie sie mich haben wollen.
Ich stand ein bisschen außerhalb von mir selbst.
»Papa?«
Er sah auf.
»Papa, wird es schlimm sein, mit den Pillen?«
Seine Augen spiegelten Mitleid. Aber nur für einen Moment, dann drang noch etwas anderes durch dieses Mitleid hindurch. »Sammy … was sollen wir machen? Wir können nicht zulassen, dass du auf die Straße rennst, dich beinahe überfahren lässt und …«
Aber ich bin doch erst elf.

»Ich hoffe, du musst das nicht lange nehmen, aber –«
»Aber was?«
»Ehrlich gesagt, Junge, ich bin über das, was vorgefallen ist, schon sehr bestürzt. Kann ich mich auf dich noch verlassen? Was machst du als Nächstes? Was erzählst du als Nächstes über mich?«
Ich hielt den Kopf gesenkt und weinte.
»Hier, Sammy«, meine Mutter berührte meinen Arm mit einem Glas Wasser in der Hand.
Ich beugte mich vor, nahm die Tablette aus der Hand meines Vaters und sah, wie sie mir dabei zuguckten, während ich das Ding mit ein bisschen Wasser herunterspülte.
»Es kann sein, dass du ein wenig an Gewicht zunimmst«, meinte mein Vater und sah mich direkt an. »Es kann sein, dass du, ohne es zu wollen, kleine Bewegungen ausführst, zuckst … das ist …«, sein Gesicht spannte sich, »… ganz normal. Ich finde es wichtig, dass du das weißt, dass du dich nicht erschrickst, wenn es passiert.«
Ich weinte. Ich hatte Angst. Ich hatte Angst, ich würde mich verlieren. *Ich habe sie gesehen,* stammelte es in mir. *Ich habe das Mädchen gesehen. Ich habe es mir nicht eingebildet. Ich musste es herausschreien. Und jetzt flößt ihr mir Pillen ein, und ich werde Alpträume haben. Ich werde in dem Matsch, den ihr aus meinen Gedanken macht, versinken.*
»Lass ihn, Nathan, lass ihn jetzt wirklich.« Meine Mutter hatte wieder neben mir Platz genommen und legte ihren Arm um mich. Ich umschlang sie und drückte mein Gesicht in ihre Seite, spürte, wie das Medikament sich in mir auflöste, wie es mich auflöste, wie es den Sammy auflöste, der ich immer gewesen war.

»Ich hab Angst, Mama, ich … ich wollte das nicht, ich wollte das nicht von Papa sagen, ich wollte euch keinen Kummer bereiten.« Meine Worte kamen ein wenig erstickt heraus. Ich fühlte, wie sie mir mit der Hand über die verschwitzten Haare strich.

»Lass alles raus, Sammy, ich bin bei dir, du brauchst keine Angst zu haben. Alles wird gut. Wir müssen jetzt nur zusammenhalten, dann wird alles gut, dann stehen wir das durch. Gemeinsam.«

»Du kannst auch«, ertönte die Stimme meines Vaters, »wenn du möchtest – das hat Gabriella uns angeboten –, kannst du auch erst mal für ein paar Monate in ein Heim gehen, wo sie sich um dich kümmern. Wenn es hier für dich zu schrecklich ist. Wenn du glaubst, dass ich –«

»Nathan! Muss das jetzt sein?«

»Ja, muss es! Was denkst du denn? Dass ich einfach warte, was als Nächstes passiert? Sammy?«

»Ja, was ist denn?« Ich warf mich zurück, schleuderte ihm einen wütenden und zugleich verzweifelten Blick zu.

»Ich meine, glaubst du das wirklich? Dass ich … dass ich ein Mädchen im Keller … ich kann es gar nicht aussprechen. Glaubst du das wirklich?«

Ich starrte ihn an. Meine Gedanken überstürzten sich. Es war mein Vater, der da vor mir saß. *Papa.* »Ja. *Nein.* Nein, ich … Ich weiß es doch auch nicht!«

Sein Blick schwang zu meiner Mutter hoch. »Siehst du«, schien er sagen zu wollen, »natürlich weiß er es nicht. Er ist völlig durcheinander. Wir müssen aufpassen, dass er sich nicht restlos verirrt.«

Ja, ich hab sie gesehen, schrie es in mir, aber wie oft sollte ich es denn noch sagen.

»Also, was ist, möchtest du in diese Behandlung?«, fragte er schließlich, wieder an mich gewandt. »Gabriella meint, die anderen Kinder fühlen sich sehr wohl dort. Es ist ein wenig in den Bergen, viel Luft, viel Natur, es gibt wohl auch Pferde da.«
»Die anderen Kinder?«
»Ja.« Er nickte.
»Müssen sie alle solche Tabletten schlucken?« Ich sah ihn fragend an.
»Ich denke schon.«
Ich fühlte, wie sich die Hand meiner Mutter auf meinen Arm legte.
Es ist ein Camp von verzweifelten Kindern, die Medikamente nehmen. Es ist der Horror.
»Du kannst es dir ja überlegen«, sagte mein Vater. »Wirklich, Sammy, es ist deine Entscheidung.«
»Ich würde lieber nicht dorthin«, stammelte ich.
»Nein, natürlich nicht, du bleibst bei uns.« Meine Mutter hob meine Hand an ihre Lippen und küsste meinen Handrücken. »Ich denke auch, das ist das Beste.«
Ja, hörte ich mich mir selbst sagen, *das ist das Beste – solange ich nicht sage, was ich wirklich denke.*

25

Er weiß, dass es vorbei ist. Das Plättchen am Guckloch war hochgebogen. Er hat es nicht hochgebogen. Sie hat es nicht hochgebogen. Und vorher war es nicht hochgebogen. Jetzt aber ist es das.
Er steht auf dem Gang vor ihrer Tür. Er muss es beenden. Er muss sie in Luft auflösen.
Das Gummi, die Stangen, es ist … wie ein Müllsack.
Sie lebt.
Wie ein Kaninchen. Sie hat Angst. Er hat auch Angst. So sehr, dass der kalte Schweiß ihn ganz bedeckt.
»Sie kann mich fühlen. Sie kann fühlen, dass ich vor der Tür stehe.«
Es sind die Geräusche, die sie macht, auf die er es am meisten abgesehen hat. Sie hat geweint, gewimmert, gekeucht. Der Atem ist ihr heiß entfahren, wenn er mit einem Stoß die Luft aus ihr verdrängt hat.
Aber das wahre Geräusch, um das es eigentlich geht, das kommt erst noch.
Beim Abbau. Beim …
Es ist ein Müllsack. Er hat es doch gesehen, als er die Ösen aufgezogen hat. Das Gummi ist dick. Es wird nicht reißen. Und er hat ihn bereits in das Zimmer gebracht.
Den Fleischwolf.
Ein gutes Gerät mit großem Schlund und rostfreien Klingen.
Er hat den Fleischwolf in das Zimmer gebracht, als sie schlief, aber sie wird inzwischen aufgewacht sein und es gesehen haben. Den Rest hat er jetzt dabei.

Das Elektromesser und die Knochenmühle. Eine Kettensäge, er hätte eine Kettensäge gebraucht, aber er weiß nicht, wie hellhörig die Gänge hier sind. Eine Handsäge muss reichen.
Und ihr Mund. Er hat Klebeband dabei, er wird ihren Mund verschließen müssen.
Es werden trotzdem Geräusche zu hören sein. Durch das Klebeband hindurch. Das Geräusch der Säge und des Fleischwolfs. Das Rattern, wenn die Klingen schneiden.
Und das Schmatzen des Hundes.
Heute hat er ihn noch nicht dabei. Aber der Hund wird es fressen. Ihn werden sie nicht befragen können. Seine Augen. Wird man es den Augen des Köters wohl ansehen? Das glaubt er nicht. Der Hund wird sich darüber hermachen, es verschlingen, von der Welt tilgen.
In Luft auflösen.
Der Schweiß. Wann immer er hier unten ist, rinnt ihm der Schweiß in klebrigen Bächlein über die Haut. Sein Haar klatscht am Schädel, und mancher Tropfen fällt von den Augenbrauen bis auf den staubigen Boden.
Dann liegt seine Hand auf der Klinke, und er beginnt, die Tür aufzusperren.

26

Seitdem die Polizei bei uns gewesen war, wirkte mein Vater beinahe wie … angeschossen. Zuvor war er für mich in gewisser Weise unantastbar gewesen, entrückt geradezu, fast so etwas wie eine Naturgewalt. Jetzt aber hatte er einen Kratzer abbekommen. Wenn ich ihm im Haus begegnete, ging er nicht mehr einfach seinen Angelegenheiten weiter nach, sondern warf mir einen aufmerksamen Blick zu. Früher hatte er mir liebevoll über den Kopf gestrichen, jetzt behielt er mich im Auge. Früher hatte ich den Eindruck gehabt, es gäbe nur eins für ihn: seine ganze Kraft und Zeit seiner Arbeit zu widmen. Die Fertigstellung eines Auftrags schien sein Lebensinhalt gewesen zu sein, während wir alle – meine Mutter, Linus, ich und Hannah – nur Beiwerk in seinem Leben gewesen waren, nur das Umfeld, das geschaffen sein musste, damit er umso besser komponieren konnte.

Jetzt sah ich plötzlich, mit welchen Schwierigkeiten er zu kämpfen hatte. Ich begriff zum ersten Mal, dass das Schreiben der Musik für diese Filme, die nicht einmal im Kino liefen, sondern nur als Videos herauskamen, nie wirklich sein Ziel gewesen war. Dass es sich für ihn im Lauf der Zeit so ergeben hatte, weil er Geld verdienen musste, und damit welches verdienen konnte. Dass er eigentlich aber immer davon geträumt hatte, Sinfonien zu schreiben, die in den großen Konzerthäusern der Welt aufgeführt würden. Ich sah, dass er es in gewisser Weise geringschätzte, unheimliche Musik für unheimliche Filme zu schreiben. Dass er seine Arbeit geringschätzte. Und damit in gewisser Weise sich selbst. Dass er darunter litt, wie viel erfolgreicher meine Mutter war. Meine Mutter arbeitete nicht in zweit- oder drittklassigen Produktionen, sie hatte in den besten Häusern gesungen, sie war es, weshalb wir nach Berlin gezogen waren, sie war es, die mit ihrer Arbeit wirklich Geld verdiente.

All das hatte ich vorher nicht verstanden. Stattdessen hatte ich nur den Zauber vernommen, der durch die geschlossene Tür seines Arbeitszimmers drang, wenn seine Musik erklang. Ich hatte es für das Größte gehalten und ihn für den Größten, weil er das machte. Jetzt sah ich die Falten im Gesicht meines Vaters, ich sah die Gehetztheit, die in seinem Blick manchmal lauerte. Ich bekam mit, wie viele Stunden am Tag er *nicht* an seinem Schreibtisch verbrachte, weil es ihm nicht möglich war zu komponieren. Ich bekam mit, wie er meiner Mutter von den Schwierigkeiten berichtete, die er mit seiner aktuellen Filmmusik hatte, ich bekam mit, wie er in die Stadt fuhr, um sich mit seinen Auftraggebern zu treffen, und wie er Stunden später niedergeschlagen wieder nach Hause zurückkehrte. Und ich bemerkte, wie misstrauisch er mir gegenüber geworden war.

»Sammy, ich weiß, dass du ganz offensichtlich nicht immer sagst, was dir durch den Kopf geht«, meinte er zu mir an einem Nachmittag, als er mich im Garten abgefangen hatte. Hohlwangig stand er vor mir, fast ein wenig gebeugt, mit Ringen unter den Augen, und seine langen Finger tanzten vor meinem Gesicht. »Aber in einem Punkt möchte ich absolut klar sein.«

»Ich nehme die Tabletten, Papa, ich nehme sie jeden Tag!« Ich hasste sie, aber ich nahm sie. Und ich traf mich mit Gabriella für die vereinbarten Therapiestunden.

»Das meine ich nicht. Was ich meine, ist etwas anderes. Dass wir uns da vollkommen verstehen, hörst du? Du redest mit *niemandem* über das, was hier vorgefallen ist. Ist das klar?« Er setzte sich auf die Armlehne der Gartenbank, an der wir stehen geblieben waren. »Das verstehst du doch, oder?« Die alte Freundlichkeit und Zutraulichkeit, die ich so vermisste und die ich immer geliebt hatte, glomm in seinen Augen auf. »Wenn sich herumspricht, dass die Polizei bei uns war, werden wir das nie wieder los. Ich möchte nicht, dass du einem deiner neuen Schulkameraden davon etwas erzählst. Auch nicht, dass du eine Therapie machst oder dass du Medikamente nehmen musst. Das würde ich denen an deiner Stelle auch nicht sagen. Deine Schulkameraden würden nicht aufhören zu fragen, wieso, wenn sie es erst einmal erfahren würden. So ein Medikament zu nehmen, ist fast wie ein Stigma. Darüber redet man am besten nicht.« Er sah mich nachdenklich an. »Weißt du, was ein Stigma ist?«
Ich wusste es nicht.
»Es ist eine Art Zeichen. Wenn sich einmal herumgesprochen hat, dass du solche Medikamente nehmen musst, werden die Leute dir gegenüber immer misstrauisch bleiben. Auch die Lehrer! Es wird ihnen nicht geheuer sein. Und wir werden ihnen nicht geheuer sein, deine Mutter und ich. Und auch Linus. Er will auf keinen Fall, dass in seiner Klasse bekannt wird, was hier los war.«
Das konnte ich mir vorstellen.
»Das geht so weit, dass … weißt du, wenn bekannt wird, dass Beamte hier waren, sich Teile unseres Hauses angeguckt haben, ich weiß nicht einmal, ob das nicht sogar Konsequenzen für meine Arbeit haben könnte.«

Ich sah ihn fragend an.
»Wer einmal mit der Polizei zu tun hatte, auch wenn es vollkommen zu Unrecht war … das hängt einem an. Auch deiner Mutter natürlich … Meinst du, sie hat ihren Kollegen etwas von den Vorfällen erzählt?«
»Nein.«
Er nickte. »Haben wir uns also verstanden?«
»Ja, Papa.«
»Mit Hannah und Linus habe ich bereits gesprochen. Auch für Hannah ist es äußerst unangenehm.«
»Ich sag nichts, Papa. Ehrlich.«
Er sah mir in die Augen. »Okay.« Und erhob sich. »Ich hoffe, ich kann mich auf dich verlassen.« Aber sein ganzer Zweifel schwang in seiner Stimme mit, als er das sagte.
Obwohl ich bereits mitbekommen hatte, dass alles versucht wurde, um die Angelegenheit so weit wie möglich zu verbergen, war ich von der Deutlichkeit, mit der mein Vater mir verordnete, Dinge, die nun einmal passiert waren, zu verschweigen, doch auch überrascht. Vielleicht hätte ich trotziger reagieren sollen, aufsässiger, aufmüpfiger. Aber in gewisser Weise hatten mich die Ereignisse auch seltsam erschöpft. Oder lag diese plötzliche Mattigkeit an den Tabletten, die ich nehmen musste?
Was auch immer der wahre Grund war, nach dem Gespräch mit meinem Vater kapselte ich mich nur noch mehr ab. Alles war anders geworden, seitdem ich auf die Straße gerannt war. Jede Selbstverständlichkeit war verflogen, alles war kompliziert geworden, anstrengend, umständlich. Ich zog mich zurück. Und ich hatte das Gefühl, dass die anderen Mitglieder der Familie, Linus und Hannah, sicherlich auch mein Vater, vielleicht sogar meine Mutter, dass sie ganz

froh darüber waren. Dass es sie erleichterte, wenn sie sich nicht immer überlegen mussten, wie sie mir entgegentreten sollten, auch wenn sie mir das sicherlich nicht zeigen wollten. »Verschärft sich gerade sein Zustand? Heckt er etwas Neues aus? Geht es ihm gerade nicht gut?«

Das war es, was sie immerzu zu denken schienen, wenn ich im Raum war. Und das hielt ich nicht aus. Deshalb zog ich mich zurück – und begann zu trainieren. Musste ich nicht auf der Hut sein, nach dem, was vorgefallen war?

Mein Vater tat so, als müsste er Mitleid mit mir haben. Aber verstellte er sich dabei nicht vollkommen? Ich musste stark sein, ich musste meine Muskeln ausbilden! Ich war erst elf, aber ich war nicht schlecht gebaut. Ich war mager, aber ich wusste, dass meine Muskeln fest waren. Ich konnte sie spüren, wenn ich über den Rasen rannte oder durch den Pool kraulte. Ich konnte sie spüren, wenn ich mit dem Spaten im Garten einen Graben aushob, an einer Stelle, an der es niemandem weiter auffallen würde.

Natürlich war es aussichtslos, gegen meinen Vater ankommen zu wollen, wenn er es wirklich darauf anlegen sollte, mich zu schlagen oder in seine Gewalt zu bringen. Aber musste er mich nicht hassen für das, was ich ihm angetan hatte? Es war besser, ich kümmerte mich um meine körperliche Form. Ich joggte durchs Viertel, spaltete Holzscheite und verbrachte viele Stunden damit, ein Paar Gewichte, die ich auf dem Dachboden gefunden hatte, in meinem Zimmer zu stemmen.

Der Erfolg ließ nicht lange auf sich warten. Bald war es so weit, dass ich unruhig wurde und schlecht gelaunt, wenn ich meine täglichen Übungen nicht absolvierte. Ich begann, ausgedehnte Radtouren zu unternehmen, mit großem Ap-

petit mehrere Portionen pro Essen zu verschlingen, und ich nahm mir vor, jeden Baum im Garten, der dafür in Frage kam, zu erklimmen.
Es war schließlich bei einer dieser Klettertouren auf unserem Grundstück, dass ich sie zum ersten Mal sah. Gleich bei der alten Garage, die an der hinteren Grundstücksgrenze stand, wuchs eine prächtige Kastanie, die ich bisher nicht bestiegen hatte, weil ich ohne Hilfe nicht an die untersten Zweige kam. Da ich inzwischen jedoch alle anderen Bäume des Gartens erklommen hatte, beschloss ich an einem windigen, aber sonnigen Nachmittag, eine wacklige Klappleiter aus der Garage zu holen, um mit ihrer Hilfe den schwierigen Abstand zum untersten Ast zu überwinden.
Es war nicht etwa Yoki, die ich sah, als ich den Ast erreicht hatte. Sondern ein Mädchen in einem weißen Badeanzug, das nicht älter sein konnte als ich. Ein Mädchen mit klitschnassen Haaren, braungebrannten Armen und Beinen und einem nachdenklichen Gesicht. Ein Mädchen, das jenseits der Mauer, über die ich von dem Ast aus hinwegschauen konnte und die das Nachbargrundstück von unserem abtrennte, durch den glitzernden Strahl eines Rasensprengers sprang. Ein Mädchen, dessen war ich mir sofort sicher, das ich schon mehrfach hinter der Mauer gehört, aber bisher noch nie gesehen hatte. Und gleich neben ihr, riesig, mit ernstem Blick und glänzendem schwarzen Fell: die Dogge, der ich im Tunnel zu Beginn der Sommerferien begegnet war.
Natürlich kannte ich inzwischen die beiden Häuser und die dazugehörigen Gärten und Bewohner, die rechts und links von unserem Grundstück an unserer Straße lagen, diesen Garten aber, der sich *hinter* unserem Grundstück

befand und von der Mauer regelrecht verborgen wurde, hatte ich bisher nicht weiter beachtet.
Auch das Haus war mir bislang nicht aufgefallen. Ich sah das Gebäude nur unvollständig durch die Kastanienblätter, konnte aber erkennen, dass es viele Jahre nach unserem gebaut worden sein musste. Statt einer verwunschenen Villa mit Erkern und Türmchen war es ein eher schmuckloser Kasten mit flachem Dach und beinahe quadratischen Fenstern.
So unscheinbar das Haus aber auch wirkte, so sehr war ich von dem Mädchen fasziniert, das durch den stetig schwenkenden Wasserstrahl des Sprengers hüpfte. Mit ihren nassen Haaren, dem schön geschnittenen Badeanzug und dem offenen Gesicht wirkte sie auf mich wie ein in Erfüllung gegangener Wunsch.
Gleich nebenan! In meinem Alter!
Und sie sah nett aus. Auf Anhieb fühlte ich mich zu ihr hingezogen. Nicht nur, weil ich schon seit Wochen praktisch mit niemandem mehr zu tun gehabt hatte, der in etwa so alt war wie ich. Sondern auch, und das schien mir noch durchaus schwerer zu wiegen, weil sie in ihrem Garten offenbar dazu verdammt war, ganz genauso allein zu spielen wie ich in meinem. Musste sie sich nicht langweilen? Ich wusste doch, wie eintönig es war, durch einen Rasensprenger zu springen. Die Abkühlung war angenehm, aber wie oft konnte man es machen, ohne sich ganz schrecklich nach einer Abwechslung zu sehnen?
Und plötzlich war mir klar, was ich machen wollte. Von dem Ast, auf dem ich saß, bis zu der Mauer, die unsere beiden Grundstücke voneinander trennte, waren es nicht mehr als zwei Meter. Also begann ich, mich vorsichtig nach

vorne zu schieben. Der Zweig neigte sich zwar bedenklich, aber er hielt. Kurz darauf hockte ich über der Mauer, umgriff den Ast, auf dem ich noch immer saß, mit beiden Armen und ließ mich seitlich an ihm vorbei nach unten gleiten, bis meine Sandalen die Mauer berührten und ich darauf Fuß fasste. Unauffällig warf ich einen Blick in das Nachbargrundstück. Da stand sie, neben dem Rasensprenger, die Arme hingen an ihren Seiten herab – und ihr Gesicht war mir zugewandt. Sie hatte mich bemerkt. Vorsichtig löste ich eine Hand von dem Zweig und winkte ihr zu, nur ein wenig, ohne etwas zu sagen. Sie erwiderte den Gruß mit gleicher Geste.

»Wie heißt denn der Hund?«, rief ich und nickte zu der Dogge, die sich jetzt erhoben hatte und ebenfalls zu mir heraufsah.

»Devil?« Das Mädchen hatte die Stimme am Ende des Namens ein wenig gehoben, als würde sie eine Frage stellen.

Devil. Das passte, war der Hund doch schwarz wie der Teufel.

Ich durchstöberte mein Gehirn nach einer weiteren Frage.

»Habt ihr kein Schwimmbad?«, kam es schließlich aus mir heraus, und im gleichen Moment ärgerte ich mich auch schon über mich selbst, weil es womöglich unfreundlich klang?

Dann aber sah ich, dass das Mädchen den Kopf schüttelte und ein zaghaftes Lächeln über ihr Gesicht glitt.

»Wenn du willst, kannst du bei uns mal baden«, grinste ich.

Und das Mädchen grinste zurück.

27

Marina. Ihr Name war Marina. Marina Kaplan.

Von diesem Tag an sahen wir uns öfter.

Damals wusste ich das noch nicht, ich habe es erst Jahre, nachdem ich die Villa verlassen hatte, erfahren, aber ursprünglich hatten die Grundstücke von Marinas und meiner Familie zusammengehört, und auch auf Marinas Seite hatte eine Villa gestanden wie bei uns. Ein befreundeter Arzt, dem ich einmal von den Geschehnissen jenes Sommers in Berlin berichtete und der selbst noch Verwandte in Berlin hatte, hat mir später Baupläne des gesamten Ensembles gezeigt. Im neunzehnten Jahrhundert hatte man auf beiden Grundstücken zwei Zwillingsbauten hochgezogen, die Villa auf Marinas Hälfte wurde jedoch durch eine Bombe im Zweiten Weltkrieg zerstört. In den fünfziger Jahren dann hatte man die Grundmauern, die von der Villa auf Marinas Grundstück übrig geblieben waren, abgerissen und stattdessen den schmucklosen Kasten dort errichtet, in dem Marina und ihre Familie lebten, als ich sie kennenlernte. Marinas Vater arbeitete bei einer Behörde in der Stadt, ihre Mutter kümmerte sich um Marina und ihre drei älteren Schwestern.

All das erfuhr ich aber erst später. Herübergekommen zu uns ist Marina jedoch gleich schon am ersten Tag, an dem wir uns an der Mauer kennengelernt hatten. Den ganzen Nachmittag über verbrachten wir an unserem Pool in der Sonne.

Am Tag darauf erinnerte ich mich an das Diktiergerät, das ich von meinem Vater bekommen hatte, und daran, dass ich noch ein paar Aufnahmen hatte machen wollen. Also fragte ich Marina, ob sie dazu Lust hätte, und wir begannen, alle möglichen Geräusche aufzuzeichnen. Die Laute, die Devil machte, wenn er sich kratzte oder etwas fraß, die Geräusche, die es machte, wenn man über den Rasensprenger durch den Wasserstrahl sprang, wenn man mit nackten Füßen über das Gras lief oder an einem Baum hochkletterte. Und schließlich nahmen wir auch unsere eigenen Stimmen auf.

Ich war glücklich. Von anderen Mädchen kannte ich es, dass sie ihre Stimmen manchmal seltsam verdrehten, ganz ulkig sprachen und permanent vor einem herumzutänzeln schienen. Marina war anders. Sie kam mir ganz natürlich vor. Wenn sie etwas sagte, musste man nicht den geheimen Sinn dahinter entschlüsseln, ich hatte den Eindruck, sie würde einfach genau das meinen, was ihre Worte bedeuteten. »Wollen wir noch mal baden gehen«, hieß nicht, dass sie sich langweilte, dass ich doof war, mir etwas einfallen lassen sollte, es bedeutete einfach, dass sie Lust hatte, noch mal zu uns herüberzukommen, um im Pool baden zu gehen. Also machten wir das. Und es war herrlich!

»Kann man da rauf?«

Es war am dritten oder vierten Tag, nachdem wir uns zum ersten Mal begegnet waren, dass wir auf den großen Steinplatten unserer Sonnenterrasse beim Teich standen und nach oben schauten. Nach oben zum Dach der Weinlaube, die gleich bei der Terrasse errichtet worden war und an deren Ecke eine japanische Zierkirsche ihre roten Blätter in die Höhe reckte. Wie meine Mutter mir erklärt hatte, hatte der Gartenarchitekt ursprünglich einen Spaziergang durch den Garten angelegt, der über verschiedene Höhepunkte hinwegführte, zu dem Rosengarten, der Aussichtsplattform an der westlichen Grundstücksgrenze, dem Teich, und jenseits des Teichs zu der kleinen Sonnenterrasse und der hölzernen Weinlaube. Von diesem Platz aus konnte man die Villa am anderen Ende des Grundstücks durch die Blätter hindurchschimmern sehen, sie befand sich jedoch weit genug entfernt, um sich ungestört unterhalten zu können.

»Kann man da eigentlich rauf?«

Ich glaube, ich war derjenige, der das fragte. Und ich meinte das Dach der Weinlaube. Musste es nicht einen herrlichen Blick über den Garten und die Gegend von dort oben aus geben? Marina stand neben mir und sah sich die Balken, auf denen das Dach ruhte, skeptisch an.

Die Laube war aus massiven Hölzern gezimmert, an der Rückwand, die halb von Efeu überwuchert war, waren italienische Korbflaschen aufgehängt, alte Gartenmöbel waren auf den Steinfliesen verteilt. Für einen erwachsenen Mann war es bestimmt keine Schwierigkeit, über die Balken auf das beinahe flache Dach zu klettern, aber Marina und ich waren viel kleiner noch, und so schien fraglich, ob es uns gelingen würde. Ich lehnte mich an den Holzpfosten und steckte die Hände ineinander, so dass sie hineintreten konnte. Sie hielt sich an meinem Hals fest, ich schob sie nach oben, und Marina bekam die Kante des geteerten Dachs zu fassen. Sich aus eigener Kraft hinaufzuziehen, gelang ihr jedoch nicht. Erst als ich es riskierte, mich über die Räuberleiter auf ein altes Elektrokabel zu ziehen, mit dem die Lampe, die in der Laube hing, gespeist wurde, konnte ich mich von dem Kabel aus auf das Dach wuchten, die Hand hinunterreichen und Marina nach oben helfen.

Schwer atmend lagen wir unter den Blättern der Zierkirsche auf dem uralten Laub, das sich auf dem Dach seit Jahren gesammelt hatte, und blinzelten in den Sommerhimmel. Das Lager auf dem Dachboden war mein Geheimversteck, der Platz auf dem Laubendach aber war der ideale Ort für uns beide. Wir hatten das gesamte Grundstück im Blick, konnten von dort aus sogar in den Garten von Marinas Eltern schauen, und waren dabei selbst allen Blicken entzogen, wenn wir uns nur flach auf das Dach drückten. Es war ein Winkel, von dem aus die beiden Gärten wirkten wie unser Reich.

»Meine Mutter sagt, bei euch war neulich die Polizei.«

Ich blieb auf dem Rücken liegen und dachte für einen Moment, dass ich vielleicht so tun sollte, als hätte ich sie nicht gehört. Es hatte niemand erfahren sollen. Die Beamten waren diskret gewesen, meine Eltern hatten, soweit ich wusste, mit niemandem aus der Nachbarschaft darüber gesprochen. Aber ganz unbemerkt war es wohl doch nicht geblieben.

»Woher weiß deine Mutter denn das?«, fragte ich schließlich, ohne den Blick von den weißen Wölkchen am Himmel abzuwenden.

Marina hatte den Kopf auf den rechten Arm gestützt und sah mich an. »Das hab ich sie nicht gefragt. Aber stimmt es denn?«

Nein? Sollte ich »nein« sagen, sie anlügen? Ich mochte sie, ich vertraute ihr. Ich war froh, dass ich sie gefunden hatte.

»Ja, aber ich soll nicht drüber reden.«

Sie ließ es sich wohl durch den Kopf gehen, antwortete nicht.

»Es war ja auch nichts weiter. Sie haben sich kurz was angesehen, und sind dann wieder los.«

Marina legte ihre kleine Hand flach auf das Dach zwischen uns. »Und wieso waren sie bei euch?«
Natürlich wollte sie es wissen. Wäre es nicht seltsam von ihr gewesen, wenn sie es *nicht* hätte wissen wollen? Statt zu antworten, drehte ich mich auf den Bauch und sah über das Dach hinweg in unseren Garten.
»Aber wenn du nicht darüber sprechen darfst, ist das auch okay, Sammy.«
»Wir müssen ein paar Getränke hier hochbringen, vielleicht Karten und so«, meinte ich.
»Ja.« Sie lächelte mich an.
»Ich bin auf die Straße gerannt«, murmelte ich nach einer Weile, »und hab Theater gemacht. Deshalb ist die Polizei gekommen. Hat dir deine Mutter das auch erzählt?«
Sie schüttelte den Kopf, nun ganz ernst und aufmerksam.
»Ich hatte versucht, mit meinen Eltern, meinem Bruder darüber zu reden, aber ... irgendwie war es nicht möglich gewesen. Bis ich es nicht mehr ausgehalten habe.«
Ich sah, wie ihre Hand über das Dach tastete und meine Hand nahm, drückte ihre Finger und ließ sie nicht mehr los. Ich konnte mich nicht erinnern, jemals eine andere Hand als die meiner Mutter, meines Vaters, Hannahs oder meines Bruders gehalten zu haben. Sicher, in der Schule hatten wir uns manchmal an der Hand nehmen müssen. Aber einfach so, ohne dass ein Erwachsener uns dazu aufgefordert hätte?
Es war aufregend und flößte mir zugleich eine angenehme Ruhe ein. Ich hatte das Gefühl, nicht gleich fortzumüssen, als würde Marina mich ein wenig bei sich halten. Unsere umfassten Hände lagen zwischen uns, und ich rollte mich auf die Seite.

»Meine Eltern wollen nicht, dass ich darüber rede«, murmelte ich, »aber mir geht es ständig im Kopf herum.«
»Was?«
»Das, was ich gesehen habe. Deshalb hab ich ja auch auf der Straße das Auto angehalten …«
Sie lag schweigend neben mir.
»Wenn ich es dir erzähle, sprichst du dann mit deiner Mutter darüber?« Ich warf Marina einen Blick zu. Wenn sie es nicht weitererzählte, würde es ja unter uns bleiben.
Marina sah mich ein wenig erschrocken an.
Ich winkte ab. »Ist egal.«
Sie hatte meine Hand losgelassen, ließ sich auf den Bauch sinken und blickte vom Laubendach hinunter. »Ich sage Mama immer alles.«
»Alles alles?«
»Na ja …«
»Was hast du ihr denn mal *nicht* erzählt?«
»Das mit dem Dach hier? Ich weiß nicht, ob ich ihr das sage. Nachher verbietet sie mir nur, hier raufzuklettern.«
Ich wartete ab, ob sie noch etwas sagen wollte, aber als sie schwieg, fing ich doch noch einmal an. »Ich habe versucht, mit meinem Bruder darüber zu sprechen, mit Hannah … aber immer, wenn ich davon angefangen habe … es hat sich angefühlt, als würden sie mir ausweichen, als wollten sie nichts damit zu tun haben.«
Sie sagte nichts.
»Siehst du, bei dir ist es jetzt ganz genauso.« Ich atmete aus. Marina legte den Kopf auf ihren rechten ausgestreckten Arm. »Du musst mir nichts erzählen, wenn du nicht willst.«
Aber ich wollte doch! Ich wollte endlich mit jemandem darüber sprechen. »Ich darf nicht. Wenn meine Eltern raus-

kriegen, dass du mit deiner Mutter oder jemand anderes darüber geredet hast …«

»Ist es denn wirklich so schlimm?«

Ich fühlte, wie der Schrecken in mein Gesicht kroch.

»DADDY, NOOOOO!«

»Ich muss seitdem Tabletten nehmen.«

Jetzt sah sie mich mit großen Augen an.

»Weil sie mir nicht glauben.« Meine Stimme war plötzlich heiser, und die Worte rutschten wie schartige alte Klingen durch meine Kehle. »Aber du darfst deiner Mutter, deinem Vater, niemandem davon etwas sagen, verstehst du?«

Ich sah, wie Marina sich ein wenig aufrichtete und verunsichert nickte. Ihr hübsches kleines Gesicht war voller Anspannung und Ernst.

»Ich habe etwas gesehen, aber keiner glaubt mir. Und als die Polizisten gekommen sind, haben sie auch nichts gefunden. Deshalb muss ich jetzt die Tabletten nehmen, weil sie sagen … dass ich spinne. Ich habe etwas gesehen, und jetzt muss ich die Pillen schlucken.« Ich hatte mich ganz weit zu ihr nach vorn gebeugt, ich konnte fast ihre Wärme spüren. »Aber das ändert nichts daran, dass ich –«

Ich brach ab. *Dass ich sie gesehen habe, dass ich Yoki gesehen habe,* hatte ich sagen wollen, aber es erschien mir, an diesem Sommertag, neben diesem Mädchen, so ungeheuerlich, dass ich zögerte.

»Was hast du denn gesehen, Sammy?«, flüsterte Marina. Ihre Lippen bewegten sich dicht vor mir.

»Behältst du es für dich? Du erzählst niemandem davon?«

Nicken.

»Ich hab«, und jetzt flüsterte auch ich, »ich hab ein Mädchen gesehen, ein bisschen älter als wir, mit schwarzen

Haaren und Mandelaugen, eine Chinesin oder so, im Keller, also in einem der Räume dort unten. Wenn man in der Hütte da hinten«, ich deutete zu dem Verschlag, dessen Dach ein Stück weit neben dem Rosengarten zu erkennen war, »wenn man in der Hütte dort einen Schacht hinabsteigt, kommt man an einem Tunnel heraus, und von diesem Tunnel geht der Raum ab. Dort hab ich sie gesehen. Ich hab auch mit ihr gesprochen.« Meine Stimme sprang und hüpfte, so leise ich sie auch zu halten versuchte. Aber ich hatte Yoki jetzt wieder ganz deutlich vor Augen. »Sie hatte eine Pritsche in der Zelle, ein Regal« … *und hinter ihr war ein roter Gummivorhang.* »Ich konnte nicht zu ihr in den Raum, ich hab sie nur durch ein Guckloch gesehen. Und dann, als ich zwei Tage später wieder dort war, war der Raum leer, und sie war nicht mehr dort.«
Marinas Augen waren geweitet, sie schien kaum noch Luft zu holen.
»Ich hab sie ganz deutlich gesehen, und …« *Meinen Vater, ich habe meinen Vater mit ihr gesehen,* ging es in meinem Kopf weiter, aber … Ich kannte Marina ja erst seit ein paar Tagen, und doch … Spürte ich es nicht? Wie sich mein Vater mir gegenüber misstrauisch verhielt. Musste ich mich nicht vor ihm schützen?
»Ich glaube, mein Vater hat sie dort unten eingesperrt.« Jetzt hatte ich eine Hand an Marinas Ohr gelegt und fühlte, wie meine Lippen ihre Ohrmuschel berührten. »Deshalb hab ich mich nicht getraut, darüber zu reden. Er … ich hab Angst vor ihm.«
Ich rückte wieder ein wenig von ihr ab und wollte sehen, wie meine Worte auf sie gewirkt hatten. Die Aufregung war ihr ins Gesicht geschrieben.

»Meinst du wirklich, dein Vater …?«
Ich nickte. »Aber die Polizei hat nichts gefunden, jetzt muss ich die Pillen nehmen, und mein Vater tut so, als sei nichts gewesen.« Ich war so beklommen davon, dass ich mit ihr darüber sprach, dass ich fast Angst hatte, von dem Dach zu stürzen.
Meine Beine fühlten sich an wie aus Gummi. Es war ausgeschlossen, jetzt herunterzuklettern. »Keiner glaubt mir.« Mein Herz schlug mir im Hals. Abrupt sah ich ihr ins Gesicht. »Glaubst du mir?«
Sie zuckte zusammen, ich konnte sehen, wie sich ihre kleinen Finger, mit denen sie sich auf dem Dach aufstützte, einrollten. Ihr Blick wanderte an mir vorbei.
»Glaubst du mir, Marina?«
»Du hast sie gesehen, das Mädchen, meine ich?«
»Ja, ich hab sie gesehen, so wie ich jetzt dich sehe.«
Sie griff nach vorne und umschlang meinen Hals. Ich konnte ihr Herz spüren, als sie sich kurz an mich drückte.
»Aber du darfst mit niemanden darüber reden!« Ich hielt sie fest.
»Ich hab Angst, Sammy«, flüsterte ihre helle Stimme an meinem Ohr. »Bitte sprich nicht mehr davon!«

28

»Es kann nicht sein, natürlich nicht! Was für ein Irrsinn!«, ich wühlte beide Hände in meine Haare. »Ich … ich muss es mir eingebildet haben!« Ich sah auf, geradewegs in Marinas blaugrüne Augen.

Es waren ein paar Tage vergangen, seitdem ich mit ihr auf dem Laubendach über meine Erlebnisse gesprochen hatte. Aber als hätte unser Gespräch meine Erinnerung auf merkwürdige Weise durcheinandergewirbelt, kam mir das, was ich ihr erzählt hatte, selbst umso unbegreiflicher vor, je länger ich darüber nachdachte. Oder waren es die Medikamente, die endlich wirkten? Heilten sie mich von der Verwirrung, in der ich zuvor gefangen gewesen war? Hoben die Tabletten einen Schleier, der mich zuvor hatte Dinge sehen lassen, die es nicht gab?

»So wie den Jungen! Philipp. Den Sohn des Vorbesitzers!« Ich hatte Marina auch davon erzählt. »Ich hab ihn gesehen, so wie ich jetzt dich vor mir sehe. Nur, dass Würmer in seiner Mundhöhle krochen.«

Marinas Gesicht verzog sich. Sie griff nach einem Kiesel, der zwischen den Gräsern im Boden steckte, und warf ihn in den Teich, an dessen Ufer wir saßen. Mein Blick wanderte an ihr vorbei zu der Dogge der Kaplans, die hinter Marina im Gras lag. Devil. Meist kam Marina allein, heute jedoch hatte sie den Hund mitgebracht.

»Eure Dogge, Devil«, ich nickte zu der Dogge und sah, wie der Hund mir den Kopf zuwandte und die Ohren spitzte. »Die habe ich dort unten in dem Keller auch mal gesehen. Ganz am Anfang, da war ich erst ein paar Tage hier.«

»Ja, mein Vater sagt das auch«, hörte ich Marina antworten und zugleich den nächsten Kiesel, den sie geworfen hatte, in das Teichwasser plumpsen.
Plopp.
Ein Wassertropfen wurde in die Luft geschleudert und fiel wieder herunter. Kleine kreisförmige Wellen breiteten sich aus.
»Was sagt dein Vater auch?«
»Dass Devil sich manchmal in der alten Luftschutzanlage herumtreibt.«
»Ach ja?«
Marina nickte. »Er mag das nicht, wenn Devil sich rumtreibt, aber er sagt, er kann den Hund ja nicht Tag und Nacht einsperren.« Sie legte der schwarzen Dogge eine Hand auf den Nacken und kraulte sie. »Aber du darfst das nicht durcheinanderbringen, Sammy. Devil hast du gesehen, den Jungen und die Würmer nicht. Doggen, die sich in Stollen herumtreiben, gibt es, Jungen, die aus Gräbern steigen, nicht.« Sie machte eine Pause und sah mich an. »Aber Mädchen, die in Keller eingesperrt werden, gibt es auch. In Amerika, in Österreich, sie werden immer wieder entdeckt. Sie werden von Männern gefangen gehalten, monatelang, manchmal jahrelang. Man hört immer wieder davon.«
»Ich weiß.« Ich stocherte mit dem trockenen Ast, den ich in der Hand hatte, im Rasen herum. »Deshalb habe ich es mir wahrscheinlich auch eingebildet. Weil ich diese Geschichten kenne –«
»Überleg doch mal«, unterbrach mich Marina. »Zehn Jahre lang sind diese Mädchen zum Teil eingesperrt, aber nur alle zwei Jahre oder so wird eine entdeckt. Kannst du dir vorstellen, wie viele jetzt gerade irgendwo in einem Raum, von

dem niemand weiß, gefangen sind und erst in den kommenden Monaten oder Jahren gefunden werden?« Sie funkelte mich an. »Sie rufen vielleicht um Hilfe, gerade in diesem Moment. Es ist keine Spinnerei, es *ist* so. Nur werden sie erst noch entdeckt. All die vermissten Mädchen, deren Leichen nie aufgetaucht sind. Was meinst du, wo sie sind? Viele sind getötet worden und irgendwo vergraben. Aber nicht alle. Nicht alle, glaube ich. Eine oder zwei von ihnen sind noch am Leben, irgendwo auf der Welt. Gerade jetzt, in diesem Moment. Nur niemand weiß, wo. Niemand bis auf diejenigen, die sie eingesperrt haben.«

»Aber doch nicht mein Vater«, brach es heiser aus mir hervor. »Nicht hier, nicht mitten in der Stadt.« Ich senkte meine Stimme. Wenn ich weiter so laut war, würde man mich oben im Haus noch hören.

»Hast du das Mädchen gesehen, oder nicht?«

»Ja, ich … ich … ja, ich habe sie gesehen, aber es war dunkel –«

»Du darfst nicht lockerlassen, Sammy.« Sie winkelte die Beine an und schlang die Arme um ihre Knie. »*Wir* dürfen nicht lockerlassen.«

Ich schaute wie blind über die Rasenfläche zum Teich. »Was soll das denn heißen?«

»Du musst mit deiner Mutter reden –«

»Aber das habe ich doch!«

»Du musst noch mal mit ihr reden, nicht so aufgeregt, ganz ruhig –«

»Damit was?«, fuhr ich dazwischen. »Sie waren hier, die Leute von der Polizei, sie haben sich umgesehen. Sie haben nichts gefunden. Wahrscheinlich weil ich wirklich … wie sagen sie? ›Ein wenig mitgenommen bin‹. Von dem Umzug,

den langen Sommertagen allein hier im Haus, was weiß ich! Vielleicht bin ich ja auch schon so geboren!«
Ich sah, wie sie den Kopf schüttelte.
»Was soll ich denn machen!«, brauste ich auf. »Wenn ich wieder davon anfange ... mein Vater und meine Mutter werden nur traurig sein und sagen, dass die Therapie nicht funktioniert. Und dann sprechen sie vielleicht wieder davon«, ich zog die Schultern hoch, »dass ich weggeschickt werden soll. Sie werden denken, dass sie nicht mehr wissen, was sie tun sollen –«
»Aber dein Vater *weiß* doch, dass es nicht an dir liegt.« Sie sah mich aufmerksam an. »Er weiß, dass du dir das alles nicht ausgedacht hast.«
Ich zögerte. »Ja, wenn es stimmt, wenn er wirklich –«
»Natürlich, die Vorfälle in Amerika, das sind seltsame Männer, die in solche Fälle verwickelt sind, aber der Typ in Österreich war ein ganz normaler Mann, mit einer Familie, einem schönen Haus, bei den Nachbarn beliebt ... Nur unten, in den versteckten Räumen, da hatte er die Mädchen –«
Ich fühlte, wie ein kalter Hauch über mich hinwegstrich.
»Was weißt du schon über deinen Vater, Sammy?«
Ich weiß, dass er mit der Hacke in der Hand vor mir gestanden hat.
»Natürlich will er, dass du glaubst, du hättest dir alles nur eingebildet. Natürlich will er, dass du die Tabletten nimmst, damit du endgültig durcheinanderkommst. Ich würde mich nicht so schnell geschlagen geben. Was meinst du denn, was er als Nächstes macht?« Ihr Blick strich besorgt über mein Gesicht. »Du musst aufpassen, Sammy. Ich weiß, vielleicht ist es am besten, wenn du selbst glaubst, du hast dich geirrt.

Aber wenn es stimmt, was du sagst, und ich glaube, dass es stimmt, dann sieht er dir nach, wenn du es nicht merkst, und denkt bei sich: ›Sammy weiß es, Sammy hat sie gesehen.‹ Du musst dich vor ihm in Acht nehmen.«
»Aber mein Vater würde mir nie etwas tun!«
Die Hacke, er hatte sie nur so in der Hand!
»Bist du sicher?«
»Aber ja doch!«
Sie sah mich an, skeptisch, nicht überzeugt. Wandte sich ab und schleuderte einen weiteren Kiesel in den Teich.

»Nur weil ich kein Instrument spiele, nur weil es mit dem Klavier nicht geklappt hat, nur deshalb denkt ihr doch, dass es mich nicht interessiert. Aber das stimmt nicht! Mich interessiert sehr wohl, was Papa macht.« Ich zog die Bettdecke mit beiden Händen bis unters Kinn. Der Abspann des Zeichentrickfilms, den ich zusammen mit meiner Mutter vom großen Ehebett aus gerade im Fernsehen gesehen hatte, lief noch. Ich hatte beschlossen, Marinas Rat zu folgen und mit meiner Mutter zu reden. »Ich will alles über Papa wissen! Vielleicht bin ich nicht so musikalisch wie ihr, aber vielleicht kommt das ja noch, dass ich ein Instrument lerne!«
Ich drehte den Kopf so, dass ich sie sehen konnte. Meine Mutter hatte noch nicht ihr Nachthemd angezogen, sondern sich angekleidet zu mir aufs Bett gelegt.
»Aber sicher, Sammy, das muss ja nicht alles auf einmal sein. Gabriella sagt, du sollst erst mal Fuß in Berlin –«
»*Gabriella* sagt?« Ich schaute sie betroffen an. »Was sagst *du* denn, Mama?«
Sie strich sich mit beiden Händen über die Augen.

»Ich auch, Sammy, ich auch.«
Ich auch – was?
Ich drängte mich an sie. »Wenn du eine Aufführung hast, Mama«, bohrte ich weiter, »dann sehen wir uns die auch an. Aber wenn Papa«, ich presste beide Fäuste unter mein Kinn und wühlte meinen Kopf unter ihren Oberarm, so dass ich mich selbst kaum hören konnte, »einen von seinen Filmen vertont, dann dürfen wir den nicht sehen. Es gibt keine Premiere, es gibt keinen Applaus, es gibt nur verschlossene Gesichter und verriegelte Türen!« Ich befreite meinen Kopf aus ihrem Arm und legte ihn auf ihren Bauch, so dass ich sie nicht ansehen musste und doch ganz nah bei ihr war und weitersprechen konnte. »Wieso ist das so anders bei ihm als bei dir?«
»Es war ja nicht immer so«, hörte ich sie von oben antworten. »Dein Vater hat früher auch für die großen Häuser gearbeitet, aber dann …«
»Dann?«
»Es ist nicht immer alles so einfach, Sam.« Sie bewegte sich unter mir, wahrscheinlich, um auf die Uhr zu gucken. »Los jetzt, Sammy, ab ins Bett. Das hatten wir doch gesagt: Noch den Film und dann schlafen.«
Doch ich wollte mich nicht abwimmeln lassen. Mein Vater war unten in seinem Arbeitszimmer, Linus hatte den Zeichentrickfilm nicht sehen wollen. Es war ein guter Moment, um mit ihr zu sprechen. »Was war denn dann mit Papa?«
»Ich weiß wirklich nicht, ob wir jetzt darüber reden sollten.«
Ich richtete mich auf und wandte mich um. »Warum denn nicht?«

»Nach all dem, was passiert ist? Lass mich erst mit Gabriella sprechen –«
»Hör bloß auf mit Gabriella! Komm schon, Mama!«
Sie schaute mich eindringlich an. »Er … ich habe deinen Vater auf der Musikakademie kennengelernt –«
»Aber das weiß ich doch!«
»Er war … alle dachten, er würde wunderschöne Musik schreiben … aber schon damals … weißt du, solch schöne Musik, die kommt nicht von irgendwo, es sind ganz außergewöhnliche Menschen, die sie in sich hören. Und diese Menschen, sie haben manchmal …«, sie überlegte, »… mit ihren Dämonen zu kämpfen, weißt du? So kann man das vielleicht sagen. Auch dein Vater.«
Ich hatte mich wieder auf ihren Bauch gelegt.
»Ich habe mich sofort in ihn verliebt, ich … ich habe das nie bereut, aber …«
Ich rollte mich noch ein wenig mehr zusammen. *Aber?* Ich hatte den Eindruck, dass ich kurz davorstand, etwas zu hören, das ich noch nicht wusste.
»Es war keine zwölf Monate, nachdem wir uns kennengelernt hatten«, hörte ich sie fortfahren, »damals waren wir beide noch auf der Akademie … Aber dann, danach – haben sie ihn nicht länger dort haben wollen. Sie haben ihn rausgeworfen.«
»Wonach? Nachdem du dich in ihn verliebt hast?« Das hatten sie mir bisher nicht erzählt.
»Nein, nein …« Ich fühlte, wie sie ihre Position ein wenig veränderte. »Ich will jetzt gar nicht darüber sprechen, ich will nur sagen, danach, nachdem er von der Akademie musste, danach war es nicht leicht für deinen Vater. Die Konzerthäuser, die großen Auftraggeber … Er war ja noch

jung, aber sie haben Abstand zu ihm gehalten. So ist das manchmal. Wenn erst mal was schiefläuft, ist es gar nicht so einfach, diese Tendenz zu stoppen.«

Ich konnte ihr kaum noch folgen.

»Auf jeden Fall hat er dann angefangen, Musik für Filme zu schreiben. Aber an die großen Kinofilme aus Hollywood ist er nie drangekommen. Er macht eher bei den kleinen Produktionen mit, das weißt du ja, die nur auf Video herauskommen. Und das macht er wirklich großartig. Finde ich. Finden alle. Wenn man die Musik hört …«, sie atmete aus, »manchmal erkenne ich darin auch das wieder, was seine ersten Arbeiten so überzeugend gemacht hat.«

»Wonach, Mama, wonach haben sie ihn von der Akademie geschickt?«

»Wir waren da noch nicht zusammen, wir kannten uns nur, von der Cafeteria und manchen Kursen –«

»*Wonach,* Mama?« Ich hielt sie mit meinen Armen umschlungen.

»Es hieß, er hätte eine Studentin … bedrängt.«

Ich hielt ganz still.

Aber sie sprach nicht weiter.

»Wie bedrängt, Mama?«

Ich fühlte, wie sie mich an den Armen packte und von sich weghob. »Wirklich, Sammy, ich … wir reden darüber, wenn du ein bisschen älter bist.«

»Aber –«

»Vergiss es, okay!« Ihre müden blauen Augen fixierten mich. »Vergiss, was ich gesagt habe.«

Bedrängt … bedrängt … bedrängt …

»Dein Vater, Sammy, trägt wunderbare Musik in sich. Wir müssen ihm manches verzeihen.«

Auch dass er ein Mädchen eingesperrt hat?
»Er … manchmal stürzt er in Krisen, in ein Tief, aus dem es kein Entrinnen zu geben scheint. Es gibt Kräfte in ihm, die ihn fortreißen, mit sich fortreißen, denen er sich aber auch hingibt, denn es sind die gleichen Kräfte, die ihm in anderen Momenten seine Musik einflüstern.« Sie sah mich noch immer an. »Ich weiß, das ist alles schwer für dich zu verstehen –«
»War sie tot?«, flüsterte ich. »Danach, die Studentin?«
Das Gesicht meiner Mutter spannte sich. »Nein! Natürlich nicht! Wie kommst du denn auf so was?«
»Ich … ich dachte, weil du es nicht sagen wolltest.«
Ärgerlich stand sie von dem Bett auf. »Nein, Unsinn. Aber er durfte nicht länger auf der Akademie bleiben. Es hat sich herumgesprochen, und die Konzerthäuser, die Leute, die die Aufträge verteilen, für Klavierkonzerte, für Kammermusik …«, sie stand neben dem Bett und sah auf mich herunter, »… die haben ihn fallengelassen. Sie haben deinen Vater, der bereits auf der Akademie ein wirklich sehr vielversprechender Komponist gewesen ist, einfach fallengelassen.«
Ich hatte mich im Schneidersitz auf die Bettdecke gesetzt, meine nackten Füße, die unter der Pyjamahose hervorschauten, mit den Händen umgriffen.
»Ich habe ihn trotzdem geliebt, wir sind zusammengekommen in dieser Zeit, er brauchte mich, aber es war nicht einfach.«
»Er hat sie bedrängt?«
Meine Mutter nickte. »Das hat sie gesagt, ja.«
»Es stimmte gar nicht?«
Ich sah, wie etwas in ihr kämpfte.

»Ich … ich glaube nicht, Sammy. Aber ich weiß es nicht.«
Du weißt es nicht.
»Natürlich habe ich mich das auch gleich gefragt. Was ist dran an den Vorwürfen? Anfangs war ich misstrauisch, ich kannte ihn ja noch nicht wirklich. Aber je besser ich deinen Vater kennenlernte, je mehr Zeit verging, desto sicherer war ich mir, dass er ein guter Mensch ist. Es stimmt, er trägt Abgründe in sich, entsetzliche Abgründe, sonst könnte er die Musik, die er schafft, nicht komponieren. Aber er hat mir nie weh getan, wenn es das ist, was du meinst. Mir hat er nie weh getan.«
»Dir nicht, aber ihr vielleicht.«
»Ihr? Wie gesagt, ich weiß es nicht. Ob er ihr weh getan hat, weiß ich nicht. Aber dir, Sammy, dir hat er einmal weh getan. Erinnerst du dich daran nicht?«
»Mir?«
Sie sah mich an, fast ein wenig erschrocken. »Du weißt es nicht mehr, oder?« Langsam setzte sie sich zurück auf das Bett, und ich kuschelte mich noch einmal an sie.
»Was denn, Mama, was weiß ich nicht mehr?«
»Du warst damals noch ganz klein, gerade einmal drei Jahre alt. Es war an einem dieser Sonntage, an denen Papa vollkommen übernächtigt war, weil er die ganze Nacht lang durchgearbeitet hatte. Er musste ein Stück fertigstellen und kam nicht weiter. Den ganzen Morgen hatten wir ihn in seinem Zimmer herumlaufen hören, wütend und stöhnend, es war nicht auszuhalten. Und dann … vielleicht hast du dir einfach Sorgen um ihn gemacht, so klein du auch warst. Als er für einen Moment sein Arbeitszimmer verlassen hat, um auf die Toilette zu gehen, bist du rein und hast in den Papieren gewühlt, die er dort ausgebreitet hatte.«

Ihr Blick ruhte auf mir, als würde sie wieder den dreijährigen Jungen in mir sehen, der ich damals gewesen war.

»Du musst die Notizen durcheinandergebracht haben, Sammy, aber es war natürlich nicht deine Schuld. Du hattest ihm helfen wollen. Und er war sowieso in einer Sackgasse mit der Komposition. Aber als er zurückkam in sein Zimmer und sah, dass die Noten auf dem Boden verstreut waren ...«, sie schlug die Hände vors Gesicht.

Ich kniete mich auf die Matratze neben sie und schlang meine Arme um sie.

»Ich werde nie vergessen, wie du geschrien hast. Ich bin in das Zimmer gestürzt, aber da war es schon zu spät. Er hatte dich hochgenommen und vor sich in die Luft gestemmt, geschüttelt, er hat dir ...« Sie löste die Hände, und jetzt hatte ich ihre verweinten Augen dicht vor meinen. »Er hat dir eine Rippe dabei gebrochen. Du hast geschrien. Es muss entsetzlich geschmerzt haben. Die Splitter. Sie haben dir direkt in die Eingeweide gebohrt.«

Mir war kalt. Ich liebte meinen Vater, ich hatte ihn immer geliebt. Ich hatte nicht die geringste Erinnerung an das, was meine Mutter mir gerade erzählt hatte.

Sie verschränkte die Unterarme auf den Knien. »Es tat ihm unendlich ... es tat ihm so leid ... es hat ihn verändert, Sammy, das kannst du mir glauben. Seine Musik ... sie ist danach noch dunkler geworden. Erst danach fing es an, dass sie ihn für ihre Videos wirklich haben wollten. Als ob dieses Erlebnis, diese Qual, durch die er gegangen ist, weil er sich so geschämt hat, dass er dir das, einem dreijährigen, winzigen Kerlchen, dass er dir das angetan hat, als ob ihn diese Scham dazu gebracht hätte, erst wirklich die Töne zu finden, die sie für ihre Filme haben wollten.«

Er hat mir eine Rippe gebrochen.
»Aber er hat dich danach nie wieder angerührt.«
Das stimmte. Jedenfalls konnte ich mich nicht daran erinnern, dass er mir jemals weh getan hätte. Aber … »Neulich hat Papa Linus geschlagen.«
»Wie geschlagen?« Sie war zusammengezuckt und schaute mich an.
»Vor ein paar Tagen.« *Wegen Hannah,* ging es mir durch den Kopf, aber ich traute mich nicht, meiner Mutter das zu sagen. Ich wollte nicht, dass an diesem Abend durch mich mit einem Mal die ganze Familie auseinanderbrach.
»Linus hat mir davon gar nichts gesagt.« Jetzt war es so etwas wie Zweifel, der sich in den Blick meiner Mutter geschlichen hatte. Ein Zweifel, der mich wütend machte. Wütend und betroffen.
»Glaubst du mir nicht?« Ich erwiderte ihren Blick, trotzig und enttäuscht.
»Ich meine nur, dass Linus mir das doch –«
»Du glaubst mir gar nichts mehr, oder? Da kann ich sagen, was ich will.«
»Sammy, so ist es nicht –«
»Doch!« Verletzt sprang ich auf, lief zur Tür, riss sie auf und verließ das Schlafzimmer. Und mit einem Mal kam es mir so vor, als könnte ich ihn wieder spüren, den Schmerz, den es doch verursacht haben musste, als die zersplitterte Rippe in meine Eingeweide gedrungen war.

29

Natürlich wollte Marina sie sehen. Die Zelle, in der ich das Mädchen entdeckt hatte. Den Raum unter der Hütte im Garten. Die Polizei hatte Scheibe und Falltür unverändert gelassen, so dass es keine Schwierigkeit war, hinunter zu dem Guckloch zu steigen. Instinktiv hatte Marina meine Hand genommen, als wir den Gang entlang zur Tür schritten, die in den Raum hineinführte. In der anderen Hand hielt ich mein Diktiergerät. Als wir die Tür erreicht hatten, ließ Marina mich los und betrat das Verlies. Es geschah fast wie von selbst. Ich tat so, als müsste ich an meinem Diktiergerät etwas einstellen, und blieb auf dem Gang stehen, während sie sich den Raum ansah. Nichts deutete darauf hin, dass wirklich ein Mädchen hier gelebt haben sollte. An der Tür jedoch, die jetzt offen stand, befand sich außen ein eiserner Riegel.

Und plötzlich spürte ich es in den Fingerspitzen. Mit einer kleinen Bewegung konnte ich Marina in dem Gefängnis hier unten einschließen. Vorsichtig schwenkte ich die Tür in den Rahmen und drückte gegen den Riegel.

»Sammy?« Marinas Stimme, gedämpft und schwach.

Ich zog die Tür wieder auf. Sie stand mitten im Raum, die nackte Birne an der Decke brannte. Wir sahen uns an.

War es das? War es das, was ich wollte? Sie hier unten einschließen? Hatte ich schon immer von so etwas geträumt – und deshalb geglaubt, Yoki hier zu sehen?

»Willst du mich einsperren?« Marinas Stimme war ganz leise, sie fragte es, als ob sie mich fragen würde, ob ich Lust hätte, schwimmen zu gehen.

Ja, ich will es – und nein, ich will es nicht, natürlich nicht. Die Gedanken zogen so herrenlos durch meinen Kopf, dass ich nicht imstande war zu antworten.
Sanft drückte sie von innen gegen die Tür. »Nicht, Sammy, bitte.« Sie sah ein wenig von unten zu mir auf und bemerkte, dass ich das Diktiergerät in der Hand hatte. Ruhig griff sie danach und stopfte es zurück in meine Hosentasche, aus der ich es hervorgezogen hatte, als wir den Gang entlanggegangen waren. Aufgewühlt nahm ich Marina in den Arm. Das hatte ich bis dahin nicht getan. Kurz standen wir, sie an mich gelehnt, ich die Arme um sie gelegt, dann schob sie mich von sich und ging den Gang hinunter.
»Glaubst du mir jetzt?« Ich lief hinter ihr her.
»Ich habe dir immer geglaubt.«

Es war Marinas Idee, dass wir die Gänge ablaufen sollten. Wenn das Mädchen fortgeschafft worden war – wohin war es gebracht worden? Wohin führte der Tunnel? Gab es noch einen anderen Ausgang?
Der Stollen reichte keine zweihundert Meter weit, sein Ende war mit einem Gitter versperrt, das wir nicht öffnen konnten, eine Art Gullydeckel, der sich an der Decke befand, und unterhalb dessen der Tunnel auf eine senkrechte Mauer traf. Durch die Gitterstäbe des Deckels konnten wir erkennen, dass wir an einem Grundstück herausgekommen waren, das nur wenige Schritte von den Häusern von meiner und Marinas Familie entfernt lag. Ein Grundstück, das seit Jahrzehnten unbebaut war und auf dem wildes Gras und dornige Sträucher wucherten.
Wir kehrten um, liefen den Gang zurück, an der Tür, die in den Kellerraum mit dem Guckloch führte, vorbei. Nach

wenigen Schritten erreichten wir wieder die Neonröhre, die an der Decke flackerte.

»Willst du die Bowlingbahn mal sehen?«

Marina sah mich an, als stünde ihr der Sinn momentan überhaupt nicht nach Spielen.

»Gleich bei der Bahn ist es auch, dass ich Devil getroffen habe«, drängelte ich, weil ich Lust hatte, ihr die Halle zu zeigen.

Marina atmete aus. »Na gut.«

Es war alles noch so, wie ich es zuletzt verlassen hatte. Die Bahnen. Die Kugeln. Die Theke. Und Elvis.

»Something in the way she moves«

– mu – uu – huves …

Kaum hatten wir die Halle betreten, war ich hinter die Theke gegangen und hatte den Plattenspieler angestellt. Elvis' Song schepperte durch den Raum. Ich konnte sehen, dass es Marina gefiel, dass sie sich zugleich aber auch ein wenig fürchtete. Spielen wollte sie nicht. Nachdem ich die erste Kugel geworfen hatte und sie laut polternd über die glattpolierten Dielen geholpert und mit Karacho in die Kegel gekracht war, legte Marina mir eine Hand auf den Arm und bat mich aufzuhören. Vielleicht hatte sie recht. Ein bisschen unheimlich war es schon. Wir hörten das Lied zu Ende, dann stellte ich die Musik wieder ab, und wir verließen die Halle. Als wir die Eisenstufen und den Schacht, der nach oben führte, erreicht hatten, fiel mir auf, dass der Tunnel auch auf der anderen Seite weiterging. Ich erinnerte mich, dass ich in diese Richtung bereits geschaut hatte, als ich meinem Vater hier herunter gefolgt war, dass ich den Stollen in dieser Richtung jedoch bisher noch nicht ausgekundschaftet hatte.

»Meinst du, dass Devil von dort hinten gekommen ist, als ich ihm hier unten begegnet bin?« Ich warf Marina einen Blick zu. »Als ich vor ihm zurückgewichen bin, ist er in diese Richtung verschwunden.«
»Lass uns mal nachsehen.« Sie lief an mir vorbei in den Gang hinein, und schon nach wenigen Schritten war ihr helles Kleid nur noch ein blassgrauer Schatten im Dunkeln.
»Warte!«
Ich setzte ihr nach. Kurz darauf erreichten wir einen niedrigen Stollen, der von dem Gang abzweigte. Marina ging in die Hocke und knipste die Taschenlampe an, die wir dabeihatten, um hineinzusehen.
»Der Stollen müsste zu unserem Grundstück führen.« Sie schaute zu mir.
»Dann ist das wahrscheinlich Devils Weg.«
»Vielleicht. Aber für uns ist das zu flach. Oder hast du Lust, auf Knien da langzurutschen?«
Ich grinste. »Lass uns lieber den Tunnel hier noch mal weitergehen.«
Sie nickte. Nach wenigen Schritten erreichten wir eine Treppe, deren glatte Stufen nach oben führten.
»Weißt du, wo wir hier rauskommen?« Marina deutete mit dem Kopf zu der Tür, die am Ende der Treppe das Licht der Taschenlampe zurückwarf.
»Keine Ahnung …«
Sie stieg die Stufen empor und drückte die Klinke herunter. Die Tür ließ sich öffnen. Ich spähte über Marinas Schulter hinweg durch den Spalt. Ein Küchenschrank war zu sehen, hinter dessen Glasscheibe Geschirrtücher und Baumwollservietten gestapelt waren. Ein Küchenschrank, den ich kannte.

Der Tunnelabschnitt hatte uns bis zur Villa meiner Eltern geführt!
»Das muss hinten sein«, flüsterte ich, »in dem Flügel, in dem sich auch unsere Küche befindet.« Die Tür war mir bei meinen Wegen durchs Haus bisher noch gar nicht aufgefallen.
»Wollen wir wieder zurück?« Marina blickte mich unschlüssig an.
»Warte mal.« Ich schlüpfte an ihr vorbei und stand in dem Flur, an dem die Kellertreppe endete. Als ich zurück zu der Tür sah, durch die ich gerade getreten war, bemerkte ich, dass sie auf dieser Seite mit der gleichen Tapete beklebt war wie die Wand. So fiel einem die Tür, wenn man den Flur im Haus entlangging, kaum auf.
Ich schaute den Flur hinunter. Rechter Hand befand sich die Eingangshalle mit dem Steinfußboden, auf der anderen Seite lagen ein paar Schlafzimmer, die inzwischen als Gästezimmer genutzt werden konnten, die früher jedoch, soweit ich wusste, von Dienstboten bewohnt gewesen waren. Auch Hannahs Zimmer befand sich dort am Ende des Flurs. Ich sah, dass ihre Tür halb offenstand.
Stimmte es, was Linus gesagt hatte? Das über Hannah und meinen Vater? Plötzlich musste ich daran denken. Ich hatte nicht damit gerechnet, über den Gang im Keller hier herauszukommen, in dem Flur, von dem ihr Zimmer abging.
»Lass uns doch mal kurz bei Hannah reinschauen.« Ich wusste, dass Hannah nicht im Haus war, sie war gleich nach dem Mittagessen zusammen mit Linus und meiner Mutter einkaufen gefahren.
Marina, die inzwischen neben mich getreten war, zog die Augenbrauen zusammen. »Wieso?«

»Nur ganz kurz.« Ich wartete ihre Antwort nicht ab. Wenn wir nicht wollten, dass Hannah uns überraschte, mussten wir uns beeilen. Sie konnte jeden Moment vom Einkauf zurück sein.

Ein wenig scheu und mit dem deutlichen Gefühl, etwas Falsches zu tun, betrat ich Hannahs Zimmer. Das Erste, was mir auffiel, war das alte, hohe Bett, auf dem sich die weißen Decken türmten. Es war eher ein Bettkasten als ein Bett, wie es heutzutage normalerweise üblich ist, und dieser Bettkasten stand noch einmal auf einem Sockel, auf den man über zwei Stufen hinaufgelangte. Das ganze Zimmer strahlte eine angenehme Altertümlichkeit aus. Die hellbraunen Möbel, der dünnbeinige Schreibtisch, das kleine Regal, auf dem Hannahs Taschenbücher aufgereiht waren, der Stuhl, über den sie ein paar von ihren Kleidungsstücken geworfen hatte. Durch eine schmale Tür gleich neben den hohen Fenstern konnte man in das blau-weiß gekachelte Bad schauen, das so beengt war, dass statt einer richtigen nur eine Sitzbadewanne hineinpasste. Mein Blick flog über die wenigen Tuben und Fläschchen, die sie auf dem Glas unter dem Spiegel aufgereiht hatte, die Zahnbürste, den rundgeschnittenen Schwamm.

»Es sind Rosenblätter«, flüsterte ich, »was so riecht. Sie mag das, sie tut sie in ihre Schubladen.« Das kannte ich schon aus Hannahs Zimmer in London. Ich ging zu dem Schreibtisch und zog an der einzigen Schublade. Sie war verschlossen. Aber der Schlüssel steckte.

»Nicht, Sammy, das darfst du nicht.« Marina war neben mich getreten und hielt meinen Arm fest. Auch wenn es ganz anders war, erinnerte Hannahs Zimmer ein wenig an das Zimmer, das Marina selbst im Nachbarhaus bewohnte.

Das Zimmer eines Mädchens. Die Ordnung. Alles mit einer gewissen Sorgfalt und Liebe eingerichtet und zusammengestellt.
Ich drehte den Schlüssel herum, zog die Schublade auf, und ein schwerer Rosenduft schlug mir entgegen.
Die Blütenblätter waren größtenteils schon verwelkt, aber einige schimmerten noch zartrosa oder weiß. Ohne nachzudenken, griff ich nach dem schwarzen Büchlein, auf dem die Blätter lagen, und schlug es auf.
Fotos. Nicht mehr als drei oder vier. Farbig. Und lose in das Büchlein gelegt. Fotos, die nicht für uns bestimmt waren. Fotos, auf denen Hannah zu sehen war. Entblößt. In aufgewühlten Laken. Im Kreuz ein Kissen, sodass sich ihr Becken dem Betrachter entgegenwölbte, der Kopf im Hintergrund verloren, die Brüste schwer. Ihre nackten Füße standen auf der Bettkante.
Ich hörte Marina neben mir atmen. Gebannt. Ängstlich. Verwirrt.
Doch ich hatte nur Augen für Hannah. Hannah auf diesen Fotos, die eindeutig in dem Zimmer gemacht worden waren, in dem wir gerade standen.
Und dann – auf dem letzten Bild, die Arme Richtung Kamera gestreckt, ebenfalls unbekleidet – war derjenige zu erkennen, der die Fotos gemacht haben musste. Aber es war nicht mein Vater, der dort auf dem Foto zu sehen war. Es war mein Bruder Linus.

30

Sie kamen, als wir beim Frühstück saßen. Und diesmal war alles anders.

Linus hatte den Tisch im Freien gedeckt, draußen im Garten, aber nicht auf der Terrasse, weil die am Morgen im Schatten lag, sondern unten auf der Rasenfläche. Die Sonne schien zwar, aber es war kühler geworden, und man konnte spüren, dass sich der Sommer langsam seinem Ende entgegenneigte. Vielleicht hatten wir deshalb draußen essen wollen, um noch einmal die Wärme zu spüren, bevor es zu spät war.

Es ist seltsam, aber wenn ich heute an diesen Morgen zurückdenke, kommt es mir so vor, als hätte so etwas wie ein Flimmern in der Luft gehangen. Eine ungreifbare Spannung.

Vielleicht lag das an den Fotos von Linus und Hannah, die ich am Vorabend mit Marina entdeckt hatte, zusammen mit dem Umstand, dass wir alle nun am Tisch zusammensaßen und ich nicht aufhören konnte, von meinem Bruder zu Hannah und von ihr zu meinem Vater zu schauen.

Plötzlich aber war es, als würde sich diese beklemmende Anspannung in einem heftigen Knall entladen. In einem Knall und einem Blitz. Plötzlich waren Autotüren zu hören, die zugeschlagen wurden, ein Blaulicht stach durch die Hecke bis in unseren Garten, es waren Stiefel zu hören, die über den Bürgersteig liefen, und das Knistern von Funkgeräten.

Ein Summton, hoch und schrill, schien hinter meiner Stirn aufzuglimmen, dann hatte ich das Gesicht meiner Mutter

vor mir. Sie hatte meine beiden Unterarme gepackt, und ich sah, wie sie auf mich einredete. Ich *sah* es, hören tat ich nichts. Nur diesen Summton, während über die Schulter meiner Mutter hinweg die schwarzen Schutzwesten zu sehen waren, die über den Rasen auf uns zukamen.
Mein Vater stand hoch aufgereckt neben dem Tisch, die weiße Serviette noch in der Hand. Jetzt war sie da. Die Panik, die Angst. Etwas stimmte nicht, etwas vollzog sich, etwas war dabei, uns zu überrollen. Aller Sauerstoff schien aus der Luft herausgesaugt worden zu sein. Diesmal trugen sie Uniformen, und es bestand kein Zweifel daran, dass sie es auf meinen Vater abgesehen hatten.
»Papa, nicht!«, brach es aus meiner Kehle, ich riss mich von meiner Mutter los, stieß sie beiseite und rannte zu meinem Vater. Ich warf den Kopf in den Nacken und sah, wie er zu mir herunterblickte, so bleich und angespannt, wie ich ihn noch nie gesehen hatte. Dann waren sie bei mir, ich klammerte mich an ihn, ich hörte die Stimme des Mannes, der die anderen anführte, ich fühlte, wie mein Vater mich an sich drückte.
»Papa, nicht!«, kam es noch einmal aus mir heraus, ohne dass ich genau gewusst hätte, was ich meinte.
Nein, nicht, nicht das, was gerade geschieht, ich will es nicht, es darf nicht passieren, es ist nicht richtig, es findet nicht statt.
Ich presste mich an seine Beine, aber es war nur ein Ruck, dann hatten sie mich von ihm gerissen. Ich stürzte ins Gras, konnte mich gerade noch abstützen. Eine Uniform über mir, das Gesicht eines Polizisten. Ich sprang hinein. »Ihr dürft das nicht!« Ich schlug um mich, bekam keine Luft, und mein Brustkasten schnürte mein Herz zusammen. Es

schepperte, jemand war gegen den Tisch gestoßen. Ich biss in den Arm, der mich hielt, und sah, wie sie meinen Vater zu Boden warfen. Ein Knie rammte sich zwischen seine Schulterblätter, und mit spitzem Sirren zog eine Hand einen Kabelbinder fest, der die Arme meines Vaters auf seinem Rücken zusammenzwang. Ich sah die Ader an seiner Schläfe hämmern. Er hatte den Kopf gedreht, sein Blick ging zu mir.
»Ich hab dich lieb, Sammy, pass auf dich auf«‹, schien er sagen zu wollen, »ich komm schon zurecht, es ist nicht so schlimm.«
Aber das war es, es war schlimm, ich wusste, was ich sah, ich wusste, dass ich das Ende von allem sah. Ich hatte gekämpft, ich hatte geweint, ich hatte versucht, die Widersprüche, die mich beinahe zerrissen hatten, zu ertragen. Jetzt aber war alles vorbei, alles flog auseinander, mein ganzes Leben wurde vor mir in Stücke gerissen. Meine Mutter stand abseits des Tisches, die Arme um sich geschlungen, das Gesicht verweint, die Haare in der Stirn. Linus rannte zu ihr, das konnte ich sehen, er legte einen Arm um ihre Schulter, Hannah war Richtung Haus zurückgewichen.
Ein Beamter trat auf meine Mutter zu, redete auf sie ein, aber sie schien ihn nicht zu hören. Zwei Männer brauchte es, um meinen Vater hochzureißen, offenbar hatte er sich die Schulter verrenkt, als sie ihn zu Boden geworfen hatten. Er stand gekrümmt, den Kopf nach oben gebogen, die dunklen Augen auf die Männer geheftet, die ihn festhielten.
»Papa!« Ich schlug in das Gesicht des Polizisten, der mich festhielt, dann entrang sich meiner Brust ein lautes Stöhnen, als der Mann mich an sich presste. »Ihr dürft ihn nicht mitnehmen, er hat nichts getan!«

Er hat nichts getan!
Ich wusste es doch, ich musste es doch wissen, ich war doch derjenige, der diesen Stein erst ins Rollen gebracht hatte.
»Sammy, sei still!«, schrie Linus mich über den Tisch hinweg an. »Du machst doch alles nur schlimmer.«
Das wollte ich nicht! Ich wollte das alles nicht. Ich liebte meinen Vater doch, ich vertraute ihm. Wie hatte es so weit nur kommen können?
Ich sah seinen Rücken zwischen den beiden, die ihn abführten, er ging gebeugt, die Schritte schienen über den Rasen zu schleifen. Von der Straße her waren die Stimmen der anderen Beamten zu hören, die Blaulichter hatten sie abgeschaltet.
Aber sie nahmen ihn nicht einfach nur mit. Sie schwärmten aus. Sie kamen mit acht oder zehn Mann auf das Grundstück. Sie trugen weiße Schutzanzüge, die den ganzen Körper bedeckten, ich konnte zwei von ihnen durch das Fenster im Inneren der Villa sehen. Zwei andere waren jenseits der Rasenfläche Richtung Hütte unterwegs, und sie alle trugen Aluminiumkoffer in den Händen.

31

Es war Marina gewesen, die es nicht ausgehalten hatte. Sie hatte mit ihrem Vater gesprochen. Und der hatte die Polizei kontaktiert. Der Fall war dort ja bekannt und bereits aufgenommen worden. Nachdem ich vor wenigen Tagen außer mir auf die Straße gerannt war und ein Taxi angehalten hatte, hatten Beamte unser Haus und auch den Keller routinemäßig untersucht. Sie hatten uns befragt, meine Eltern, Linus, Hannah und mich, aber alles, was sie bei dieser ersten Untersuchung gehört hatten, hatte sie in ihrem ersten Urteil bestärkt: dass *ich* das Problem in diesem Fall war, dass sich um *mich* ein professioneller Therapeut kümmern müsste. So hatte die Polizei von vornherein dazu tendiert, die ganze Angelegenheit dem Jugendamt überlassen zu wollen.

Mit dem Fall auf diese Weise zu verfahren, passte jedoch mit dem, was Marina schließlich ihrem Vater über uns erzählte, nicht zusammen. Denn bei all den Befragungen, die damals durchgeführt worden waren, war nicht zur Sprache gekommen, dass mein Vater ein Verhältnis mit Hannah hatte. Und dass darüber hinaus eine sexuelle Beziehung zwischen Hannah und meinem damals minderjährigen Bruder Linus bestand.

Erst war es nur ein vertrauliches Gespräch mit Hannah gewesen, das die Beamten geführt hatten, nachdem Marina ihrem Vater von den Fotos berichtet hatte, die sie mit mir zusammen in Hannahs Zimmer gesehen hatte. Aber es war bereits die zweite Befragung gewesen, der Hannah sich hatte unterziehen müssen, nachdem sie ja schon mit der

Kripo hatte sprechen müssen, als ich auf die Straße gerannt war. Und bei dieser zweiten Befragung war sie dem Druck nicht mehr gewachsen gewesen. Bei dieser zweiten Befragung hatte sie zugegeben, mit meinem Vater ein Verhältnis zu haben. Und auch mit meinem Bruder geschlafen zu haben. Das hatte den Ausschlag gegeben.
Plötzlich sah alles anders aus. Durch Hannahs Aussage fiel ein völlig neues Licht auf alle bisherigen Befragungsergebnisse. Was stimmte, was stimmte nicht? Was hatte mein Vater ihnen erzählt, was verschwiegen? Schließlich ging es ja um weit mehr als nur um Ehebruch oder unklare Verhältnisse zwischen einem Au-pair-Mädchen und dem ältesten Sohn des Hauses. Schließlich ging es ja darum, dass der andere, der jüngere Sohn des Hauses, also ich, Sammy Grossman, behauptet hatte, dass sein Vater, Nathan Grossman, ein minderjähriges Mädchen in seinem Keller eingesperrt habe.
Vielleicht wäre auch diesmal wieder seitens der Beamten die Untersuchung nach einer kurzen Befragung aller Beteiligten eingestellt worden. Doch diesmal war alles anders. Diesmal war es nicht nur der elfjährige Sohn des Mannes, der Behauptungen aufstellte. Diesmal war es Marinas Vater, der sich gemeldet hatte. Und Marinas Vater war nicht irgendjemand. Marinas Vater war Staatsanwalt.
Natürlich alarmierte es ihn, als er erfuhr, dass im Haus der Nachbarn, das seine Tochter zu besuchen begonnen hatte, der älteste Sohn mit dem Au-pair-Mädchen schlief. Vor allem aber alarmierte es ihn, als er von seiner Tochter hörte, dass ich glaubte, ein Mädchen in den Kellern entdeckt zu haben. So jedenfalls erzählte Marina mir das. Als sie erst einmal angefangen hätte, von Hannahs Fotos zu reden,

hätte sie nicht mehr aufhören können und auch von dem Mädchen im Keller berichtet. Dass niemand mir glaube. Dass sich die Polizei nicht wirklich darum gekümmert habe. Und daraufhin habe ihr Vater die Dinge in Bewegung gesetzt und dafür gesorgt, dass der alte Fall noch einmal aufgerollt werde. Aber diesmal ging es nicht darum, so diskret wie möglich vorzugehen. Diesmal, so hatte man den Eindruck, ging es darum, meinen Vater regelrecht fertigzumachen.

»Hannah?«

Sie war in ihrem Zimmer und packte ihre Sachen. Ich hatte mich leise zu ihr geschlichen und stand in der Türöffnung. Es war bereits einen Tag her, dass sie meinen Vater mitgenommen hatten. Ich hatte den Überblick über das, was geschah, vollkommen verloren. Meine Mutter hatte Termine bei Anwälten in der Stadt. Meinen Vater hatte ich seit seiner Festnahme nicht mehr gesehen.

Das Erste, was ich nach Stunden des Chaos, nach einer angstvollen Nacht und einer fahlen Morgendämmerung begriffen hatte, war, dass Hannah uns verlassen würde. Niemand hatte darüber mit mir gesprochen. Meine Mutter war ohnehin nicht ansprechbar, aber auch Linus hatte mich nicht weiter beachtet, wie gefangen erschien er mir in den Ängsten und Grübeleien, die ihn heimsuchten und die sich geradezu in sein schmales Gesicht gegraben hatten.

Ich wusste jedoch, dass Hannah uns an diesem Morgen verlassen würde, denn ich hatte mitbekommen, dass sie ein Taxi bestellt hatte, das groß genug sein sollte, um ein paar Kartons zu transportieren.

»Hannah, ich wollte tschüss sagen«, stammelte ich und

schaute auf ihren Rücken. Sie trug nicht mehr ihr Sommerkleid, sondern Hosen und eine Jacke, ihr Haar hatte sie zu einem festen Zopf geflochten, der ihr auf den Rücken fiel. Rings um sie herum waren zwei Koffer und zwei Kartons aufgestellt, in die sie all die Dinge sortierte, die sich während ihrer Zeit bei uns angesammelt hatten.
Sie sah sich um, und ich erkannte, dass sie geweint hatte.
»Ja, Sammy, ist gut.« Sie trat an mich heran, und ich sog ihren Geruch in mich hinein.
Für einen Moment lagen noch einmal ihre Arme um mich, und ich drückte mich an sie. Dann ließ sie mich los.
»Das wird schon, Sammy, mach dir keine Sorgen«, sie nahm sich zusammen und lächelte, »du wirst sehen. Wenn die Schule erst mal anfängt, findest du bestimmt ein paar Freunde, und dann wird dir Berlin richtig gefallen.«
Wenn die Schule erst mal anfängt ... das glaubte ich nicht. Ich glaubte nicht, dass alles wieder werden würde wie früher. Ich wusste doch, dass etwas in meine Familie geschlagen hatte, von dem wir uns nicht mehr erholen würden.
»Hannah ... es war schön mit dir«, hörte ich mich sagen, »wirklich. Ich wollte, du würdest nicht gehen.«
Ihre Arme hingen an ihr herab, und ich sah, wie ein Beben durch ihre Schultern lief. »Danke, Sammy«, flüsterte sie, »aber es war ja immer klar, irgendwann würde dieser Tag einmal kommen.«
Für einen Moment wusste ich nicht, was ich noch sagen sollte. Und doch konnte ich mich noch nicht von ihr lösen.
»Hannah ...«, fing ich wieder an, denn es gab etwas, das nur sie mir beantworten konnte. Etwas, das an mir nagte, seit ich die Fotos in ihrem Zimmer gesehen hatte. »Ich weiß, du willst sicher nicht mit mir darüber reden, aber ...

jetzt, wo sowieso alles anders wird, ich … ich wollte dich etwas fragen.«

»Ja?« Sie hockte sich auf die Bettkante, noch immer die Bluse in der Hand, die sie dabei gewesen war einzupacken, als ich in ihr Zimmer gekommen war. »Was denn?« Ihr Blick war ein wenig besorgt.

»Mit Papa –«

»Sammy, bitte.« Ihr Gesicht wirkte hohlwangig, und es war deutlich, dass sie darüber wirklich nicht mit mir sprechen wollte.

»Ich …«, ich war zu ihr getreten und hatte eine Hand auf ihre Schulter gelegt, so dass ich mit ihr sprechen konnte, ohne ihr geradeaus ins Gesicht sehen zu müssen, »ich meine, du und Papa, das … das kann ich vielleicht noch verstehen«, ich gab mir einen Ruck, »aber wieso auch noch Linus, Hannah?« Ich legte meinen Kopf auf ihre Schulter. »Papa hat ihn geschlagen, deswegen, weißt du?«

Sie sagte nichts. Eine Zeitlang bewegte sich niemand.

»Ich habe deinen Papa sehr lieb, Sammy«, kam schließlich Hannahs vertraute Stimme in die Dunkelheit, die ich vor Augen hatte, weil mein Gesicht auf ihrer Schulter lag. »Es war sicher nicht richtig, was wir, was dein Vater und ich gemacht haben. Wir hätten es deiner Mutter nicht antun dürfen, aber … wir konnten nichts dagegen tun.«

Aber Linus, wieso Linus?

»Dein Bruder hat es irgendwie mitbekommen«, hörte ich ihre weiche Stimme neben mir, »und … er hat mir gedroht. Nicht direkt, aber es war klar, dass er eurer Mutter alles sagen wollte. Dass er alles kaputt machen wollte.« Ich spürte, wie ihr Arm sich um mich legte. »Doch ich wollte deinen Vater nicht verlieren. Deshalb, Sammy, deshalb …

es war der einzige Weg, deinen Bruder davon abzubringen, zu beruhigen ... ich weiß, ich hätte es niemals tun dürfen.«
Du hast ... das mit ihm gemacht, um ihn ... zu beruhigen?
»Ich schäme mich, Sammy, wirklich, aber manchmal tut man Dinge, die man so nicht gewollt hat.« Ich sah ihre Hand, die mit der Bluse in den Fingern auf ihren Schoß gesunken war. »Ich bin viel zu lange bei euch gewesen, vielleicht war es das. Ich habe vergessen, dass ihr gar nicht meine Familie seid.«
Ich löste mich von ihr und sah, wie sie sich mit dem Handrücken über die Augen wischte, wie sie darum rang, ihre Gedanken zu sortieren.
»In der Küche, erinnerst du dich?«, sagte ich leise, denn es gab noch etwas, das mir keine Ruhe ließ. »Ich war gerade erst aufgewacht, die anderen waren schon alle fertig mit Frühstücken, nur wir beide waren in der Küche, und du hast mir ein Rührei gemacht. Das letzte Mal, dass du mir ein Rührei gemacht hast.«
Ihr Blick wirkte verloren. Eine Strähne hatte sich aus ihrem Zopf gelöst, und sie strich sie hinters Ohr.
»Das hab ich gern gemacht, Sammy, ich habe mich immer gefreut, mit euch zu frühstücken.«
»Ja ... ja, ich auch, aber was ich sagen will ... bei diesem Frühstück«, mir fiel auf, dass sie die Augenbrauen ein wenig zusammenzog, weil ihr offenbar erst jetzt klarwurde, dass ich auf etwas Bestimmtes hinauswollte, »hast du etwas gesagt, was mir nicht mehr aus dem Kopf gegangen ist.«
»Ja? Was denn?«
»Du hast gesagt, dass wir in mein Zimmer gehen könnten – und machen, wozu ich Lust habe.«
Es war, als würde die Temperatur um zwanzig Grad fallen.

Hannah saß noch immer vor mir, aber ihre Hände lagen nicht mehr in ihrem Schoß, stattdessen hatte sie die Bluse neben sich gelegt und die Arme so miteinander verschränkt, dass die Jacke, die sie trug, dabei geschlossen war.

»Das ist mir nicht mehr aus dem Kopf gegangen, Hannah. *Wozu immer ich Lust habe* … was hast du denn damit gemeint?« Und während ich das noch sagte, merkte ich, wie ich mich plötzlich schlecht fühlte, schäbig und ein wenig hinterhältig. Denn ich war nicht ehrlich zu ihr. Ich tat so, als würde ich einfach nur darüber sprechen wollen, ohne Hintergedanken, während ich in Wahrheit von ihr wissen wollte, ob es stimmte, was ich dachte. Dass nämlich mein Vater sie angehalten hatte, sich an dem Morgen so zu benehmen. Vielleicht weil er gemerkt hatte, dass ich die Falltür in der Hütte entdeckt hatte?

»Sammy, was … ich weiß … ich verstehe überhaupt nicht. Welches Frühstück denn?«

»Erinnerst du dich nicht? Wir waren allein, und du hast gesagt, *was immer ich will*. Das weiß ich noch ganz genau. Dass wir in meinem Zimmer machen können, *was immer ich will*. Was hätten wir denn machen können?«

Wir hätten uns ausziehen können, du hättest mich dich anfassen lassen können, du hättest mich an dich drücken können, wie eben, ganz genauso, aber ohne, dass unsere Kleidung dazwischen gewesen wäre, sondern so, dass unsere Haut aufeinandergepresst worden wäre. Und dann hätte ich dich berührt, gerade so, wie Linus es getan hat.

»Ja?« Sie schüttelte den Kopf. Weil sie sich wirklich nicht daran erinnern konnte? Aber warum sah sie mich denn gar nicht mehr an?

»Ich wollte, wir wären in mein Zimmer gegangen«, kam es

aus mir hervor, »ich wollte, ich hätte gemacht, wozu immer ich Lust gehabt hätte.«

»Sammy, ich glaube ... ich glaube, ich muss dich jetzt bitten zu gehen. Ich muss noch packen ... und ... es tut mir leid, wenn ich was falsch gemacht habe«, sie löste die Arme und strich sich noch einmal über die Wangen, wie um ihr Gesicht zu glätten, »ich glaube, ich habe immer versucht, nett zu dir zu sein und mit dir zu spielen. Mehr nicht. Das war alles. Ich weiß wirklich nicht, was du meinst.«

Mit mir spielen.

»Es war ... du wolltest spielen?«

»Ja, natürlich, was denkst du denn?!« Und plötzlich war ihre Stimme scharf. Und empört. »Was ist los mit dir, Sammy, was ist nur geschehen? Was sind das für Gedanken, die du dir machst? Habe ich dir was getan? War ich nicht nett zu dir?«

»Doch ...«

»Na also! Warum kommst du mir dann mit solchen Fragen? Bei diesem Frühstück! Ich habe keine Ahnung, was du meinst. Es war ein paar Tage nach Anfang der Ferien, richtig? Deine Eltern hatten mir gesagt, dass du dich langweilen würdest. Dass ich vielleicht mal etwas mit dir unternehmen könnte. Also hab ich dich gefragt, was dir Spaß machen würde. Deswegen war ich ja hier. Ich habe gefragt, ob du Lust hättest, dass wir etwas zusammen machen. Was ist daran falsch?!« Jetzt war sie wirklich wütend. »Du kommst hier reingeschlichen, sagst, dass du dich verabschieden willst, und fängst an, mir komische Fragen zu stellen. Mensch, Sammy, ich dachte, ich kenne dich, ich dachte, ich wüsste, was für ein Junge du bist. Aber ich glaube, ich hab mich in dir getäuscht!«

32

Drei Tage lang durchsuchte die Spurensicherung die Zelle mit dem Guckloch und auch die anderen Teile der Villa. Drei Tage lang wagte ich kaum, Atem zu holen, benommen von den Tabletten, die ich noch immer schlucken musste, wie verwundet von den Vorwürfen, die ich mir selbst machte und von denen ich wusste, dass sie auch meiner Mutter durch den Kopf gingen. Drei Tage, die ich verbrachte, als wäre ich eher tot als lebendig. Drei Tage, an denen mich die Panik am Genick hatte, die Angst davor, meinen Vater nie wiederzusehen, die Angst davor, diesen Mann, den ich liebte, so schwer verletzt zu haben. Drei Tage lang schien die Zeit stillzustehen, und niemand in dem Haus wagte es, mit normaler Stimme zu sprechen. Drei Tage, an denen ich kaum aß und schlecht schlief.
Drei Tage lang – dann brachten sie ihn wieder nach Hause. Ich sah ihn die Stufen von der Straße zur Villa hochkommen. Die Beamten, die ihn gefahren hatten, waren im Auto sitzen geblieben. Er kam die Stufen hoch, aber mein Vater war nicht mehr er selbst. Er war ein gebrochener Mann.

»Vergiss für einen Moment mal die Beamten, Sammy, ich weiß, sie haben dir einen mächtigen Schrecken eingejagt, aber glaub mir, es sind gute Männer. Es sind die Guten, wenn du weißt, was ich meine. Du kannst dich auf sie verlassen. Wenn du Ärger hast, wenn du bedroht wirst, wenn es gefährlich wird, kannst du dich an sie wenden.«
Der Mann, der vor mir saß, war ein wenig rundlich, hatte aber ein ausdrucksstarkes Gesicht mit Augen, die so blau

waren, dass man das Gefühl hatte, in Eiswasser zu tauchen, einen gepflegten Stoppelbart und ganz kurzgeschnittene Haare, so dass nicht weiter auffiel, dass sie ihm bereits ausgingen.

Ich kannte den Mann, hatte ihn bereits ein paarmal gesehen. Es war Robert Kaplan, Marinas Vater, der Mann, der bei der Staatsanwaltschaft arbeitete und dafür gesorgt hatte, dass unser Haus noch einmal durchsucht wurde.

»Die Kollegen, die neulich zuerst hier bei euch waren, waren keine Spurensicherer, Sammy, die Frau war vom Jugendamt, ein Routineeinsatz. Ich habe das alles auch schon deiner Mutter erklärt.« Er sah zur Seite, wo meine Mutter damit beschäftigt war, aus einem Wohnzimmerschrank ein paar ihrer persönlichen Sachen in eine Reisetasche zu packen. Offensichtlich wollte sie mich mit Kaplan nicht ganz allein lassen.

»Sie haben sich den Raum unten zwar angeschaut«, der Mann mit dem Stoppelbart sah wieder zu mir, »aber eine gründliche Spurensicherung war das nicht.« Er stützte seinen Arm auf den Tisch, an dem wir saßen. »Doch ich mache den Kollegen da gar keinen Vorwurf. Was ich sagen will«, er strich sich mit zwei Fingern über seinen Stoppelbart, was mir irgendwie unangenehm war, »was ich sagen will, ist, dass wir euer Anwesen, und vor allem den Kellerraum, jetzt noch einmal vollständig untersucht haben. Und unsere Analysen … also, das sind zum Teil mikroskopische Verfahren … haben ergeben, dass wir es ausschließen können. Dein Vater kann in dem Raum kein Mädchen gefangen gehalten haben.«

Ich hörte meine Mutter hinter mir klappern. Ich hatte die Hände unter meine Schenkel gelegt und den Blick gesenkt.

Aber ich hatte Mühe, mich auf das zu konzentrieren, was er sagte.
»Hier, ich habe dir ein paar Aufnahmen mitgebracht.« Er holte einen großen Ordner aus einer Tasche hervor, die zwischen seinen Füßen stand, und legte ihn auf den Tisch. »Deine Mutter wollte nicht, dass du zu den Kollegen ins Präsidium kommst, dann machen wir es eben hier, das ist völlig in Ordnung.« Er schlug den Ordner auf.
Es waren Fotos von Frauen und Mädchen, die in dem Ordner abgeheftet waren, Fotos in allen möglichen Formaten und Farbschattierungen.
»Das hier sind Frauen und Mädchen, die vermisst gemeldet sind. Wie, hast du gesagt, hat sie ausgesehen, das Mädchen unten im Keller?«
Schwarze Haare, mandelförmige Augen, und jung, nicht älter als fünfzehn.
Aber ich hatte mir ihr Gesicht so oft in Erinnerung gerufen, dass es sich in alle Richtungen zu bewegen schien, wenn ich versuchte, es mir noch einmal zu vergegenwärtigen.
»Schwarzhaarig, etwa fünfzehn Jahre alt, asiatisches Gesicht, nicht wahr?«, half er mir weiter, als ich nicht antwortete. *Wir können es ausschließen,* hatte er gesagt. *Wir können es ausschließen.*
»Hier … ist sie das?«
Mandelförmige Augen, nur wenig älter als ich. Schwarze Haare, süßes Gesicht, aber Yoki war das nicht. Ich schüttelte den Kopf.
»Du kannst selbst blättern. Sieh dir die Aufnahmen in Ruhe an.«
Ich schlug die Seite um. Das nächste Bild, wieder eine Asia-

tin, aber mit einer Narbe hinterm Ohr, wie man in der zweiten Aufnahme sah, die von ihr abgeheftet war.

»Deine Mutter hat mir zwar eingeschärft, dass ich dir das alles gar nicht so genau erklären muss, aber …«

Ich wartete, dass er fortfuhr, da das jedoch nicht der Fall war, schaute ich auf. Marinas Vater hatte sich zurückgelehnt und die Hände auf seine Schenkel gelegt. Meine Mutter hatte das Wohnzimmer inzwischen mit ihrer Reisetasche doch verlassen. »Wir nennen es Menschenhandel«, sagte Kaplan, als er sah, dass er meine Aufmerksamkeit hatte. »Hast du davon schon mal gehört?«

Menschenhandel? Ich starrte ihn an. Hatte ich davon schon mal gehört? Das Wort rief eine düstere Vorstellung in mir wach, aber ich hätte niemals sagen können, was es wirklich bedeutete.

»Es gibt Frauen und Mädchen, die illegal nach Deutschland gebracht werden«, hörte ich Kaplan sagen, »wo man sie dazu zwingt, sich und ihren Körper zu verkaufen. Das Geld stecken dann diejenigen ein, die sie über die Grenze gebracht haben. Wenn eine von diesen Frauen verschwindet, wird sie nicht vermisst gemeldet. Deshalb ist es durchaus möglich, dass die Asiatin, die du gesehen hast, hier in dem Ordner nicht enthalten ist –«

»Aber«, unterbrach ich ihn nun doch, »ich denke, es ist sowieso ausgeschlossen.«

Er sah mich an. »Ausgeschlossen, dass jemand in dem Raum gelebt hat? Im Prinzip, ja. Es sei denn«, Kaplan atmete aus, »es waren Profis am Werk, die wissen, wie man einen Raum säubert.«

»Also ist das Ergebnis Ihrer Untersuchung doch nicht so sicher?«

»Theoretisch ist denkbar, dass jemand sich auskennt und genau weiß, wie man sämtliche Spuren aus so einem Raum herauskriegt. Aber im Falle deines Vaters ist das sehr unwahrscheinlich. So unwahrscheinlich, dass wir es praktisch ausschließen können.«

Ich spürte so etwas wie Erleichterung und zugleich ein neues Aufflammen meiner Verwirrung. *Papa kann es nicht gewesen sein. Also habe ich mich doch getäuscht?*

Kaplan blätterte in dem Ordner weiter. Frauen verschiedenen Alters, aus fernen Ländern, Spuren von Misshandlungen, aber auch Aufnahmen von Kindern waren zu sehen. Es war, als hätte die Welt in diesem Ordner ihre Hülle abgestreift, und statt der lebendigen schönen Verkleidung, die ich sonst wahrnahm, würde ich ins rohe Fleisch schauen. Es war vergiftet. Gefährlich. Ich war zu jung dafür, das spürte ich. Ich wollte diese Dinge nicht sehen. Aufgewühlt ließ ich mich gegen die Lehne des Sofas sinken.

Marinas Vater sah mich an. »War sie darunter? Hast du sie erkannt? War es eines der Mädchen auf den Fotos?«

Ich schüttelte den Kopf. Nein. Yoki war nicht dabei.

Er schlug den Ordner wieder zu und verstaute ihn in seiner Tasche. Aber er war noch nicht fertig.

»Sammy … ich habe gehört, dass du …«, fing er an und sah mir dann gerade ins Gesicht. »Also, deine Mutter hat mir gesagt, dass du eine Therapie machst.«

Ich nickte.

»Und? Wie ist es?«

»Okay«, sagte ich. Was sollte ich schon erzählen? Was Gabriella mit mir machte? Er hätte es doch ohnehin nicht verstanden.

»Was genau hast du denn gesehen? Wir haben ja schon vorhin darüber gesprochen. Du hast gesehen, wie dein Vater in die Hütte hinten bei euch im Garten gegangen ist. Du bist ihm gefolgt. Du hast das Mädchen hinter dem Guckloch entdeckt. Und in der Nacht Geräusche aus dem Arbeitszimmer deines Vaters gehört. Du hast den Teddy wiedergesehen, den das Mädchen unten bei sich hatte.« Er strich sich wieder über den Bart. »Aber dein Vater sagte, er hätte ihn in dem Gang gefunden, der von der Hütte im Garten an der Bowlinghalle dort unten vorbeiführt.«

»Im Gang? Als meine Mutter dabei war, hat er gesagt, er hätte den Teddy im Garten gefunden.«

»Ja, ich weiß.« Herr Kaplan nahm seine Brille ab und putzte sie mit einem weißen Taschentuch, das in seiner Hose gesteckt hatte. »Natürlich wollte er deiner Mutter gegenüber nicht zugeben, dass er den Gang betreten hat.« Er setzte sich die Brille wieder auf und sah mich an. »Er ist durch den Gang zu eurem Au-pair-Mädchen gegangen.«

»Zu Hannah.«

Kaplan nickte. »Zu Hannah. Er wollte nicht, dass ihr es seht, wenn er zu ihr geht.« Seine Brillengläser spiegelten kurz die großen Wohnzimmerfenster, dann waren seine Augen wieder zu erkennen. »Es ist bestimmt nicht einfach, wenn man begreifen muss, dass der eigene Vater die Mutter … hintergeht. Aber … es ist nicht verboten, verstehst du?«

Es waren Papa und *Hannah* gewesen, die ich in dem Arbeitszimmer gehört hatte. In jener Nacht, als ich das Mädchen im Keller entdeckt hatte. Oder zu entdecken geglaubt hatte.

Wir können es ausschließen.

Ich fühlte, wie Herr Kaplan mir eine Hand auf die Schulter

legte. Im gleichen Moment kam meine Mutter in das Zimmer zurück. Ich sah auf, das Gewicht seiner Hand auf meiner Schulter schien mich in die Sofakissen zu drücken und machte das Luftholen schwer.

»Wie sind hier fertig, Frau Grossman«, hörte ich ihn sagen und spürte erleichtert, wie er mich losließ und sich erhob. »Ich komme morgen noch einmal vorbei, um –«

»Dann werde ich nicht mehr hier sein«, fiel sie ihm ins Wort. »Aber Sie wissen ja, wie Sie mich erreichen.«

Mein Bruder war bereits zu meinen Großeltern vorgefahren, meine Mutter wollte mit mir und ein paar Sachen noch heute nachkommen. Sie würde es keine Nacht länger in dem Haus aushalten, hatte sie gesagt, und ich wusste, dass sie so bald wie möglich aufbrechen wollte.

»In Ordnung.« Herr Kaplan nahm seine Umhängetasche. »Auf Wiedersehen.« Er nickte mir zu, gab meiner Mutter die Hand und ging in die Eingangshalle, wo ein weiterer Beamter auf ihn wartete.

Kurz darauf hörte ich die Haustür klicken. Die Männer hatten die Villa verlassen. Nur noch das Rascheln der Papiere war zu hören, die meine Mutter zusammensortierte. Eine gespenstische Ruhe schien sich auf die ganze Villa gesenkt zu haben.

»Muss ich denn jetzt gleich mit dir mit, Mama?« Es gab noch etwas, das ich erledigen wollte, dringend erledigen musste, bevor wir fuhren.

»Sammy, bitte«, murmelte sie, ganz leise, als strengte sie das Reden zu sehr an.

Aber ich wollte nicht, ich wollte das Haus nicht verlassen. Ich wollte meinen Vater nicht so zurücklassen, nicht, nachdem ich schuld an all dem war, was passiert war.

33

Es übertrifft seine Erwartungen. Der ganze Raum, das ganze Plastik. Es ist wie in einer Tropfsteinhöhle. Wie im Geburtskanal.

Die Laute und Töne haben sich verflochten zu einem Strang, der ihm durch und durch geht. In den Mund hinein, den er offen halten muss, um genug Luft zu bekommen, durch den Bauch hindurch, den Darm, aus dem After heraus, wie ein langer Strang, der sich zu einem Gewinde aufwickelt, das den ganzen Raum ausfüllt. Ihnen Platz nimmt. Wo sie doch ohnehin schon so tief miteinander verknüpft sind.

Dumpf, es sind dumpfe Geräusche, die er hört, nicht mit den Ohren, auch in der Bauchdecke. Es ist nichts Helles mehr daran, nicht Frisches mehr, es ist alles wie durchtränkt. Wie verstopft. Es ist nicht schön. Nicht mehr schön. Aber er ist mittendrin. Er kann nicht mehr zurück. Er hat ihren Mund verschlossen. Das dämpft ihre Geräusche. Hinter seiner Stirn schwelt es, wie ein Brand unter Gummischichten. Alles wirkt gedeckt, verschlossen, erstickt. Und er hat ein Knie in ihren Bauch gestützt.

Er kennt sie. Er weiß, wie sie versucht, ihn auf ihre Seite zu bekommen. Aber das ist vorbei. Die Hoffnung hat sich verflüchtigt, hat den Raum verlassen. Es geht nicht mehr um Hoffnung. Es geht darum, es zu Ende zu bringen. Es ist keine Zeit mehr für Gedanken. Für Möglichkeiten und Zukunft. Er ist ein Tier und sie sein Opfer. Er ist ein Raubtier, das eine Antilope reißt.

Er hat mit dem Elektromesser begonnen. Das feine Sum-

men. Sie hat sich schon gewehrt, als er das Klebeband ausgepackt hat.
Als sie den Fleischwolf gesehen hat und die anderen Sachen, die sich in dem Raum befanden, da hatte sie noch gehofft. Wie konnte sie? Was dachte sie denn, was er macht? Jetzt aber hofft sie nicht mehr. Denn er hat mit ihrem Daumen begonnen. Sie hat nichts an, er hat seinen Plastikanzug wieder übergezogen, darunter aber ist er nackt. Er hat ihre Hand festgehalten. Und er hat mit ihrem Daumen begonnen.
Wie lange wird sie standhalten? Wie lange wird sie bei Bewusstsein bleiben? Durch das Klebeband hindurch bekommt sie mit dem Mund keine Luft. Nur durch die Nase. Und er kann hören, wie sie die Luft in sich hineinpumpt. Er sieht ja, wie ihre Nasenflügel nach innen gebogen werden.
Dann senkt sich die vibrierende Schneide in das Fleisch. Da ist es, dass alle Töne tiefer werden. Dass in seinem Hirn etwas schmilzt. Dass in ihren Augen etwas platzt. Dass das Licht, vielleicht ist es ein Licht, das darin geglänzt hat, dass das Licht ausgeht. Sie starren beide auf ihre Hand und sehen das Blut aus der Wunde schießen. Hören es auf den Gummiboden plattern. Ein sattes, dumpfes Geräusch. Dumpf wie alles. Dumpf wie das Vibrieren des Elektromessers, als es sich mit dem Blut vollsaugt. Dumpf wie das Brausen in seinen Ohren, in seinen Adern, in seinem Darm. Er hat überlegt, ob er versuchen sollte, sie zu betäuben. Erst lokal an den Stellen, an denen er anfangen würde. Aber er kennt sich damit nicht aus. Es muss an einem Stück geschehen, in einem Mal. Mehr Kraft hat er nicht. Heute. Jetzt. Hier. Das ist der finale Augenblick. Er hat es von Anfang an geahnt, dass es darauf hinauslaufen würde. Das Gestänge,

das Gummi, der Müllsack, in dem sie beide sich winden. Und doch, als es jetzt stattfindet, kommt es ihm so vor, als hätte er damit nie gerechnet.
Er hält ihn vor sich. Ihren Daumen. Wie klein er ist. Der Daumen wiegt fast nichts, und doch spürt er das Gewicht des kleinen Stück Fleischs in seiner Hand. Das Mädchen liegt auf dem Gummiboden, in einer Lache, die Haut verschmiert. Ihr Gesicht ist wie ausgestrichen. Die Haare vom Blut verklebt. Sie liegt ihm zu Füßen, er kann seine Schuhe neben ihr sehen, die er mit Plastiktüten und viel Klebeband luftdicht verschlossen hat. Er dreht sich um, ihren Daumen fest in der Hand. Das Geräusch des Fleischwolfs. Wird er den Knochen schaffen? Der Motor, ein starker kleiner Elektromotor. Er knipst das Gerät an, den Strom hat er mit einem einfachen Kabel aus der Bowlinghalle hierher verlegt. Es knirscht und scheppert und spritzt oben aus der Öffnung heraus. Für einen Augenblick hat er den Eindruck, das Dumpfe würde sich ein wenig lichten, aber dann schlägt die Dunkelheit doch wieder über allem zusammen. Der Filz, der Beton, die Watte, die ihn ganz ausfüllt, scheinen von innen gegen sein Trommelfell zu drücken.
Dann kommt es aus der Öffnung mit den vielen Löchern heraus. Das Fleisch.
Ihr Fleisch.
Es schiebt sich hervor wie Hackfleisch. Mit winzigen Splittern des Knochens darin. Er dreht unmerklich den Kopf und sieht, dass sie zu der Öffnung schaut, aus der ihr Daumen hervorquillt. Ihre Lider flattern, ihr Gesicht ist grau, sie scheint kurz davor zu sein, das Bewusstsein zu verlieren. Und er weiß, er wird dafür bezahlen.
Ich bin bereit, dafür zu bezahlen.

Dumpfe, dumpfe Schwaden, die durch seinen Kopf ziehen. Er sieht seine Hand mit den Gummifingern das Fleisch an der Öffnung abstreichen. Fünfzig Gramm vielleicht, mehr ist es ja nicht. Er schlägt die Hand aus und sieht das Fleisch in die Plastikschüssel klatschen, die er mitgebracht hat.
Der Hund. Er hat den Hund in den Gummisack mit hineingelassen. Der Hund kommt auf die Schüssel zu, als traue er der Sache nicht. Bewegt die Nase vorsichtig über die roten Brocken. Dann schnellt die Zunge des Tiers nach unten und schleckt einen Teil der roten Klümpchen auf. Er sieht, wie sich die Schnauze des Hundes bewegt, hört die Geräusche, die das Tier dabei macht. Die rauhe Zunge des Hunds wischt die Wände der Schüssel sauber. Ein leerer gelber Plastiknapf. Ein Daumen – verschwunden.
Der Hund sieht ihn an. Ist das Schuldbewusstsein im matten Blick des Tieres? Die Muskeln darüber sind wie um Entschuldigung heischend schräg gestellt. Als wüsste das Tier, was es getan hat.
Er fühlt, wie sich sein Blick über dem Mundschutz, den er angelegt hat, von dem Hund zurück zu dem Mädchen bewegt. Sie hat das Bewusstsein verloren. Die rechte, verstümmelte Hand unter den linken Arm geklemmt. Er kniet sich auf den Plastikboden und bringt sein Ohr ganz dicht vor ihr Gesicht. Er hat die Kapuze des Schutzanzugs über den Kopf gezogen und das Gummiband, das sich darin befindet, ganz fest zugeschnürt. Sein Ohr ist hinter der Kapuze verborgen, er kann kaum etwas hören. Aber sie atmet noch. Ganz leise, ganz leicht. Zu leise? Soll er sie wecken? Sein Blick wandert zu ihrer Hand, an der der Daumen jetzt fehlt. Nein. Er wird sie nicht mehr wecken. Er hat genug gehört.

Langsam richtet er sich wieder auf. Bei dem Gedanken daran, was ihm bevorsteht, schwindelt ihm. Er wird ertrinken in der Flut von Blut, Fleischresten, Gedärmen und Exkrementen. Er wird in diesem Müllsack hier bis zu den Knien im Morast stehen und immer weitermachen.
Den Fleischwolf füttern. Die Knochenmühle.
Er wird sie verflüssigen und das Gummi abbauen und alles fortschaffen und vergraben.
Wenn seine Kräfte dazu reichen.

34

Papa?«
»Nicht jetzt, Sammy.«
Mein Vater hatte sein Arbeitszimmer kurz verlassen, um sich etwas aus der Küche zu holen, und war auf dem Rückweg. Darauf hatte ich gewartet, dort in der Diele gleich vor der Tür zu seinem Zimmer.
»Papa, bitte!« Ich rannte zur Tür und legte meine Hände auf das Holz. Aber er schob mich einfach beiseite, ging durch die Tür hindurch und zog sie hinter sich zu. Kurz bevor sie einschnappte, hielt er jedoch noch einmal inne, und ich sah sein Auge durch den Türspalt zu mir nach draußen schauen.
Ich drückte gegen die Tür. »Nur ganz kurz!«
Er gab etwas nach, und die Tür schwang auf. Ich schlüpfte durch den Spalt hindurch und unter seinem Arm hinweg in

sein Zimmer. Er hatte das Fenster geöffnet, und die warme Sommerluft, der Geruch der Erde, die vom nächtlichen Regen aufgeweicht worden war, strömten herein. Der Monitor auf seinem Schreibtisch zeigte farbige Diagramme, etwas lief dort, aber man hörte nichts.
Mein Vater war bei der Tür stehen geblieben und hatte die Hände in die Hosentaschen geschoben. »Musst du nicht deiner Mutter helfen?«, sagte er, und mir fiel auf, wie dünn sein Gesicht in den letzten Tagen geworden war.
Ohne etwas zu antworten, rannte ich um den Schreibtisch herum und kroch unter die Platte, zwischen die beiden Rollschränke, die dort standen. Als ich noch kleiner war, hatte ich mich öfter in diesem Hohlraum versteckt. Ich wusste, dass ich ihn störte, ich fürchtete, er würde mich gleich auffordern, sein Zimmer zu verlassen. Aber ich wollte nicht. Vielleicht würde ich ihn nie wiedersehen, wenn wir jetzt gingen.
»Sammy?«
Ich hockte in der dunklen Nische unter der Schreibtischplatte und rührte mich nicht. Das Klicken der Tür war zu hören, die er ins Schloss drückte. Und das Zwitschern der Vögel durch das offene Fenster. Dann tauchten seine Beine neben dem Schreibtischstuhl auf, und er setzte sich. Sein Gesicht erschien in dem Rechteck, durch das ich nach draußen schaute.
»Was ist denn, Sammy?«
Ich hatte die Arme um meine Beine geschlungen, und meine Füße in den Sandalen standen in seiner Richtung flach auf dem Boden.
»Wuff.« Ich machte einen Laut wie ein Hund. Früher hatte ich das öfter gemacht. In Tierlauten mit ihm gesprochen.

Weil es einfacher war und eigentlich alles sagte, was es zu sagen gab.
Doch diesmal antwortete er mir nicht wie ein Hund. Stattdessen kam seine Hand in die Höhle unter dem Schreibtisch und zog an meinem Arm. »Komm, Sam, los, ich … ich muss tausend Sachen erledigen.« Ohne Hast, aber dennoch entschlossen zerrte er mich unter dem Schreibtisch hervor.
Als ich spürte, dass ich dagegen nicht ankam, warf ich mich nach vorn, schlang meine Arme um seinen Hals und drückte mich an ihn.
»Es tut mir leid, Papa.«
Seine Arme schwebten kurz unschlüssig über mir, dann legten sie sich leicht um mich.
»Okay, Sammy.«
»Ich wusste … ich wollte das nicht, Papa. Es tut mir leid.«
Seine Arme hatten mich schon wieder losgelassen, und seine Finger zogen an meinen Händen, um sie von seinem Hals zu lösen.
»Papa, bitte!« Ich ließ ihn los, griff aber gleich nach seinem Arm und hielt mich daran fest. »Bist du wieder lieb?«
Er saß auf seinem Schreibtischstuhl und sah mich an. Aber nicht mit jenem abwesenden Blick, der ihm manchmal eigen war, wenn er in Gedanken ganz woanders war. Ich merkte, dass er mich wirklich betrachtete.
»Mach dir keine Sorgen, Sammy –«
»Mach ich mir aber!«
Er atmete aus. »Es ist nicht deine Schuld, du kannst ja nichts dafür.«
Weil ich die Tabletten nehmen muss. Sie glauben, ich bin krank. Krank im Kopf.

»Papa, es tut mir leid, ich habe sie wirklich gesehen, ich … ich habe versucht, mit Linus und Mama zu reden, aber … es ging nicht. Ich hab das Mädchen gesehen, und ich … ja, ich hab mir Sorgen gemacht, und sie hat …«, ich drängte mich an ihn.

»Bitte nicht böse sein, Papa! Sie hat ›DADDY, NOOOOO!‹ geschrien. Richtig laut. Sie tat mir so leid, und es war ein Gummivorhang hinter ihr …« – *und sie hat ihn aufgezogen.*

»Wieso hast du nicht mit mir geredet, Sam?« Er sah mich an.

Weil ich Angst hatte.

»Hm?«

»Ich hatte Angst, Papa, ich hatte dich doch in die Hütte –«

»Ja, ist gut«, unterbrach er mich, es schien ihm unangenehm zu sein, darüber zu sprechen, »du kannst nichts dafür, ich weiß.« Er sah ein wenig an mir vorbei.

»Ist es wirklich so schlimm? Können wir nicht alle trotzdem zusammenbleiben?«

»Nein, ich fürchte, das geht jetzt nicht mehr.«

»Was ist denn so schlimm? Ich … Herr Kaplan hat gerade mit mir gesprochen, es ist doch nichts passiert –«

»Nichts passiert? Sammy, Junge, wach auf!« Seine Stimme war scharf und hart. »Ich habe den Auftrag verloren. Deine Mutter wird ihr Engagement an der Oper wohl kündigen. Was meinst du, was die Nachbarn sich hier erzählen …«

»Hannah ist auch weg«, murmelte ich, aber darauf sagte er nichts.

»Und das Schlimmste ist, dass ich nicht weiß, was du als Nächstes machst.« Wieder war seine Aufmerksamkeit auf mich gerichtet. »Sammy, ich weiß nicht einmal genau, ob

du wirklich nichts dafür kannst, oder ob … ob du es nicht absichtlich getan hast. Absichtlich, um uns allen zu schaden.«
Erschrocken sah ich ihn an.
»Ich hab noch nie gehört, dass ein Junge seiner Familie so etwas angetan hat. Wir haben mit dir gesprochen, oder? Wir haben dir gesagt, dass du aufpassen musst. Und was machst du? Du fängst wieder von vorne an. Sie haben mich drei Tage lang vernommen, sie haben die alten Geschichten hervorgekramt.«
Er hatte mich gepackt, und jetzt drangen seine Worte in mich hinein und durch mich hindurch wie Lanzen. »Sie haben alles wissen wollen, über mich, über deinen Bruder, über Hannah und Mama …« Ich hörte seiner Stimme an, wie er sich zusammennehmen musste. »Ich weiß, es war nicht recht, was ich zugelassen habe, mit Linus und Hannah … Aber das sind unsere Angelegenheiten, die gehen niemanden etwas an. Du aber hast dafür gesorgt, dass die Polizei in unser Leben gedrungen ist und es auseinandergerissen hat. Warum? Wolltest du nicht mehr? Hast du dich gelangweilt? Dir gesagt, was soll's, wozu brauchen wir zusammenzubleiben?«
»Nein, Papa, so war es nicht –«
»Es war zu viel, was mit Hannah war, mit deinem Bruder, du hast ja recht!« Jetzt brannten seine Augen in den Höhlen, aber er war nicht entrückt, nicht wie mit der Hacke, ich hatte keine Angst vor ihm, ich fühlte, dass er da war, bei mir. »Und jetzt ist es zu Ende. Wahrscheinlich ist das wirklich das Beste, was euch passieren kann.« Er ließ mich los.
»Ich will aber nicht, Papa, ich will nicht, dass es zu Ende ist!«

Er war in seinem Stuhl zusammengesunken. Sein Gesicht war dem Computerbildschirm auf seinem Tisch zugewandt.
»Schreibst du die Musik nicht weiter?«
Er antwortete mir nicht.
»Papa?«
»Hm?«
»Die Musik, was ist denn jetzt damit? Machst du den Film nicht fertig?«
Er schüttelte den Kopf. Ich drehte mich um, ließ mich mit dem Rücken gegen ihn fallen, so dass ich ebenfalls zu dem Bildschirm sah. »Darf ich bei dir bleiben, Papa?«
Seine Arme lagen links und rechts von mir auf den Armlehnen seines Schreibtischstuhls.
»Ich glaube, das ist keine gute Idee.«
»Bitte, Papa, bitte!« Ich legte den Kopf in den Nacken und schaute nach oben, wo ich sein Gesicht über mir sah. »Ich … ich will es wieder gutmachen. Du wirst sehen, du kannst dich auf mich verlassen.«
Sein Blick begegnete meinem.
»Ich hab dich lieb, Papa.«
»Ja.«
»Du mich auch?«
»Ja, ja, sicher doch, Sam, ich muss nur … so einfach ist es nicht. Du bist … sozusagen einmal durch mein Leben gestolpert und hast dabei so ziemlich alles darin zertrampelt.«
»Es tut mir so leid, Papa.«
»Lass mich jetzt, ja? Ich muss … du weißt schon, es ist alles ein bisschen durcheinander gerade.« Mit einem Ruck stand er aus seinem Stuhl auf, nahm meine Hand und ging mit mir zur Tür.

Bevor er sie öffnete, hockte er sich noch einmal auf meine Höhe und wischte über meine Wangen. »Mach's gut, Sammy.«
Dann war ich vor der Tür und spürte, wie er sie hinter mir schloss. Ich hörte seine Schritte zum Schreibtisch zurückkehren.
Stille.
Kein Geräusch drang mehr aus seinem Zimmer. Ich drehte mich um, legte die Stirn an die Tür, und meine Schultern zuckten. Die Tränen schüttelten mich, aber ich machte keinen Laut dabei. Ich war so aufgewühlt, dass ich nicht richtig Luft bekam.

35

Ich hab es mir eingebildet … wie den Würmerjungen aus dem Grab.« Ich grinste Marina an, aber meine Gesichtsmuskeln taten weh dabei. »Ein – ge – bil – det.«
»Ja, Sammy, ich weiß.«
»Und dann bin ich losgerannt, auf die Straße, und habe das Taxi angehalten.«
»Ich weiß.«
»Ich hab es wirklich geglaubt, Marina, aber –«
»Du hast es dir nur eingebildet.«
Ich nickte. Wir saßen am Ufer des Teichs bei der Weinlaube, und ich sah die orangenen Schatten der Fische unter der Wasseroberfläche. Die Dogge war wieder dabei. Sie lag auf

dem Bauch im Gras wie eine Sphinx und hatte die Augen beinahe geschlossen, um den Blick vor der Sonne zu schützen.

»Weißt du was, Sammy?«

Ich sah zu Marina. Sie war vorhin mit Devil bei uns vorbeigekommen und hatte vorne am Gartentor geklingelt. Niemand hatte ihr aufgemacht, bis ich das Klingeln gehört hatte und zu ihr nach draußen gekommen war.

»Was?«

»Ich habe dir geglaubt.«

»Hm.«

»Ich hatte gedacht, du hättest sie wirklich gesehen.«

Ja.

»Aber das hast du nicht.«

»Nein. Ich hab sie mir eingebildet.«

»Ich weiß, Sammy, ich hätte mit meinem Vater nicht drüber reden sollen, aber –«

Ich winkte stumm ab. *Ja, das wäre wohl besser gewesen.*

Ich hatte meine Sandalen ausgezogen und meine nackten Füße ins Wasser getaucht. Dort, wo die Unterschenkel die Wasseroberfläche durchbrachen, schienen sie in einem ulkigen Winkel abgeknickt zu sein. In der Hand hielt ich das Diktiergerät. Bisher hatte ich meinem Vater keine Aufzeichnungen gezeigt, in den vergangenen Tagen hatte ich jedoch verstärkt Marina aufgenommen.

Ich mochte es einfach, ihre Stimme zu hören, und spielte mir manchmal abends, wenn sie nach Hause gegangen war, noch einmal vor, was sie gesagt hatte. Normalerweise hatte sie nichts dagegen, dass ich sie aufnahm, doch heute war sie nervös, und es schien sie zu stören, dass ich mit dem Gerät spielte.

»Mach es aus, Sammy, heute nicht.«
Ich warf ihr einen Blick zu.
»Pack es einfach weg, ja?«
»Na gut.« Ich drückte die Stopptaste. Mit einem Klick endete die Aufzeichnung, und ich stopfte den kleinen Apparat zurück in die Vordertasche meiner Hose.
»Haben sie denn jetzt mit dir gesprochen?« Marina hatte ihre Sandalen anbehalten. Sie trug ein weißes, luftiges Kleid, und ihre nackten Beine schauten darunter hervor. »Die von der Polizei?«
Ich nickte. »Dein Vater war da und hat mit mir gesprochen.«
»Und?«
»Nichts und.«
»Mir hat er gesagt, dass sie nichts gefunden haben.«
»Ja, mir auch.« Etwas angestrengt schaute ich zu ihr. »Ich sag's doch. Alles nur in meinem Kopf. Deshalb ja. Deshalb die Tabletten und die Therapie. Aber ich gebe mir Mühe. Sie werden mich schon wieder graderücken.«
Marinas Augen blieben auf mich gerichtet. »Es tut mir leid, Sammy, wirklich.«
»Vielleicht …«, fing ich an, »vielleicht hat's ja auch was Gutes.«
Sie bewegte sich nicht.
»Immerhin haben wir uns kennengelernt.«
»Wir sind Nachbarn, Sammy! Wir hätten uns sowieso kennengelernt. Und außerdem … mein Vater … also, ich habe ihm nicht gesagt, dass ich jetzt hier bei dir bin.«
Ich bewegte die Zehen im Teich.
»Er hätte es wahrscheinlich nicht erlaubt. Also, sicher nicht.«
»Weil …«

»Wundert dich das?« Ihr Blick hatte sich gehoben.
»Na ja … hast du etwa Angst vor mir oder so etwas?«
»Sammy … keiner weiß, was du als Nächstes machst. Keiner wird aus dir schlau.«
»Ja. Ich selbst auch nicht.«
»Kein Wunder also, dass mein Vater nicht will, dass ich zu dir komme.«
»Hm.«
»Er hat gesagt, ich soll mich von dir fernhalten.«
»*Fernhalten,* ja?«
»Ja.«
Ich dachte ein wenig nach. »Machst du nie, was dein Vater sagt?«
»Wieso?«
»Na, jetzt bist du ja hier.«
Sie sah mich ernst an. »Doch, eigentlich mach ich immer, was er sagt, ich wollte mich nur … von dir verabschieden.«
Das saß. Als hätte mich etwas gestochen. »Wir sehen uns nicht mehr?«
»Du gehst doch eh mit deiner Mutter weg, oder?«
»Ja … ja, wahrscheinlich, obwohl … ich hab meinem Vater gesagt, dass ich bei ihm bleiben will.«
»Nach dem, was passiert ist?«
»Ja … gerade … ich will ihm zeigen, dass es mir leidtut. Ich will nicht so von ihm weggehen.« Ich warf ihr einen Blick zu. »Glaubst du wirklich … also *wirklich,* dass ich mir das nur eingebildet habe?«
»Du nicht?«
»Doch ja, na klar, ich meine, dein Vater und seine Leute, sie haben ja alles untersucht. Diesmal haben sie richtig genau nachgesehen, mit Mikroskopen und so.«

»Ja, Sammy, das hat er mir auch gesagt.«
»Da können sie ja nichts übersehen haben.« *Es sei denn, es ist richtig gründlich gesäubert worden.*
Ich merkte, dass ich unruhig wurde, weil sich plötzlich ein neuer Einfall in mir zu bilden begann. Ich konnte ihn noch nicht wirklich aussprechen, aber ich sah schon so etwas wie seine groben Umrisse vor mir. »Ich meine«, fing ich an, »dein Vater ist doch Staatsanwalt?«
Sie nickte. »Sonst hätte er ja gar nicht mit dir reden dürfen. Er hat dir auch Fotos von Frauen gezeigt, oder?«
»Ja.«
»Das darf sonst keiner, natürlich nicht. Aber er hat das Verfahren, also die Ermittlung, die sie durchgeführt haben –«
»Ermittlung … Verfahren? Wow, du kennst dich ja wirklich gut aus.«
Sie lächelte. »Ich höre ihn eben manchmal über seine Arbeit reden.«
Wie ich meinen Vater über seine Musik.
»Er hat das Ermittlungsverfahren an sich gezogen, so heißt das«, hörte ich sie sagen. »Weil er sich Sorgen macht. Auch um mich. Weil ihr gleich neben uns wohnt. Da will er sichergehen, dass alles in Ordnung ist.«
»Ja, genau, und wenn er möchte, kann er auch dafür sorgen, dass bei diesem ›Ermittlungsverfahren‹, wie du sagst, genau das rauskommt, was er haben will!« Es war so schnell aus mir hervorgesprudelt, dass ich es ausgesprochen hatte, bevor ich richtig darüber nachdenken konnte.
Sie sah mich verwirrt an.
»Ich hab mir das alles eingebildet, ja? Yoki … einfach so am helllichten Tag erträumt? Was, wenn es einen *Grund* dafür gibt, dass die Beamten nichts gefunden haben?« Es war fast

wie ein warmes Gefühl, das ich plötzlich an Händen und Füßen empfand.
»Was für ein Grund, Sam? Was soll das? Hör auf!«
»Dein Vater hat die Ermittlung … das Verfahren … du hast es ja gerade selbst gesagt: Er hat es an sich gezogen. Was, wenn er das getan hat, weil sie beide, dein Vater und meiner, unter einer Decke stecken? Und *deshalb* haben sie bei diesen Ermittlungen nichts gefunden!« Jetzt war aus der Wärme so etwas wie Hitze geworden, Hitze, die mich in Wellen durchzog. »Was ist es denn, was er als Staatsanwalt macht, wenn er, wie du sagst, ein Verfahren an sich zieht?«
»Na, er … er sagt den Polizisten, was sie machen sollen.«
»Siehst du!« Ich schlug auf mein nacktes Knie. »Deshalb haben sie nichts gefunden! Dein Vater sagt den Polizisten, was sie machen sollen. Er hat dafür gesorgt, dass sie nichts finden.«
Ich hatte mich ganz weit zurückgelegt, um ihr genau ins Gesicht sehen zu können. »Marina, ich weiß, wie verrückt das klingt, aber … ich meine, dass ich mir Yoki wirklich eingebildet haben soll …« Etwas brannte in meinen Augen, und ich musste blinzeln.
»SAM, HÖR AUF!« Sie hielt sich die Ohren zu.
»Nein, Marina, hör mir doch mal zu!« Sie hatte mir schon einmal geglaubt, sie *musste* mir noch einmal glauben. »Es kann einfach nicht sein, dass ich mir das Mädchen, Yoki –«
»ES GIBT KEINE YOKI, SAM!«
Doch ich fuhr unbeirrt fort, als hätte sie gar nichts gesagt. »… dass ich sie mir ausgedacht habe. Das kann nicht sein. Sie haben nichts gefunden, das stimmt, Marina, aber nur, weil sie nichts finden sollten!« Jetzt hielt mich nichts mehr. Plötzlich machte alles Sinn, alles passte zusammen. »Er hat

es doch selbst gesagt, man hätte den Keller auch säubern können –«

»Er hat die Polizei selbst gerufen, Sam!«

»Um alles unter Kontrolle zu halten! Er hat sie gesteuert, ferngesteuert. Und dass das Mädchen nicht vermisst wird? Sie ist ... wie hat er gesagt? Genau! Sie ist illegal ins Land gekommen, und deshalb vermisst sie keiner. Aber das heißt nicht ...«, jetzt hatte ich ihre Arme ergriffen, und wir waren beide aufgesprungen, »... das heißt nicht, dass sie nicht existiert, Marina. Sie existiert, sie muss irgendwo noch sein!«

Ihr Schrei war so schrill, dass ich zusammenzuckte.

»LASS MICH LOS, SAMMY! Mein Vater ... sie haben recht, du bist wirklich vollkommen übergeschnappt.«

Meine Hände fielen von ihr ab. Ich sah, dass auch der Hund aufgesprungen war und mich aufmerksam aus seinen Augen ansah. Aus Augen, die sonst immer ein wenig verschleiert gewirkt hatten, jetzt jedoch wie geputzt, wie von innen beleuchtet.

Devil – genau!

»Siehst du das denn nicht, Marina? Er mag es nicht, das hast du mir doch selbst vor ein paar Tagen gesagt, dein Vater, er mag es nicht, wenn Devil sich in den Stollen dort unten herumtreibt.«

»Ja, richtig, und deshalb bemüht er sich auch darum, die Eingänge zu den Tunneln verschlossen zu halten.«

»Die Eingänge zu den Tunneln.«

»Ja.«

»Und *in* die Tunnel selbst geht er nie.«

»Doch, soweit ich weiß ... keine Ahnung, einmal ist er wohl auch runter, weil er Angst hatte, dass Devil sich dort unten verirren könnte.«

»Siehst du!« Mein Herzschlag hatte sich noch einmal beschleunigt. »Es ist, wie ich gesagt habe. Er ist auch dort unten gewesen. Dein Vater und meiner … sie beide …«
Entsetzt wich Marina vor mir zurück. »Aber was denkst du denn, dass mein Vater für einer ist? Deiner vielleicht, aber meiner … Wie kannst du auf so eine Idee überhaupt kommen! Bleib STEHEN!«
Ich verharrte am Ufer des Teichs, während sie, ohne mir den Rücken zuzudrehen, zurückstolperte. Die Dogge blieb an ihrer Seite.
Jetzt … jetzt sehen wir uns wirklich nicht wieder?
Da fuhr sie herum und rannte. Über den Kiesweg am Teich vorbei, bis ich ihr weißes Kleid hinter den Blättern der Hecke verschwinden sah. Wie ihr schwarzer Schatten glitt Devil neben ihr durch den sonnenbeschienenen Garten.

36

Idiot!« Ich schlug mir mit der Faust mit voller Wucht an die Schläfe. »Vollidiot!« Ich stand im Kreuzpunkt der Wege des Rosengartens, und die Sonne brannte mir auf die Stirn. »Du bist ein gestörtes Arschloch, Sammy!« Ich flüsterte nicht, dachte das nicht, ich stieß die Worte zwischen den Zähnen hervor, dass es in meinen Ohren zischte. »Sie will dich nie wiedersehen! Natürlich nicht! Sie hat doch recht!«
Ihr Vater … was hatte ich gesagt? Ich hatte nicht nur mei-

nen Vater, sondern auch Marinas Vater beschuldigt und verdächtigt.

»Du bist ein Arschloch, Sam! Weil dein Kopf nicht funktioniert, weil in deinem Gehirn Würmer aasen, weil in deinen Augen Schlangen speisen, schlägst du um dich. Sie können nichts dafür. *Du* bist es, der verrückt ist. *Du* bist es, der sich Yoki ausgedacht hat. Du *willst* sie dort unten haben, *deshalb* hast du davon angefangen.« Ich spürte, wie mir die Knie weich wurden.

»ARSCHLOCH!« Jetzt schrie ich. Ich hatte den Kopf in den Nacken gelegt und sah in die Wipfel der Bäume über mir. In den obersten Ästen flatterten zwei Tauben auf. Dann schlug ich mir ins Gesicht. »Sie hat zu dir gehalten, sie hat dir geglaubt, sie war lieb zu dir, und du hast nichts lieber getan, als Zeit mit ihr zu verbringen. Und dann hast du sie«, ich schlug mir in den Bauch und spürte den Hieb hart in der Magengrube, »vertrieben. Verjagt. Sie liebt ihren Vater. Du aber sagst ihr, dass er ein Mädchen gefangen hält, das nicht viel älter ist als sie selbst.« Ich presste mir die Fäuste in die Augenhöhlen, dass ich grüne und gelbe Flecken in dem ansonsten schwarzen Blickfeld auftauchen sah.

»Mein Vater und ihrer! Die kennen sich nicht einmal! Reiß dir am besten den Kopf ab, Sammy!« *Oder ein Bein. Geh in den Geräteschuppen, nimm die Sichel vom Haken und schneid dir ein Bein ab, vielleicht bringt dich das zur Vernunft.*

Ich taumelte über den Weg. Linus, meine Mutter, alle hatten versucht, mich zur Vernunft zu bringen. Alle hatten ihr Bestes gegeben. Hatten mit mir geredet, hatten sich Mühe gegeben. »Nein, der Sammy, er … er braucht nur ein bisschen Zeit. Er muss sich einleben, hier in der Stadt. Sicher, er ist ein bisschen ... merkwürdig manchmal, aber ... nein, er ist okay, man muss ihn nur zu nehmen wissen. Er hat seinen eigenen Kopf, aber er ist nicht ... nicht böse. Böse ist er nicht. Es ist nicht seine Schuld. Er nimmt jetzt ein Medikament dagegen. Es wird sicher bald wieder besser. Man muss nur ein wenig Rücksicht auf ihn nehmen, dann wird es wieder besser. Vielleicht wird er nie ganz so werden wie andere Kinder, aber ... er gehört zu uns.«

Meine Faust flog gegen meine Stirn, dass es schmerzte und mein Kopf davon zur Seite geschleudert wurde. Sie hatten immer zu mir gehalten. Auch mein Vater. Er mehr als alle anderen. »Wuff!« Er hatte *Wuff* gesagt, wenn ich ihn als Hund angesprochen hatte. Und mich liebevoll angesehen.

»MEIN VATER«, hörte ich meine Stimme schrill und verzerrt in mir kreischen, »HÄLT EIN MÄDCHEN GEFANGEN!«

Die Fäuste rammten sich in meine Oberschenkel, dass ich regelrecht spüren konnte, wie sich blaue Flecken an den Stellen bildeten. »DU BIST UNFÄHIG, ICH HASSE DICH, SAM.«

Ich hasse mich. Ich verabscheue mich. Ich will nicht ich sein.

Ich streckte die Fäuste nach unten, drückte die Arme durch – der ganze Junge ein einziger Muskelkrampf. Aber auch wenn ich mich noch so schlug und beschimpfte – es blieb dabei. Marina würde nicht wiederkommen. Ich hatte sie verjagt.

Wie blind stakste ich durch den Garten, bis ich plötzlich spürte, dass meine Zehenspitzen etwas berührten. Es war, als würde ein Schleier von meinen Augen gezogen, als wür-

de mein Blick aus der Innenwelt, in die er wie hypnotisiert gestarrt hatte, zurück in die Außenwelt gezwungen.
Es war das Grab des Hundes, das ich berührt hatte. Das Grab unter den Kiefern, zu dem ich, ohne es bemerkt zu haben, gelaufen war. Nemos Grab.
Ich ließ mich auf den weichen Nadelboden fallen, kniete vor der Platte und grub meine Fingernägel in die trockene Erde. Fühlte, wie die poröse Oberfläche des Steins meine Haut aufschürfte.
»Komm raus, du verfluchter Köter! Liegst du hier drunter? Oder ist es der Junge, der hier liegt und der mir gleich ins Gesicht springen wird.«
Ich ließ mich auf den Hintern fallen und presste meine Fußsohlen gegen den Stein, schob mit beiden Füßen, dass meine Hände sich in den Boden hinter mir gruben.
Ich hatte Marina verjagt, aber es war das verdammte Haus, das schuld daran war. Nicht ich! Hatte ich es schon vergessen?
»Es ist das Haus, das den Hund verhext hat, und jetzt mich. Nicht meinen Vater. Nicht er ist es. *Ich bin das Monster!*«
Es knirschte, und ich sah, wie die Platte sich unter dem Druck meiner Beine ein winziges Stückchen bewegte. Millimeter um Millimeter ließ sie sich von dem Betonbehälter verschieben, auf dem sie ruhte. Ich warf mich nach vorne, zwängte meine bloßen Finger in die Lücke, die entstanden war, und spannte Rücken und Halsmuskeln an. Dann riss ich unter Aufbietung all meiner Kräfte mit einem Ruck den Stein nach oben. Er hob sich kaum einen Zentimeter, da musste ich ihn schon loslassen, weil etwas in meiner Schulter zerrte. Dumpf fiel das Gewicht zurück auf den Beton. Aber ich konnte sehen, was sich darunter befand. Nichts

als Sand. Der übliche Berliner Sandboden. Zuckersand, der staubtrocken in alle Ecken rieselte. Ich sprang auf, beugte mich erneut zu der Platte und wuchtete sie ächzend zur Seite. *Sand. Nichts als Sand!*

Es war, als würde eine rotglühende Welle durch mich hindurchspülen. Ich stand unter den Kiefern, hatte die Fäuste erhoben, das Gesicht heiß von der Anstrengung.

»ICH WERDE MICH VON DIR NICHT UNTERKRIEGEN LASSEN!«

Ich schrie es dem Haus entgegen, das sich mit seinen roten Dächern und der schlammfarbenen Fassade jenseits der Rasenfläche erhob. Der Schweiß lief mir an Hals und Rücken herunter.

Du hast den Hund auf Philipp gehetzt, dass er ihn zerfleischt hat. Mich wirst du nicht töten, du verfluchter Kasten!

Das Rundfenster, jetzt konnte ich es auch von hier aus sehen, das Rundfenster und die Luken. Sie ergaben eine Fratze, die mir durch die Äste der Kiefern hindurch zugrinste.

Als meine Mutter am Nachmittag in mein Zimmer kam, um zu sehen, ob ich meine Taschen für unsere Abfahrt gepackt hatte, lag ich auf meinem Bett und hatte mich noch immer nicht ganz erholt.

»Mama, ich will nicht gehen. Ich will … ich will bei Papa bleiben.«

Sie sah mich an, und ich konnte sehen, dass sie in meinem Gesicht etwas wahrnahm, das sie darin noch nicht kannte.

»Bist du dir sicher?«

»Ja.«

»Gut, Sammy, in Ordnung. Wie du möchtest. Bleib heute noch hier, morgen telefonieren wir. Ich habe mit deinem

Vater geredet, erst wollte er nicht, aber wenn du das möchtest … wir müssen in den nächsten Wochen sowieso erst mal sehen. Aber ich fahre jetzt, Linus wartet schon. Ich rufe dich morgen früh wieder an.«
Kurz darauf sah ich vom Fenster meines Zimmers aus, wie sie mit unserem Mietwagen vom Grundstück rollte. »Nimm ein Taxi«, hatte meine Mutter zu meinem Vater gesagt. Sie brauche das Auto, wegen der Taschen. Wir hatten nun keins mehr. Ich winkte aus dem Fenster, konnte ihre Schulter und ihren Arm auf der Fahrerseite sehen. Sie aber bemerkte mich nicht. Benommen taumelte ich zurück zu meinem Bett und ließ mich auf die Matratze fallen. Schob den Kopf unter das Kissen. Die halbe Nacht hatte ich wach gelegen, jetzt sank ich widerstandslos in die weiche Umarmung des Schlafs.

»Sammy! Wach auf!« Die Stimme war unterdrückt, leise und doch voller Alarm.
Ich blinzelte. Meine Augen waren verklebt, mein Haar verfilzt. Ich war in meiner Kleidung eingeschlafen und hatte geschwitzt. Es war dunkel inzwischen, das Fenster in meinem Zimmer stand offen, aber es war noch immer warm. Schwül. Als würde sich ein Gewitter aufbauen, der Stadt nähern und doch nicht entladen können.
»Was … was ist denn?« Ich rollte mich auf den Rücken und sah, dass mein Vater neben meinem Bett stand.
»Hallo, Papa … willst du jetzt mal die Aufnahmen hören, die ich gemacht habe?« Ich sah zu ihm hoch und nickte zu meinem Nachttisch, auf den ich das Diktiergerät gelegt hatte. Dunkel erinnerte ich mich daran, dass ich es noch einmal angeschaltet hatte, als ich wie benommen und voller

Selbsthass – aber auch voller Hass auf das Haus – über das Grundstück gestürzt war. Das Klappern eines Fensterladens hatte ich aufgenommen, das Quietschen einer lockeren Dachrinnenleitung im Wind …
»Hier, du wirst sehen, es klingt wirklich –«
»Sammy, hör zu … es tut mir leid, ich hör mir die Aufnahmen später an, aber jetzt – es ist was passiert.«
»Ja? Was denn?« Ich beugte mich vor, ließ das Diktiergerät aufschnappen, nahm die kleine Kassette heraus und reichte sie ihm.
»Sie müssen gleich da sein.«
Das Gesicht meines Vaters lag im Dunkeln und wurde nur spärlich von dem Licht aus der Diele erhellt. Gedankenverloren steckte er die Kassette ein.
»Da sein? Wer?«
»Die Beamten«, hörte ich ihn antworten, »sie sind bei den Kaplans drüben, sie müssen jeden Moment hier sein.«
»Ja?« Ich verstand ihn nicht. »Aber wieso denn?«
»Sammy, es ist etwas mit Kaplans Tochter … mit Marina. Sie ist seit heute Mittag nicht mehr nach Hause gekommen. Sie haben bereits Suchtrupps losgeschickt, um nach ihr zu fahnden. Aber es fehlt jede Spur von dem Mädchen.«

37

Hast du das verstanden, Sammy? Du *musst* ihnen sagen, dass wir den Nachmittag über zusammen waren.« Mein Vater stieg vor mir die Treppe herunter und drehte sich zu mir um.
Ich musste zwei Stufen auf einmal nehmen, um mit ihm mitzuhalten.
»Den gesamten Nachmittag über! Ist das klar?« Er sah mich an, und ich hatte den Eindruck, eine heftige Unruhe würde in seinem Blick flackern.
»Aber … Papa, ich hab geschlafen. Ich war in meinem Zimmer.« Wir waren auf der Treppe stehen geblieben.
»Ich weiß, Sammy, ich weiß.« Er kam mir eine Stufe entgegen, da er jedoch tiefer als ich stand, war sein Gesicht nicht ganz so weit über mir wie sonst.
»Aber es ist wichtig, dass du das für mich tust. Nach allem, was passiert ist … Hast du überhaupt verstanden, worum es geht?«
Ich schwieg benommen. Er verzog ein wenig das Gesicht.
»Marina ist seit heute Mittag nicht mehr gesehen worden. Vorhin hat ihre Mutter bei uns angerufen und gefragt, ob sie hier ist, sie war schon ziemlich … aufgewühlt. Und dann … jetzt … ich habe die Einsatzfahrzeuge kommen hören … es herrscht eine Riesenaufregung drüben bei Kaplans.«
»Sie ist …«
»Keiner weiß, was mit ihr ist, Sammy, aber …«
Es gab mir einen Stich. »Du bist ja total verrückt, Sammy!« Das waren die letzten Worte, die Marina mir entgegenge-

schleudert hatte. »Sie kann doch nicht einfach weg sein.« In meinem Kopf drehte sich alles.
»Wahrscheinlich taucht sie noch heute Abend wieder auf, Sammy.«
»Aber wo soll sie denn sein? Marina war sicher noch nie weg, das ist …«
Seine dunklen Augen waren dicht vor mir. »Sammy, sie taucht wieder auf, ganz bestimmt. Aber die Beamten, nach all dem, was war, sie werden natürlich zu uns kommen, wahrscheinlich sind sie schon auf dem Weg.«
Er war gehetzt, jetzt war es deutlich zu spüren. Er hatte keine Zeit mehr.
Bei mir drehte sich alles, aber ich wusste, dass ich mich zusammennehmen musste. »Ja.«
»Sie werden wissen wollen, wo ich gewesen bin.«
Ich nickte.
»Du musst sagen, dass wir zusammen waren heute Nachmittag.«
»Aber das waren wir doch gar nicht.«
»Ich weiß, Sammy.«
»Trotzdem soll ich es sagen.«
»Sie werden nicht lockerlassen. Du bist mein Sohn, deshalb hat deine Aussage sowieso keinen … also vor Gericht … ich bin mir nicht sicher, aber ich glaube, als Sohn kannst du nicht gegen mich aussagen –«
»Wieso denn gegen dich, Papa?«
Er hielt beide Hände vor sich, als würde er einen unsichtbaren Ball damit umgreifen. »Sammy, ich kann dir das alles jetzt nicht erklären. Du musst ihnen nur sagen, dass wir zusammen waren.«
Mir schwindelte. »Aber was haben wir denn gemacht?«

Seine Augen sprangen an mir vorbei zu einem unsichtbaren Punkt in der Ferne.

»Du warst in meinem Arbeitszimmer, du hast … auf dem Boden gelegen, während ich komponiert habe. Okay?« Er sah wieder zu mir.

»Okay.«

»Du warst durcheinander, deine Mutter hat heute das Haus verlassen.«

Ich nickte.

»Du wolltest nicht allein sein, du hast neben mir auf dem Boden gelegen und ein Buch gelesen.«

»Welches Buch denn?«

»Was liest du denn gerade?«

»Warte, ich hol's.«

»Ja, mach das! Bring es zu mir ins Arbeitszimmer. Beeil dich!«

Ich sprang die Treppe wieder nach oben, rannte in mein Zimmer, schnappte mir das Buch, das auf meinem Nachttisch lag, und rannte zurück zur Treppe. *Es stimmt nicht. Ich bin nicht bei ihm gewesen.*

»Sammy?« Ich hörte ihn von unten rufen.

»Ja, Papa, ich komme.«

Ich hetzte die Treppe herunter und mit dem Buch in sein Zimmer.

»Hier, ich hab eine Decke auf dem Boden ausgebreitet, dort hast du dein Buch gelesen, während ich gearbeitet habe.«

Ich legte das Buch mit den Seiten nach unten aufgeschlagen auf den Boden neben die Decke.

»Okay.«

»Okay«, sagte auch ich.

Es stimmt nicht.
»Papa?«
»Ja?«
»Ich hab Angst.«
»Das brauchst du nicht. Marina ... sie werden sie bald finden. Du magst sie, oder?«
»Sie ist nett.«
Es stimmt nicht.
»Papa?«
»Ja?«
»Ich ... ich werde alles durcheinanderbringen.«
Er sah mich aufmerksam an. »Du schaffst das schon.«
»Aber es stimmt einfach nicht, dass ich hier bei dir gewesen bin und gelesen habe.«
Er fuhr sich über die Stirn. »Sammy, ich ... ich bin dein Vater, wenn du selbst einmal Kinder hast, wirst du es verstehen. Ich liebe dich. Du bist mein Sohn. Ich würde alles für dich tun.«
»Ich will ja auch für dich alles tun, aber –«
»Gut, hör zu!«
Er hatte in dem niedrigen Stuhl Platz genommen, der in seinem Arbeitszimmer stand. »Es ist in Ordnung. Du musst nicht ... es hat keinen Sinn. Die Aussage, wie gesagt, sie werden sie sowieso ... vielleicht fragen sie dich nicht einmal. Aber es ist gut. Sag einfach, was war. Du warst oben, hast geschlafen. Alles okay.«
Aber ich wollte ihm doch helfen. Ich hatte schon so viel Unheil angerichtet. Meine Mutter war weg, Linus auch. Ich wusste nicht einmal, wo genau sie gerade waren. Ich hatte bei ihm bleiben wollen, bei meinem Vater.
»Ich will dir helfen, Papa.«

»Ich hätte dich nicht fragen sollen. Es tut mir leid, Sammy. Komm her.«

Ich ging zu ihm.

»Hier.« Er wischte mir mit seinem Taschentuch übers Gesicht. »Du bist ganz verschwitzt.«

»Ich will dir helfen, Papa.«

»Kein Problem, kleiner Mann, mach dir keine Sorgen.«

»So schwer ist es ja nicht.«

Er sah mich an. Stand auf, ohne etwas zu sagen, und ging in die Eingangshalle. Durch die Türöffnung konnte ich sehen, wie er in den dunklen Vorgarten hinausspähte.

»Und? Kommen sie?«

Er schüttelte den Kopf, als er zurückkam. »Noch kann ich sie nicht sehen.«

»Ich habe also hier auf dem Boden gelegen.«

Ich sah, wie er mit der Hand wieder an seine Stirn griff.

»Papa –«

Da hockte er plötzlich vor mir, hatte meine Arme ergriffen, und ich wusste, dass es der Moment war. Der Moment, auf den es ankam.

»Sammy, hör mir gut zu! Ich weiß, du bist noch ein Kind. Aber das ist kein Spiel. Verstehst du das? Also, was machen wir?«

In dem Moment drang das Läuten der Haustürklingel durch die Halle. Ein Ton, der mich durchschnitt wie ein Rasiermesser.

Ich sah, wie seine Augen noch größer wurden.

»*Was machen wir,* Sammy?«, flüsterte er wieder, so angespannt, dass ich das Gefühl hatte, die Luft wäre zu Stein geworden.

Ich zitterte und mir war eiskalt.

»Herr Grossman?« Die Stimme war bis in das Haus hinein zu hören. Gleichzeitig schlug etwas hart gegen unsere Haustür. Sie mussten die Gartenpforte und den Vorgarten bereits durchquert haben.
»Ich war in deinem Arbeitszimmer, Papa!«, flüsterte ich hastig zurück.

38

Hör zu, Junge, das ist keine offizielle Befragung, es ist nur, dass ich mir einen Eindruck verschaffen möchte.«
Der Mann war groß, mindestens einen Kopf größer als mein Vater, breit und schwer. Er hatte eine Glatze und trug eine hässliche Windjacke, Turnschuhe und Jeans.
Ich sah ihn mit einem Toben im Herzen an. »Wo ist Herr Kaplan, mit dem ich das letzte Mal gesprochen habe?«
»Er ist mit seiner Familie an einen sicheren Ort gebracht worden. Vielleicht kannst du dir vorstellen, wie aufgeregt Marinas Eltern sind.«
Ich mochte den Mann nicht. Sie waren zu zweit gekommen. Er hatte mich beiseitegenommen und war mit mir in die Küche gegangen. Hatte mir gegenüber am Küchentisch Platz genommen.
»Dein Vater war einverstanden, dass wir beide, du und ich, unter vier Augen sprechen, Sammy. Und für mich ist das wichtig. Für mich und für Marina auch.«

Ich blickte auf meine Hände. *Marina.*

»Herr Kaplan vertraut dir, Sammy. Er meint, du hättest nicht gezögert, dich bemerkbar zu machen, als dir Dinge merkwürdig vorkamen.«

»Weil ich das Taxi angehalten habe?«

Er nickte. »Ich will mir, wie gesagt, nur einen Eindruck verschaffen, Sammy. Und uns läuft die Zeit davon. Marina ... du kennst sie doch, oder?«

»Ja.«

»Bei der Polizei wissen wir, dass gerade die ersten Stunden besonders wichtig sind. Deshalb muss ich mit dir sprechen.«

Ich war hinten im Arbeitszimmer meines Vaters und habe gelesen.

Ich rührte mich nicht.

»Du hast deinen Papa sehr lieb, nicht wahr, Sammy?«

»Ja.«

»Aber du hast ein Mädchen bei euch im Keller gesehen.«

»Ich ... ich bin mir nicht sicher.« Jetzt schaute ich doch auf. »Ich rede viel mit Gabriella darüber ... der Frau vom Jugendamt, also die das Jugendamt zu uns geschickt hat. Sie meint, dass ich mir das eingebildet haben könnte. Und ich nehme inzwischen ein Medikament. Manchmal ist mir ein wenig schwindlig davon.« *Und manchmal macht es, dass ich ein bisschen zucken muss.* »Aber das ist normal, sagt Gabriella.«

Seine Augen waren eisgrau. Und seine Hände kamen mir groß vor wie Schaufeln. Er saß ganz ruhig vor mir, mit der Ruhe einer Katze, die kurz davor ist, sich mit einem Satz auf den Vogel zu stürzen.

»Hör zu, Sammy«, sagte er noch einmal, »ich will mit dir

heute nicht über das Mädchen sprechen, ich will mit dir über deinen Vater sprechen.«
Ich bewegte mich nicht.
»Deine Mutter ist fortgefahren?«
»Ja.«
»Du aber wolltest hier bei deinem Vater bleiben?«
»Ja.«
»Wieso?«
Mein Blick ging nach oben. »Ich will Papa nicht allein lassen.«
»Hast du keine Angst vor ihm? Als du das Taxi angehalten hast … die Leute haben gesagt, du warst ganz außer dir.«
Ich sah ihn an, wusste nicht, was ich darauf antworten sollte. Hatte ich Angst vor meinem Vater? Manchmal … aber … wie sollte ich das erklären? Und außerdem würde er es doch sowieso falsch verstehen.
»Warst du denn heute den ganzen Tag über hier?«
»Ja.«
»Wo?«
»Hier.«
»Hier im Haus?«
Ich nickte.
»Den ganzen Tag?«
»Nein … erst im Garten, später im Haus.« Das stimmte doch.
»Und heute Nachmittag, wo warst du da?«
In meinem Zimmer schlafen. Ich war so müde, es war so stickig, der Streit. Ich hatte mit Marina gestritten … Ich fühlte, wie mein T-Shirt an meinem Rücken festklebte.
»Sammy?«
»Ja?«

»Heute Nachmittag, wo warst du da?«
»Im Haus.«
»Und wo war dein Vater?«
»Auch im Haus, auch im Arbeitszimmer, in seinem Arbeitszimmer.«
Er sah mich aufmerksam an. *»Auch?«*
»Ja.«
»Auch was?«
»Er war auch im Haus, auch im Arbeitszimmer. Wir waren beide in seinem Arbeitszimmer.«
»Tatsächlich.«
»Mhm.«
Lange schauten seine eisgrauen Augen mich an.
Nein. Nein, es stimmt nicht. Ich bin nicht dort gewesen. Konnte ich, durfte ich, sollte ich es nicht endlich herausschreien, ihm ins Gesicht schleudern, damit dieser fürchterliche Druck auf der Brust ein wenig nachließ?
»Wie lange warst du denn im Arbeitszimmer deines Vaters?«
»Ähm … ich hab nicht auf die Uhr gesehen.«
»Und was hast du da gemacht?«
Ich sprang auf.
»Hey!«, rief er mir nach, aber ich blieb nicht stehen, rannte über die Diele in das Arbeitszimmer und holte das Buch, das ich vorhin dort hingelegt hatte.
»Ich habe gelesen. Das hier!« Mit dem Buch in der Hand kam ich zurück in die Küche.
Er nahm es und blätterte darin. Aber er las nicht in den Seiten, ich wusste, dass er nur darauf schaute.
»Machst du das öfter? Bei deinem Vater im Zimmer liegen und lesen?«

»Mhm.« *Nein. Nie.*
»War er denn die ganze Zeit über, während du da gelesen hast, auch in seinem Arbeitszimmer?«
»Ja.«
»Stört ihn das nicht, wenn du da bist?«
Ich zuckte mit den Schultern.
Er stand auf, so abrupt, dass ich wusste, er glaubte mir nicht. Aber was sollte er machen? Ohne noch etwas zu sagen, verließ er das Zimmer. Das Buch, das ich ihm gezeigt hatte, hatte er auf dem Küchentisch liegen gelassen.
Ich sank auf den Stuhl, der davorstand, und versuchte, mir einzureden, wie stolz ich war, dass ich mich so gut geschlagen hatte. Und fühlte mich doch beklommen. Es war falsch, was ich getan hatte. Aber es wäre auch falsch gewesen, nicht zu meinem Vater zu halten. Denn ich liebte ihn, und es ist richtig, dass man zu denen hält, die man liebt. Oder?

39

Ich weiß nicht mehr, was mich mitten in der Nacht aufgeweckt hat. Ich weiß nur noch, wie ich am Fenster meines Zimmers stand und nach draußen sah. Auf die Rasenfläche, die sich bis zur hinteren Hecke zog. Der Mond schien, das Licht war weiß und kalt, die Pappeln warfen Schatten auf den Rasen. Alles war in einen Schimmer getaucht, als hätte jemand eine riesige Kühlschranktür geöffnet. Die Teile des Gartens aber, die im Schatten lagen, waren schwarz.

Ich weiß noch, wie ich hinunterschaute, in die reglos daliegenden Pflanzen. Die Hitze schien noch einmal zugenommen zu haben, in der Ferne konnte ich bereits Lichtflackern sehen, aber noch war das Gewitter nicht über uns.
Es war wie ein großes, mannshohes Insekt. Ein schwarzer Schatten, ein wenig glänzend. Feucht glänzend. Wie eine Speichelschicht. Eine Art Schutzfett. Ein Insekt mit Fühlern. Ein Insekt, das sich abrupt und ruckartig bewegte. Eine Kopfbewegung nach links, ein Bein, das nach rechts tastete. Ein Insekt, das aus dem Schatten herauskam.
Eine Gestalt. Ganz in Schwarz. Der Kopf der Gestalt aber wirkte wie der Kopf einer Fliege. Eine Apparatur saß auf diesem Kopf, und sie bewirkte, dass die Bewegungen der Gestalt abgehackt und ruckartig waren.
Die Gestalt dort unten auf dem Rasen war vollkommen lautlos. So lautlos wie der fahle Schein des Mondes. Und doch musste mich etwas aufgeweckt haben. Ich erinnere mich nicht, aus welchem Traum ich gerissen worden war. Aber ich war wach. Und ich sah die Kreatur dort im Schatten am Rasenrand stehen. Dann eine zweite Kreatur an der Hecke entlangkommen. Gebückt, geduckt. Die zweite Gestalt drehte sich um, und ich sah, wie sie ein Zeichen gab. Zwei weitere kamen. Schwarz, glänzend, mit Köpfen wie überdimensionale Insekten.
Vier.
Ich rannte. Über Dielen und Teppiche. Auf nackten Sohlen. Und hörte, wie ich leise Geräusche von mir gab. Laute der Angst, die sich wie ein Stahlband um meine Brust gelegt hatte.
Das ganze Stockwerk, in dem sich unsere Schlafzimmer befanden, war dunkel. Linus' Zimmer war leer. Ich stand in

der Tür zum Schlafzimmer meiner Eltern. Das große Ehebett war ebenfalls unberührt.
Wo war mein Vater?
Mein Herz flatterte in meinem Hals. Ich sprang zur Treppe, hörte meine nackten Füße die Stufen herunterflitzen. Aber im Wohnzimmer war er auch nicht. Sein Arbeitszimmer – dunkel.
Ich bin allein. Er hat mich allein gelassen. Sie kommen mich holen. Sie strecken ihre Fühler nach mir aus, speicheln mich ein und stechen mich mit ihren Stacheln, dass ich gelähmt bin und langsam ersticke.
Das Blut raste durch meine Adern, dass es mir vorkam, als müsste mein Schädel zerspringen. Ich hatte meinem Vater erzählt, was ich dem Mann von der Polizei gesagt hatte. Er hatte mir nur über den Kopf gestrichen, als er mich ins Bett gebracht hatte.
Danach ist er aus dem Haus gegangen. Vielleicht hat er die Haustür offen gelassen. Aber ich traute mich nicht, nach der Haustür zu sehen. *Sie sind dort draußen. Sie warten nur darauf, dass ich ihnen öffne.*
Ich stand in der Halle und drehte mich um mich selbst.
»Mama.« Ich hätte mit Mama fahren müssen.
Allein. Er hat mich allein gelassen.
»Ihr könnt … ihr dürft mich nicht allein lassen.« Die Worte huschten wie kleine verletzte Tierchen über meine Lippen. Meine Fußsohlen wischten über den Steinboden, mein Herz setzte aus. Und plötzlich hing ich, schlang meine Arme um seinen Hals und vergrub mein Gesicht an seiner Schulter.
Wie aus dem Nichts war mein Vater hinter mir aufgetaucht, hatte etwas fallen gelassen und mir für einen Moment den

Mund zugehalten, um den Schrei, der mir entfahren war, zu ersticken.
»Sie sind draußen, Sammy.«
Ich weiß.
»Und sie sind gefährlich.«
Ich spürte, wie ich am ganzen Körper zitterte.
»Ganz ruhig, Sammy.«
»Wer ist das, Papa?«
»Auf ihren Uniformen steht Polizei. Aber ich traue ihnen nicht.«
Polizei … Ich hatte weiße Buchstaben auf ihren Anzügen gesehen, aber im Dunkeln nicht entziffern können.
»Wir können ihnen nicht trauen?«
Nein. Schwarz ragte sein Kopf in der Halle über mir auf.
»Wo warst du, Papa? Ich hab dich gesucht –«
»Ich habe durch das Fenster gesehen, wie sie gekommen sind, ich hatte in meinem Arbeitszimmer das Licht gelöscht … ich habe dich gesucht, aber du warst nicht in deinem Bett.«
Er stellte mich zurück auf den Boden, hockte sich vor mich. Erst jetzt sah ich, was es war, das er fallen gelassen hatte, bevor er mir den Mund zugehalten hatte. Es war eine Axt, mit einem Stiel, der fast so lang war wie meine Beine, und einer Klinge so groß wie mein Kopf.
»Warum können wir ihnen nicht trauen, Papa, es sind doch Polizisten?«
»Weil wir Kaplan nicht trauen können, Sam.«
Ich sah ihm ins Gesicht.
»Es ist meine Schuld, Sammy –«, er presste die Finger beider Hände an seine Schläfen, »es ist meine Schuld, ich hätte auf dich hören sollen, aber ich habe es … erst zu spät be-

griffen. Du hattest recht, das Mädchen im Keller, das du gesehen hast –«

»DADDY, NOOOOO!«, sie hatte »DADDY, NOOOOO!« geschrien.

»Sie war wirklich da unten, nur … es war Kaplan, der sie dort eingesperrt hat. Natürlich habe ich es nicht für möglich gehalten. Bis ich begriffen habe, dass du recht hattest. Es war ein Mädchen dort unten, genau wie du gesagt hast.«

Es durchlief mich. Ein Kribbeln in allen Gliedern, ein Kribbeln, dass ich fürchtete, ohnmächtig zu werden.

»Kaplan arbeitet bei der Staatsanwaltschaft … es gibt immer wieder Fälle von Menschenhandel, die vor Gericht gebracht werden. Er … er muss in Kontakt mit solchen Leuten gekommen sein.« Mein Vater sah kurz zu der Treppe, die hinter uns in die oberen Stockwerke führte, und dann hastig wieder zurück zu mir. »Ich habe mir heute Mittag alles angesehen. Der Schacht in der Hütte, die Bowlinghalle, ich hab sogar ein paar Kugeln geworfen. Und ich habe herausgefunden, wohin die Tunnel führen. Der eine endet an einem unbebauten Grundstück.«

Der Gullydeckel. Dort war ich mit Marina ja auch schon gewesen.

»Über dieses Grundstück hat er sie wahrscheinlich fortgeschafft«, hörte ich meinen Vater wispern. »Dabei muss auch der Teddy heruntergefallen sein, der Teddy, den ich neulich in dem Gang gefunden habe.«

Der Teddy. Ich hatte meine Hände vor meiner Brust ineinandergepresst. Kaplan. Marinas Vater. Ich hatte recht gehabt.

»Ich kann mir nur vorstellen, wie es abgelaufen sein muss.

Er hat Kontakt zu Leuten bekommen, die diese Mädchen ins Land bringen. Und er hat sie in dem Keller dort unten eingesperrt. Lange, bevor wir hier eingezogen sind. Als die Villa leerstand. Nur er selbst weiß, wie lange sie in dem Loch dort gelebt hat. Und über das Baugrundstück hatte er Zugang zu dem Raum, ohne dass wir davon etwas mitbekommen haben.«
Ich hatte es Marina gesagt. Sie hatte es sogar zugegeben, dass ihr Vater sich dort unten herumtrieb. Wegen Devil –
»Aber sie hat ›Daddy, No!‹ geschrien –«
»Sie wusste nicht, wer du bist, Sam, sie hielt dich für Kaplans Sohn.« Er strich mir meine Haare aus der Stirn. »Marina, Kaplans Tochter –«
»Ich war es, *ich* habe ihr gesagt, dass ihr Vater damit zu tun hat«, wisperte ich. Hieß das, dass Marina meinetwegen …?
»Das … ich wollte das nicht, Papa!«
»Pschschscht.«
Wir verharrten regungslos. Aber es war nichts zu hören.
»Kaplan sitzt am längeren Hebel«, flüsterte mein Vater wieder. »Er versucht alles, um den letzten Zeugen mundtot zu machen. Und er hat die Polizei in der Hand. Deshalb haben sie bisher nichts gefunden. Nur Marina … sie wusste durch dich Bescheid, jetzt hat er sie offenbar auch beseitigt. Aber ich werde nicht zulassen, dass er dir etwas antut.«
Instinktiv sahen wir beide zu dem Fenster, durch das die Mauer zu Kaplans Grundstück zu sehen war. Bleich und schwarz war ein Stück des quadratischen Hauses dahinter zu erkennen.
»Er hat dafür gesorgt, dass seine Familie ihr Haus verlässt, damit seine Männer hier freie Bahn haben«, flüsterte mein Vater. »Wahrscheinlich will er die ganze Sache mir anhän-

gen. Nachdem ich ja schon zweimal der Polizei deswegen aufgefallen bin. Wir müssen uns wehren, Sam, bevor es zu spät ist.«

Er befreite seine Hand aus dem Griff, mit dem ich sie festhielt, und umschloss den Stiel der Axt, die neben ihm auf dem Boden lag.

Ich griff an meinen Kopf. »Was ist das auf ihren Köpfen?«

»Nachtsichtgeräte.«

Ich schluckte.

»Sie können uns im Dunkeln sehen.«

Sie können uns im Dunkeln sehen.

»Und Mama hat das Auto genommen, so dass wir hier nicht wegkommen.«

»Wir müssen die Polizei rufen«, hauchte ich, »die richtige, die nicht auf Kaplan hört.«

Es war das feine Knirschen von Glas. Leise nur, und doch wussten wir beide, dass es da war. Dass das Geräusch stattfand. Und zwar aus nur einem Grund. Sie kamen uns näher.

Herein.

Sie kamen ins Haus.

40

»In den Schrank, Sammy! Der ist so klein, sie werden dich darin nicht vermuten«, zischte mein Vater. Wir waren die Treppe hochgeschlichen. Er meinte den Schrank im Badezimmer, der unter dem Waschbecken angebracht war.
Ich rollte mich zusammen und zwängte mich in das Schränkchen. Vorsichtig drückte er die beiden Türen vor mir zu. Sie schlossen nicht ganz, aber fast. Durch einen winzigen Spalt fiel ein Strich Helligkeit in den ansonsten pechschwarzen Schrankraum.
Ich hörte die Stimme meines Vaters wispern. »Rühr dich nicht.«
In dem Schrank war kaum genug Platz, um Atem zu holen. Mein Kopf war eingeklemmt, ein Bein begann, rasch taub zu werden.
Jetzt muss er den Notruf wählen. Vom Anschluss in Linus' Zimmer aus.
Aber ich hörte ihn nicht telefonieren. War er so leise, dass er bis in den Schrank hinein nicht zu hören war?
Stattdessen vernahm ich etwas anderes.
Schritte.
Schritte, die die Treppe hochkamen. Ich legte mein Auge an den Spalt. Im bleichen Schein der Nacht konnte ich die Kacheln des Badezimmers erkennen, den Toilettensitz und daneben die Dusche.
Die Schritte hielten vor der Badezimmertür inne. Ich wagte es nicht, Luft zu holen. Kurz darauf verdeckte ein Schatten meinen Sehschlitz. Jemand hatte das Bad betreten. Langsam glitt die Gestalt auf die Dusche zu, ich sah, wie eine

Hand den Duschvorhang öffnete. Den Kopf der Gestalt konnte ich nicht erkennen, nur die Beine und einen Teil des Rückens.

Er wird mich finden.

Während die Gedanken durch meinen Kopf rasten, sah ich, dass sich die Gestalt vor meinem Schrank umdrehte. Ich blinzelte, der Schatten beugte sich langsam herunter. Es war die Mündung einer Schusswaffe, die ich Stück für Stück durch den Spalt in dem winzigen Schrankraum auftauchen sah. Eine Mündung, über der plötzlich ein stechendes Licht aufflammte und mir genau in die Augen brannte.

In den Mund! Er drückt ab, und die Kugel rast mir in den Mund, in den Schlund, in den Hals, in die Brust.

Es war, als würden die Worte in meinem Schädel detonieren.

»Nicht! Ich hab nichts gesehen!« Ich fühlte, wie sich meine Nackenmuskeln anspannten und mein ganzer Körper zu einer Sprungfeder wurde. Dann brach ich durch die Schranktür. Der Mann vor mir prallte zurück, aber seine behandschuhten Hände schlossen sich wie Zangen um seine Waffe.

Gleichzeitig platzte ein heiserer Schrei zwischen die engen Kacheln des Bades, ein Schrei, den weder ich noch der Mann ausgestoßen hatte. Ein Schrei, der von der Tür des Badezimmers aus kam. Die schwarze Gestalt vor mir riss die Waffe hoch – und im gleichen Moment saugte ein nervenzerfetzender Knall die letzte noch verbliebene Luft aus dem Kachelraum. Meine Sicht zersplitterte, in meinen Ohren schrillte ein unerträgliches Pfeifen. Halb noch in dem Schrank hängend, halb schon auf den Kacheln des kleinen

Bads liegend, sah ich, wie die schwarze Gestalt den Kopf zurückriss und ihr das Nachtsichtgerät vom Gesicht flog. Ein Wischen, ein Schnaufen, ein *Wumms*. Satt, dumpf, stumpf.

Die Schneide der Axt war dem Mann direkt ins Gesicht geschlagen. Zwischen die Augen. In die Nase. Das Blut pumpte mit kräftigen Stößen ringsum an die Kacheln. Ich fühlte, wie eine Eisschicht meinen Körper bedeckte, sah die Gestalt zwischen den schwarz gesprenkelten Kacheln stehen, das Gesicht plötzlich wie nach innen gekehrt, und schräg und weit daraus hervorstehend der glatte Schaft der Axt. Mein Vater musste ihm den Stahl mit aller Kraft in den Kopf getrieben haben.

Es war kein Schrei zu hören, kein Hilferuf, kein Warnlaut. Nur das Spritzen des Bluts.

Und dann der gedämpfte Laut, mit dem der schwere Körper des Mannes zwischen Dusche und Toilettensitz zusammensackte.

Im nächsten Augenblick riss mich mein Vater herum. Mein Blick flog über die Masse, die auf den Kacheln am Boden lag. Der Kopf des Mannes war mit dem Gesicht nach oben gedreht, der Stiel ragte hoch, die Schneide steckte im Schädelknochen fest. Und um mich herum nichts als Hämmern. Das Hämmern meines Herzens, das Hämmern meines Luftschnappens. Das Hämmern der Stiefel, die die Treppe hochstürmten.

41

Weiter die Stufen hoch.
Ich konnte nur noch abgehackt keuchen, während wir die Treppe zum Dachboden raufrannten. Mein Vater war hinter mir. Ich schlüpfte durch die Luke, an der die Treppe endete, fuhr herum und sah, dass er eine Spur auf den Stufen hinterließ.
Merkwürdig schwerfällig schob er sich an mir vorbei durch die Luke, hielt sich kurz an meiner Schulter fest, und ich spürte, dass sein Griff blutverschmiert war. Im nächsten Moment schlug ich die Dachluke zu. Es war jetzt sowieso nur noch eine Frage von Sekunden, bis die Männer wussten, wo wir waren.
»Nagel die Luke zu, Junge! Hier!« Er riss einen alten Werkzeugkasten aus dem Regal bei der Luke, dass die Schraubenzieher, Feilen und alten Nägel laut scheppernd auf den Holzboden knallten. Ich sah, dass er sich die Hand gleich wieder in die Seite presste.
Der Knall! Der Schuss im Bad! Er ist getroffen!
Fluchend wuchtete mein Vater zwei Bretter aus dem Regal heraus und über die Luke, während ich mit fliegenden Händen den ersten Nagel bereits einschlug. Da hörte ich schon, wie einer der Männer von unten heftig gegen die Bohlen hieb. Aber unser Verfolger hatte einen schlechten Stand auf der Treppe, musste über sich nach oben schlagen. Ich trieb die nächsten zwei Nägel in die dicken Bretter, der alte Hammer aus dem Werkzeugkasten schien aus den Stahlstiften regelrecht Funken zu schlagen. Mein Vater war auf die Matratze getaumelt, die ich in meinem Dachbodenversteck

ausgebreitet hatte, und sah mir mit glühenden Augen bei der Arbeit zu. Plötzlich hielt er sich einen Finger an die Lippen. Ich erstarrte. Und dann wusste auch ich es.
Das Wummern von unten hatte aufgehört. Der Mann schien für einen Moment von uns abgelassen zu haben.
Ich huschte zu der Matratze und sah meinem Vater in das verschwitzte Gesicht. »Tut es weh?«
Er holte Luft, atmete aus. »Ein bisschen.«
Ich konnte die schwarzen Blasen sehen, das Blut, das aus ihm herausfloss und sein Hemd durchtränkte.
»Er ist weg. Ich höre nichts mehr. Sie haben den Mann im Bad gefunden und müssen bestimmt erst mal beraten!«
Ich sah zu dem zusammengesunkenen Schatten auf der Matratze.
»Ja, Sammy, vielleicht hast du recht.« Es war etwas in seiner Stimme, das mich durchzog wie ein kalter Hauch.
»Papa?«
Ich stützte meine Hände auf beiden Seiten neben ihm ab. Rechts und links seines Körpers breitete sich ein dunkler Fleck auf dem Stoff der Matratze aus.
Mein Vater hielt die Augen geschlossen, auf seiner Oberlippe glänzten Schweißperlen.
»Ich muss jemanden holen! Du verblutest!«
Das Haar klebte ihm in der Stirn. »Bist ein lieber Junge, Sammy«, flüsterte er, und seine Lippen waren trocken und porös.
»Papa, nicht!«
Er stirbt! Es war, als würde der Nebel verfliegen und ich die Wahrheit plötzlich kalt und klar vor mir sehen.
»Papa. PAPA!« Ich hatte seine Hand, und sie klebte an meiner fest. »Ich hole einen Krankenwagen, sie …«

Ich muss die Balken wegreißen. Sollen sie uns doch kriegen, ich kann Papa hier nicht verbluten lassen.

Ich lag mit dem Kopf auf seiner Brust, und die Tränen stürzten aus mir hervor. Meine Hände klebten, als hätte ich sie in Sirup getaucht. Und sie stanken, nach Eisen, nach Blut.

Ich musste würgen, dass es mir bitter in die Nase schoss, aber ich durfte mich jetzt nicht übergeben. »Papa, es ist nur ein Alptraum, stimmt's? Wie mit dem Jungen, den der Hund zerfleischt hat. Es ist bloß ein Traum«, ich bekam keine Luft und sprach doch einfach weiter, »ich schwöre, ich nehme auch immer meine Pillen jetzt, ich hab es nur ein oder zwei Mal vergessen, es ist ein Alptraum, denn du bist nicht verletzt, du –«

»Es geht schon, Sammy«, er hatte eine Hand auf meine Schulter gelegt, »es ist nicht so schlimm, ich … ich schlaf jetzt ein bisschen, und dann geht's mir besser.«

»Nein!« Ich wusste mir nicht anders zu helfen, stützte mich hoch, drückte meine Daumen vorsichtig auf seine Lider. Schob sie auf. Sie klebten fast an den Augäpfeln. Aber dann sah ich ihn doch verschwommen, glasig darunter hervorkommen. Seinen Blick. Und er schien sich zu klären, mich für einen Moment wahrzunehmen.

»Nicht schlafen, Papa, du musst mir doch sagen, was ich tun soll, was ich machen soll, es … wir dürfen jetzt nichts falsch machen –«

»Ich habe alles falsch gemacht, Sammy, alles.«

»Nein, nein, nein, Papa, du hast nichts falsch gemacht, ich liebe dich doch, und deine Musik, ich liebe auch deine Musik, sie ist so schön –«

»So schön wie der Tod.«

»Nein, Papa, nicht wie der Tod, nicht vom Tod sprechen –«
»Er ist doch hier, hier bei uns, spürst du ihn nicht?«
»Nein, Papa, nein, ich spüre ihn nicht.«
Er schwieg.
Alles falsch gemacht.
»Warum falsch gemacht, Papa, du hast nichts falsch gemacht.«
»Doch.«
»Aber wieso denn?« Ich verstand nicht. »Warum sagst du das denn?«
»Weil ich dich«, ich sah, wie er seinen Blick auf mich scharf stellen wollte, wie seine Pupillen immer wieder wegrutschten, unter die Lider glitten und er doch versuchte, mich im Auge zu behalten, sich auf mich zu fokussieren, »weil ich dich zum Weinen gebracht habe, Sammy, absichtlich. Als du noch kleiner warst … Hast du schon mal ein Kind weinen gehört?«
Natürlich hatte ich schon Kinder weinen gehört.
»Es ist ein Laut, ein Geräusch, der einem durch und durch geht. Keine Musik, keine Komposition kann einen tiefer treffen, stärker verunsichern als so ein Laut. Ich habe es für meine Musik gebraucht, Sammy, dein Weinen, deine Verzweiflung, ich habe dich zum Weinen gebracht, um diese Töne in meiner Musik nachzuahmen.«
Aber … aber … aber …
»Deine Rippe, einmal habe ich dich so sehr gequält, dass ich dir eine Rippe gebrochen habe.«
Meine Rippe, die Splitter der Knochen. Jetzt fühlte ich wieder, wie sie in mein Fleisch stachen.
»Ich habe gesagt, dass es nicht absichtlich war, dass ich wütend war, weil du meine Sachen durcheinandergebracht

hast, Sammy. Deine Mutter hat mir geglaubt. Aber es stimmte nicht. Ich habe dir die Rippe absichtlich gebrochen, ich wollte hören, wie du schreist. Ich wollte diese Laute hören, denn ich kam mit meiner Musik nicht weiter und hoffte, dein Schreien würde mir die Richtung weisen. Es war nicht das erste Mal, dass ich dich absichtlich zum Weinen gebracht habe. Es klingt wie … wie das Leben, wenn du weinst«, flüsterte er. »Das war es, was ich für meine Musik brauchte, diese Töne. Dieses Weinen. Dann hörte ich dich atmen und schlucken und schluchzen, und deine Hände wischten dabei übers Gesicht. Du hast gezittert, und dir lief die Nase. Es ist ein Klang, der aus tausend Teilen besteht, Sammy, es ist die Welt, das Leben, das weint. Das war es, das ist es, was du hörst, wenn du meine Musik hörst.«

Ich umklammerte ihn und fühlte, wie sein schwerer Atem seinen Brustkorb hob und senkte.

UND YOKI?

Das war es, was mir im Kopf brannte wie ein lichterlohes Feuer. *Und Yoki? War es wirklich Kaplan? Oder doch du, Papa? Hast du auch sie für deine Musik gebraucht, hast du auch sie dort unten gequält, um die Töne zu finden, die du brauchst?*

Im gleichen Moment erhellte ein Schlaglicht den Dachboden und tauchte die schwarze Silhouette meines Vaters für einen Sekundenbruchteil in kaltes gleißendes Licht. Dann zerriss ein gewaltiger Donner die Stille, und fast gleichzeitig kam schwerer dichter Regen herunter und prasselte aufs Dach über uns, trommelte auf die Scheibe des schrägen Dachfensters, das sich gegenüber von der Matratze befand. Das Gewitter, das seit Stunden die Luft zum Stillstand ge-

bracht und über uns gehangen hatte, hatte endlich begonnen.
Ich drehte den Kopf und sah die Tropfen in kleinen Bächen über das Glas laufen, fühlte, dass die Luft von einem Moment zum nächsten um mehrere Grad kälter geworden war. Auch unter mir, der Rumpf meines Vaters, der eben noch heiß vom Fieber durchzogen geglüht hatte, war kühler geworden, steifer. Der klebrige Saft, der überall entlanggelaufen war, zäher.
Da fuhr der nächste Schlag durch den Dachboden, eine Erschütterung, die mich durchpeitschte, als hätte ich tief und kraftvoll mit nassen Händen in eine Steckdose gegriffen. Aber diesmal war es kein Donnerschlag, diesmal war es ein Hieb mit einem Werkzeug. Einem Keil. Einem Vorschlaghammer. Einem Spaten oder einer Hacke. Ein Hieb, mit dem die Männer unter der Bodenluke zurück waren.
Mit einem Ruck saß ich aufrecht. Das Gesicht meines Vaters war eingefallen, und unter der schwarzroten Schicht, die es verklebte, konnte ich ihn kaum wiedererkennen.
Das Krachen, mit dem die zwei Bretter zerbarsten, die ich über die Luke genagelt hatte, wirkte wie das Splittern von Knochen auf mich. Mein Kopf schraubte sich herum, ich sah den Schaft eines Rammbocks aus der Luke nach oben ragen und starrte in das Gesicht eines Mannes, der sich durch die Bodentür emporschob.
Im nächsten Moment hatte ich den Hammer in der Hand, mit dem ich die Nägel in das Holz getrieben hatte, und schleuderte ihn in die Richtung des Kopfes. Er tauchte weg, und das Eisen des Hammers prallte hart gegen den Kamin, der hinter der Bodenöffnung aufragte.
Dann stand ich, mein Blick raste durch den düsteren

Dachstuhl. Der Körper meines Vaters war fast nicht zu unterscheiden von der schwarzen Lache, in der er lag. Schräg dahinter erkannte ich das winzige Fenster in der Neigung des Gebälks.
Ohne nachzudenken, riss ich das Regal um, das zwischen Matratze und Bodenluke aufragte. Krachend polterten die Bücher, die sich darin befanden, auf den Boden. Ich sprang auf das Holz, reckte die Hände nach oben, bekam den Blechdorn des Dachfensters zu fassen und stieß ihn nach oben. Hastig warf ich einen Blick nach hinten.
Der Mann hatte sein Knie bereits oben, drückte sich gerade mit beiden Armen empor. Hinter ihm schob sich ein weiterer Körper durch die Luke.
Ich holte Luft, katapultierte mich mit den Füßen nach oben und zog mich in das Fenster. Tief drückte das Blech in meine Schulter, ich bekam mit dem hinteren Fuß einen Vorsprung zu fassen und trat mich nach vorn. Es klirrte. Das Glas des Fensters sprang, und die Splitter schnitten wie Dornen in meine Haut.
Der Regen rauschte herunter, dass meine Schultern binnen Sekunden völlig durchnässt waren. Es war kalt, und ein mächtiger Blitz färbte den Garten weiß. Der Donner schlug so heftig ein, dass ich Funken sehen konnte, die in einem Nachbargarten aus einer Leitung sprühten.
Dann war es wieder dunkel, aber der Himmel nicht mehr ganz schwarz, sondern im Osten bereits durchzogen von einem tiefblauen Schimmer. Direkt unter mir fiel das Dach beängstigend steil nach unten ab. Ich konnte die spiegelnden schwarzen Felder von Teich und Pool erkennen.
Meine Hüften rutschten durch das Dachfenster, für einen Augenblick glaubte ich, das Gleichgewicht zu verlieren

und zu stürzen, dann aber hatte ich mich herumgeworfen, klammerte mich außen am Fensterrahmen fest und lag flach auf den Ziegeln.

Durch das Fenster konnte ich den Dachboden sehen. Der erste Mann stürzte in meine Richtung. Im nächsten Moment hatte ich sein Gesicht direkt vor mir, genau in der Fensteröffnung. Ich bäumte mich auf, zog den Kopf zurück. Seine Hand griff durch das Fenster und schnappte nach mir.

Ich hörte ihn etwas rufen, verstand jedoch nicht, was er sagte. Seine Schultern aber, das konnte ich mit einem Blick sehen, waren zu breit. Er konnte das Fenster nicht durchklettern. Mit aller Kraft drückte ich den schräg nach oben stehenden Rahmen mit der geborstenen Scheibe herunter und sah, wie die Splitter, die noch im Rahmen steckten, an seinem Ohr vorbei in seine Wange schnitten. Das Blut quoll hervor und rann schwarz bis an sein Kinn, zog Fäden und tropfte hinab. Dann hatte er den Rahmen mit einem gewaltigen Hieb zurückgestoßen, das Blech knallte mir unter das Kinn, und ich fühlte, wie mein Körper nach hinten flog.

42

Ich stolperte über das Dach, hielt mich mit den Händen an den Ziegeln fest, rutschte, fing mich und sah überall, wohin ich schaute, doch nur die Höhe des Dachs, auf dem ich mich befand. Die Ziegel lösten sich unter meinen Füßen, fielen, segelten und zerschellten auf dem Steinboden, der auf dieser Seite des Gartens bis an das Haus gelegt war.

»Hilfe!« Es klang kläglich wie das Zwitschern eines Vögelchens. »Hilfe, mein … mein Papa verblutet!«

Schwarz und schweigend stand das Haus der Kaplans jenseits der Mauer. Rechts und links von unserem Grundstück lagen die leblosen Villen der Nachbarn, deren Bewohner bereits seit Beginn der Sommerferien verreist waren.

»HILFE!«

Da sah ich sie beide vor mir. Yoki, das schwarzhaarige Mädchen – und Marina, in dem Sommerkleid, das sie gestern getragen hatte. Zugleich legte sich die Musik, die ich von meinem Vater kannte, darüber, und die tiefschürfende, aufreibende Unheimlichkeit, die mich an seinen Tönen bis in die Knochen hinein immer verunsichert hatte, fand in den verschreckten Gesichtern der beiden Mädchen ihre Entsprechung.

»DADDY, NOOOOO!«

Ich schwankte, spürte, wie ich fiel, schwebte für einen Moment in der Luft, und es war kein Halten mehr. Das Dach, die Straße, der Himmel, an dem sich das Morgenlicht ganz langsam Bahn brach. Ich stürzte.

Als ich wieder zu mir kam, war ich bis auf die Knochen

durchnässt, und die Kälte saß in mir wie ein Eisblock. Der Himmel war noch immer fast schwarz.

Ich konnte nur für Sekunden bewusstlos gewesen sein. Mein linker Arm brannte und war steif. Ich blickte darauf und sah, dass er vollkommen aufgeschürft war. Die Äste des großen Flieders, der an der Hausecke wuchs, hatten meinen Sturz abgebremst. Statt auf die Steine war ich auf den weichen Boden gefallen, der sich rings um die Fliederbüsche ausbreitete.

Die Männer!

Ich sah das Blut am Kinn des Mannes, der nach mir gegriffen hatte, in einem langen Faden heruntertropfen, und riss mich hoch.

Im gleichen Moment hörte ich es knacken. Die Haustür schlug auf. Ich taumelte, drückte mich in den Schatten des Flieders, sah über die Schulter zurück. Eine schwarze Gestalt stand in der Öffnung der Haustür und horchte in den Garten.

POLIZEI. Jetzt konnte ich den Schriftzug auf der Schutzweste deutlich lesen. Ein Lichtstrahl irrte an mir vorbei, verfing sich in den Tropfen.

Eine Lampe, er hat eine Taschenlampe dabei.

Zur Straße konnte ich nicht, er würde mich sehen. Über den Zaun zu den Nachbarn? Es gab Stacheldraht dort, und ich würde mich darin verfangen. Die Mauer zu Kaplans? Ich brauchte die Leiter, aber sie zu holen, würde zu lange dauern. Eine andere Idee blitzte in mir auf, und ich humpelte los, bevor ich mich dagegen entscheiden konnte. Meine nackten Füße rutschten über das durchtränkte Gras, der Regen rauschte hinab, mein linker Arm schlenkerte wie leblos an meiner Seite. Dann hatte ich die Hütte vor mir,

zugleich landete der Lichtfleck der Taschenlampe auf dem schmutzigen Fenster. Er musste dicht hinter mir sein. Fast glaubte ich sein Schnaufen zu hören. Ich riss das Glas zur Seite, scheppernd zerbrach es auf dem Boden neben mir. Mit einem Satz war ich in der Hütte, wuchtete die Falltür auf, stürzte den Schacht mehr hinunter, als dass ich stieg, hielt mich gerade noch an einer der Stufen fest und landete in einer Pfütze, die sich dort unten gesammelt hatte.
Ich hörte, wie oben die Glasscherben unter seinen schweren Tritten zersprangen, kam hoch und hastete den Tunnel entlang. Und hatte im gleichen Moment das sichere Gefühl, nicht allein hier unten zu sein.
Irritiert blieb ich stehen. Lauschte. In dem Gang war niemand zu sehen. Und doch ... es war ganz deutlich zu spüren. Sie waren hier. Sie waren hier unten. Die Männer, vor denen ich davonlief. Oder Kollegen von ihnen. Tiefer im Gang konnte ich das Neonlicht brennen sehen.
Verstecken? Aber sie würden mich finden. *Durch den Gang zurück zum Haus, wo ich bei Hannahs Zimmer herauskommen würde? Und dann?*
Die Gedanken taumelten durch meinen Kopf, ohne dass einer von ihnen einrasten konnte.
Kurz darauf stand ich vor dem Guckloch, das wenige Schritte hinter dem Neonlicht die Tunnelwand durchbrach. Das Plättchen davor war noch immer verbogen. Ohne darüber nachzudenken, brachte ich mein Auge vor die Öffnung.
Sie sind in Yokis Zelle. Sie haben endlich etwas entdeckt. Sie wissen, dass ich recht hatte. Immer schon recht hatte. Und Papa ... oder Kaplan ... oder Papa ...
Es waren drei oder vier Männer, die sich in dem Raum hin-

ter dem Guckloch bewegten, doch sie trugen keine schwarzen Schutzwesten, sondern weiße Ganzkörperoveralls. Die gleichen Overalls, die ich schon von der Spurensicherung kannte.

Sie hatten einen Scheinwerfer in dem Raum aufgebaut, aber einer der Männer stand so nah vor dem Guckloch, dass ich an seinem Rücken nicht vorbeisehen konnte.

Gleichzeitig hörte ich durch den Gang die Stiefel meines Verfolgers auf mich zukommen.

Habt ihr sie endlich, liegt sie euch dort zu Füßen? Yoki, deren schwarzes Haar stumpf ist, die Augen weit aufgerissen. Hat er sie zu Tode gequält, um die Musik, die er braucht, aus ihr herauszupressen?

Da bewegte sich der weiße Rücken auf der anderen Seite des Gucklochs und gab meine Sicht in den Raum hinein frei.

Es war der Körper eines Mädchens, das dort zwischen den Schuhen der weißen Gestalten auf dem Boden lag, der Körper eines Mädchens, dessen Schädel aufgerissen war, dass die eine Gesichtshälfte wie zermahlen wirkte.

Ich schrie, ohne es zu merken. Ich schrie, dass es in meinen Ohren sauste und scharrte, ich schrie, denn es war nicht Yoki, es war nicht das Auge einer Asiatin, das mich anstarrte, es waren keine schwarzen Haare, die den Boden bedeckten. Es waren blonde Haare, dunkelblonde Haare. Es war Marina, die dort auf dem Boden lag.

Ausgestreckt, erschlagen, mit zerschmettertem Schädel. So tot, so erstarrt, so verklebt, dass sie eher wirkte wie eine Puppe. Und doch erkannte ich sie wieder. Meine Freundin, Marina, nicht älter als ich.

Er hat sie erschlagen!

Mit einer Bowlingkugel. Ich konnte die Bowlingkugel neben ihr auf dem Boden liegen sehen, und neben der Kugel, gleich bei ihrer kleinen Hand, die auf dem Boden neben ihr ruhte – der Teddy.

Er hat den Teddy –

»Er hat den Teddy neben sie gelegt!«, schrie ich, und spürte zugleich, wie mich kräftige Arme packten, spürte die Uniform, die Schutzweste des Mannes, der mich an sich presste, während ich um mich schlug, um mich trat, spürte, wie mein Auge von dem Guckloch weggerissen wurde, aber trotzdem sah ich sie immer noch vor mir. Die aschfahle Farbe ihrer Haut und den abgestoßenen Glanz ihres Blicks.

»Der Teddy, er hat den Teddy, Yokis Teddy, er hat Yokis Teddy neben sie gelegt!«

43

Heiß. Das Wasser ist so heiß, dass seine Haut nicht nur rot ist, sondern sich verbrannt anfühlt. Und doch dreht er es nicht kühler. Er legt den Kopf in den Nacken, dass das Gesicht nach oben zeigt, sieht die Tropfen durch die Luft fliegen, bis sie auf seinem Gesicht zerplatzen. Es ist so heiß, dass er schreien möchte. Und doch lässt er es so. Lässt das beinahe kochende Wasser durch seine Haare rinnen, über seinen Körper spülen, dass es abwäscht, abätzt, abscheuert, die Schicht aus Schweiß, Kot, Blut und Körpersaft, die durch den Gummischutz, das Klebeband,

den Overall bis auf seine Haut gesickert ist. Bilder von Stücken, Stümpfen, Keulen, von Fleisch, blitzen in ihm auf. Und Geräusche vom Mahlen der Geräte, vom Knattern und Rattern des Werkzeugs. Er hat den Hund vor Augen, der sich abwendet, selbst über und über beschmutzt ist, obwohl er sich vorsichtig bewegt hat. Die Spritzer, die Fontänen. Wie es gegen die Plastikwände geprasselt ist. Er hat sich übergeben, hinein in den Schlamm, der den Boden überschwemmt hat, übergeben und weitergemacht. Fortgesetzt, was er begonnen hatte.
Die Verflüssigung.
Das Konzert des Todes.
Er steht mit dem Kopf nach vorne geneigt unter dem kochenden Strahl und lässt das Wasser auf sein Genick strömen. Die Bilder sind in ihn hineingesickert, dass er sie nie wieder löschen kann. Die Bilder und auch die Töne. Er wird sie brauchen, jeden einzelnen von ihnen. Er wird seine Partituren damit gestalten, er weiß jetzt, was es ist, dass sich einem die Haare aufrichten, dass sich einem die Angst ins Genick schraubt, er weiß, wie es klingen muss. Er hat die Augenblicke gehabt, die er wollte. Er weiß nicht, ob er sie noch immer wollen würde, wenn er bereits wüsste, wie er sich danach fühlt. Es ist, als sei durch die Hitze, die er durchschritten hat, seine Seele verschmort. Sein Bewusstsein versengt. Als habe sich aus seiner Persönlichkeit in der zu großen Glut ein formloser Klumpen gebildet. Ein Klumpen wie der, der vor ihm auf dem Boden gelegen hat. Den er noch einmal durchteilen musste. Und noch mal, und noch mal.
Hineinstopfen in den Schlund des Fleischwolfs, dass die rote Masse aus der Öffnung an der Seite herausspritzte. Hinein-

stopfen mit dem Stößel, der zum Fleischwolf gehörte, und abstreichen an der Öffnung, an der das Fleisch herauskam. Abstreichen und in die gelbe Schüssel werfen, bis sie längst überlief, bis die Masse an den Rändern der Schüssel heruntertropfte und er doch immer noch weitermachen musste.
Vorsichtig berührt er mit den Fingerspitzen die Haut in seinem Nacken. Er hat den Eindruck, dass das heiße Wasser die oberste Schicht bereits verbrüht hat. Er dreht den Heißwasserhahn zu und lässt eiskaltes Wasser auf die verbrannte Stelle rauschen. Es kühlt. Er wartet einen Moment, dreht dann das Wasser ganz ab.
Die ganze Nacht lang hat er dort unten gearbeitet. Im Morgengrauen das Gummi abgeschnürt, das Gestänge losgeschraubt und zusammengelegt. Dann hat er alles in Müllsäcke verpackt, heraufgeschafft und die Überreste in einem Waldstück am Stadtrand verscharrt.
Becky hat die Nacht in der Stadt verbracht, Sammy, Linus und Hannah haben nichts von seiner nächtlichen Arbeit bemerkt. Eine Nacht lang hat er gearbeitet, aber jetzt ist er nur noch ein Restmensch, ein verbrühter Restmensch, in dessen Kopf ein Summen herrscht, das nicht mehr abebbt. Und doch muss er so tun, als wäre alles beim Alten.
Mit dem Handtuch über der Schulter steht er neben der Dusche vor dem Waschbecken und sieht sich im Spiegel. Die Lider hängen herab, die Wangen sind schlaff, das Gesicht ist grau, und noch immer klebt eine Schicht auf seiner Haut, eine Schicht von Fleischsprühregen, Blut und Gedärm. Noch immer hat er diesen Geruch in der Nase und das Rattern im Ohr.
Mit dem Handtuch um die Hüften verlässt er das Bad, um sich im Schlafzimmer anzuziehen. In der Diele bemerkt er,

dass die Tür zum Zimmer seines jüngsten Sohns aufsteht. Weiß der Kleine etwas?
Er macht einen Schritt in das Zimmer hinein und sieht, wie Sammy, der noch im Bett liegt, den Kopf herumreißt und ihm entgegenstarrt. Er kann die Angst des Jungen deutlich spüren.
Sammy, du brauchst keine Angst vor mir zu haben.
Es schießt ihm nur durch den Kopf, während er mit seinem Sohn etwas ganz anderes bespricht. Ihn fragt, was er heute vorhat.
Sammy, du brauchst keine Angst vor mir zu haben, *hört er sich denken, denn er sieht in den Pupillen des Jungen, dass sein Sohn ihm nicht traut.*
Abrupt dreht sich Sammy zur Wand, dass nur noch sein Hinterkopf und sein Ohr zu sehen sind. Liebevoll stopft er die Decke an den Seiten des schmächtigen Jungen fest. Er ist sich sicher, dass er Sammys Vertrauen wieder gewinnen wird. Der Junge liebt ihn, sie sind Vater und Sohn, nichts kann sie trennen.

EPILOG

Winter 2016

Ich habe mich von dieser Nacht nie mehr erholt. Fast zwanzig Jahre sind seitdem vergangen, aber die Ereignisse haben sich in mein Leben gefressen und lassen sich nicht mehr herausschneiden. Längst habe ich Berlin verlassen. Wenn ich heute an die Stadt zurückdenke, sehe ich eine schwarze, feuchte Welt vor mir, in der Gestalten in der Dunkelheit lauern. Und im Untergrund, im Boden unter der Stadt, scheint eine Bewegung zu herrschen, die das ganze Gefüge, die Straßen und Häuser und Bauten, unmerklich auf und ab wogen lässt.

Ich sitze auf dem sonnenüberfluteten Balkon vor meiner Wohnung und sehe auf den Hudson hinaus. Es ist Mittag, und der Himmel ist wie ein riesiges blaues Zelt, das sich über mir spannt.

In meinem Kopf aber herrscht noch immer die Nacht, in der ich vom Dach gestürzt bin, greift noch immer der Mann nach mir, dem das Dachfenster in die Wange geschnitten hat, liegt noch immer die zerfließende Masse meines Vaters auf der Matratze, und ich höre ihn sagen: *»Deine Tränen, Sammy, es waren deine Tränen, wenn ich dich weinen gehört habe, war das die Musik, die ich suchte.«*

Und dann sehe ich Marinas Schädel vor mir. Marinas zertrümmerten Kopf, den ich durch das Guckloch erblickt habe.

Er hat es gestanden.
Er hat gestanden, Marina erschlagen zu haben.
Mein Vater hat es gestanden, noch in jener Nacht.
Vielleicht hätte ich meine Geschichte nicht aufschreiben dürfen. Jetzt aber, wo ich sie noch einmal durchlebt habe, kann ich fühlen, dass die Ereignisse jenes Sommers nie aufgehört haben, mein Denken und meinen Körper zu vergiften.
Mein Vater ist in jener Nacht dort oben auf dem Dachboden nicht gestorben, er hat überlebt. Ich bin von der Polizei überwältigt worden, und sie haben mich wochenlang behandelt. Meinen Vater aber haben sie festgenommen, und er hat es gestanden. Dass er Marina erschlagen hat.
Und wieso? Weil er hören wollte, wie es klingt, wenn die Knochen splittern?
Der SEK-Beamte, der Mann, der mich aus dem Schränkchen im Bad gezerrt hat. Mein Vater hat ihm die Axt in den Schädel geschlagen. Wieso? Weil er das Geräusch des Schlags hören wollte?
Ich sage euch, weshalb er es getan hat.
Weil er *wahnsinnig* ist.
Der Wahnsinn, der ihn dazu gebracht hat, mir eine Rippe zu brechen, um mich weinen zu hören. Der Wahnsinn, der ihn dazu gebracht hat, Yoki im Keller einzusperren. Der Wahnsinn, der ihn dazu gebracht hat, Marina zu erschlagen. Mein Vater ist wahnsinnig, und begonnen hat es alles, weil er hören wollte, wie es klingt, wenn er zuschlägt. Wenn sich sein Wahnsinn Bahn bricht.
Er hat zugegeben, Marina getötet zu haben. Dass er den Polizeibeamten erschlagen hat, stand ohnehin fest. Nur Yoki … dass er Yoki gefangen gehalten hat, das hat er nie

zugegeben. Und Spuren von ihr haben sie nie gefunden. Auch nicht, nachdem sie Marinas Leiche dort unten entdeckt hatten.
Das hat die Polizei in jener Nacht dazu gebracht, in unser Haus zu kommen. Dass sie Marinas Leiche gefunden hatten. Sie wussten ja, dass mein Vater mit mir allein in dem Haus war. Sie hatten ihre Leiche gefunden und fürchteten, dass er mir etwas antun könnte. Deshalb haben sie versucht, lautlos hereinzukommen und ihn zu überraschen. Und dabei selbst einen Mann verloren.
Aber Yoki … er hat es nie zugegeben. Wo hatte er sie her? Ich weiß es bis heute nicht. Aus einem illegalen Bordell? Die Mädchen dort sind ins Land geschleust und werden nicht vermisst gemeldet. Oder hat er sie sich besorgt, wie man sich Waffen oder verbotene Fotos besorgt? Auch damals schon gab es das Internet, und ich habe gehört, dass es Mittel und Wege geben soll, sich selbst Menschen über das Netz zu beschaffen, lebendige Menschen, die nirgends gemeldet sind.
Die Stangen, das Gummi, der Müllsack – es ist nur eine Möglichkeit unter vielen.
Er hat es nie zugegeben. Dass er sie dort unten hatte. Doch so oder so ähnlich muss es gewesen sein. Denn sie haben keine Spuren von ihr gefunden. Und doch habe ich sie gesehen. Er muss die Spuren beseitigt haben. Unmöglich ist das nicht, das hatte Kaplan ja von Anfang an eingeräumt.
Ich weiß es, ich weiß, dass Yoki dort unten war. *Deshalb* habe ich beschrieben, wie er es gemacht haben könnte. Mit dem Gummi, dem Fleischwolf, dem Hund. Mein Weinen, ihr Weinen, das war es, was er wollte, die Laute, die sie von sich gab, wenn die Verzweiflung sie übermannte. Das Kna-

cken von Marinas Genick. War das der nächste Laut, den er brauchte? Dann wieder sehe ich ihn vor mir stehen, mit der Hacke in der Hand, der Blick glasig, und eine dunkle Ahnung befällt mich. War es das, was er als Nächstes hören wollte? Wie es klang, wenn er den eigenen Sohn erschlug? Wie es klang, wenn die Hacke den Schädel spaltete und wie es in ihm klang, wenn er sich dabei zusah, wie er seinen geliebten Sohn schlachtete?
Seine Musik. Ich habe sie nie wieder gehört. Allein die Erinnerung an die Töne, die ich damals vernahm, wenn ich an seinem Zimmer vorbeiging, lässt mein Herz so schnell schlagen, dass es in meiner Brust schmerzt.
Ich habe seine Musik nie mehr gehört, und ich habe nach jener Nacht Berlin verlassen. Kaplan selbst hat sich dafür eingesetzt, dass ich aus der Stadt herauskam. Dass ich nach Amerika kam. Meine Mutter und meinen Bruder habe ich nie wiedergesehen. Was passiert war, war zu tief gegangen, hatte zu tief geschnitten. Vielleicht … vielleicht haben sie auch nie aufgehört, mir vorzuwerfen, dass ich damals auf die Straße gerannt bin, um den Taxifahrer anzuhalten. So wie ich nie aufgehört habe, mir vorzuwerfen, dass ich Marina mit hineingezogen habe.
Jenseits des Atlantiks bin ich zunächst bei Pflegeeltern auf dem Land untergekommen, später nach New York gezogen. Aber wenn ich die Augen schließe, sehe ich noch immer das dunkle, das schwarze Berlin vor mir. Die schwarze Lache, in der mein Vater liegt. Marina, die mich mit ihrem toten Auge anstarrt. Und Yoki, die weint und den Vorhang zur Seite schiebt.
Fast zwanzig Jahre sind seitdem vergangen. Wann immer sich meine Gedanken wie von verborgenen Kräften gelenkt

auf jenen Sommer besinnen, habe ich sie in eine andere Richtung gezwungen. Berlin habe ich in all den Jahren nie wieder besucht. Jetzt aber kann ich nicht länger die Erinnerung aussperren. Denn es ist so weit. Er kommt wieder frei. Knapp zwanzig Jahre sind um. Deshalb habe ich aufgeschrieben, was damals passiert ist, und mich den Geschehnissen noch einmal ausgesetzt.

Der Mann, dessen schwarzer Blick mich zu jeder Tag- oder Nachtzeit heimsuchen kann, der Mann, an den zu denken mich erschüttert, als würde ich bereits in das Reich des Todes geraten, der Mann, den ich geliebt habe, solange ich ein Kind war, und der Marinas Gesicht zerschmettert hat, als wäre es eine Walnuss.

Er kommt wieder frei. In drei Tagen.

Deshalb habe ich meine Geschichte, seine Geschichte hier aufgeschrieben. Und jetzt weiß ich auch, was es mir gebracht hat. Denn ich weiß, was ich tun muss.

Es war nicht das *Haus,* das meinen Vater dazu gebracht hat. Er ist nicht von außen dazu gebracht worden. Es ist von innen gekommen, aus ihm heraus. Er hat den Fleischwolf benutzt, um Yoki verschwinden zu lassen, aber er selbst ist auch ein Fleischwolf, der mich zermahlen hat und zerschnitten.

Er *ist* der Fleischwolf, und ich bin sein Sohn. Ich habe es in mir. Von ihm. Aber ich werde nicht zulassen, dass er freikommt. Ich werde zurückfahren in die schwarze Stadt.

Ich werde am Ausgang der Anstalt auf ihn warten. Und ihn töten.

Es töten.

Den Fleischwolf, der in ihm west.

Protokoll
Zwangseinweisung
Sam Grossman

8. Januar 2016

Sam Grossman (31) ist am 7. Januar 2016 aus den USA nach Berlin eingereist. Sein Vater, Nathan Grossman (63), sollte am 8. Januar aus der Justizvollzugsanstalt Tegel entlassen werden.
Nathan Grossman war zwanzig Jahre zuvor wegen Totschlags verurteilt worden, nachdem er gestanden hatte, die elfjährige Marina Kaplan im Keller seines Hauses am Rotkehlchensteig in Berlin-Grunewald erschlagen zu haben. Nathan Grossman hatte sich bei der Festnahme massiv widersetzt und dabei einen Beamten des Sondereinsatzkommandos tödlich verletzt.
Tatwaffe des Mordes an Marina Kaplan war eine Bowlingkugel, an der DNA-Spuren Nathan Grossmans festgestellt werden konnten, die jedoch insofern nicht eindeutig waren, als auch Spuren des Sohns an der Kugel gefunden wurden. Noch am Tag seiner Festnahme hat Nathan Grossman jedoch gestanden, Marina Kaplan getötet zu haben. Die Aussage seines Sohnes Sam Grossman, dass sein Vater ein minderjähriges Mädchen in dem Kellerraum, in dem die Leiche von Marina Kaplan ge-

funden wurde, gefangen gehalten haben soll, ließ sich nicht bestätigen.
Sam Grossman hat seinen Vater am Tag der Haftentlassung am Tor der JVA Tegel abgeholt. Noch am gleichen Nachmittag ist es offenbar zu einer lautstarken und tätlichen Auseinandersetzung zwischen Vater und Sohn gekommen. Passanten, die beide am Ufer des Tegeler Sees beobachtet hatten, verständigten die Polizei. Als die Beamten vor Ort eintrafen, hatte Sam Grossman seinen Vater mit einem Messer schwer verletzt. Es gelang den Beamten, den Sohn zu überwältigen.
Gegenwärtig wird Nathan Grossman auf der Intensivstation des Humboldt-Klinikums behandelt. Sein Sohn Sam Grossman ist am Abend des 8.Januar von den Beamten der Polizei in das Klinikum Buch zur psychiatrischen Behandlung gebracht und nach richterlichem Beschluss zwangseingewiesen worden.

Dies ist das Protokoll seines Aufnahmegesprächs:

Sam Grossman: »Er hat behauptet, dass ich … verstehen Sie? Ich. Ich hätte den Teddy … Begreifen Sie das? Ich hätte ihn … damals … ich hätte den Teddy geholt! Das … Sie müssen sich das einmal … Ah! Was ist das! Lassen Sie mich!« [Patient wird 1 Milligramm Clonidin verabreicht]

Aufnehmender Arzt: »Es ist ein Beruhigungsmittel, Herr Grossman. Ihr Blutdruck ist unter der Decke, wir müssen sichergehen, dass Sie keinen Schlaganfall erleiden. Entspannen Sie sich –«
Sam Grossman: »Er hat behauptet, dass ich den Teddy … ich … seinen verfluchten Teddy! Allein das Wort ›Teddy‹. Es klingt so verdammt lächerlich. Er hat ihn benutzt, um sie … Yoki, er hat versucht, ihr damit Sicherheit vorzugaukeln, er hat mit ihr gespielt, mit ihr und dem Teddy … allein, wenn ich daran denke, mir wird schlecht … und dann … jetzt … heute Nachmittag, sagt er mir … gut, wir haben uns all die Jahre nicht gesehen … aber heute Nachmittag sagt er mir, dass er damals schon, als er erfahren habe, dass der Teddy bei Marinas Leiche gefunden wurde … und da er ja vorher schon gesehen hätte, wie ich diesen Teddy geholt hätte, sei ihm alles klargeworden. Verstehen Sie? Begreifen Sie, was er versucht hat, mir zu sagen? Ja, ich habe das Messer gekauft, kaum dass ich in Berlin war. Ja, ich habe es mitgenommen, als ich ihn abgeholt habe. Ja, ich weiß. Aber damit hatte ich nicht gerechnet. Mein Vater hatte Marina erschlagen, mit der Bowlingkugel, er hatte mir doch gesagt, dass er die Bowlinghalle unten entdeckt hatte, als er sich die Gänge angesehen hat. Er hat sie mit der Bowlingkugel erschlagen, er hat Yoki gefoltert … er hat mich … eine Rippe, da muss ich drei Jahre alt gewesen sein … fragen Sie meine Mutter! Aber natürlich, sie

wird es Ihnen bestätigen. Er hat mich gequält. Er wollte mich, seinen dreijährigen Sohn, er wollte mich weinen hören, weil er selbst … er hat es mir doch selbst gesagt … manchmal hat er seine Musik, also die, die er komponieren wollte … er hat sie nicht klar gehört. Andere Male musste er nur aufschreiben, was er hörte, so hat er seine Musik komponiert. Aber manchmal hat er das, was er komponieren wollte, nicht deutlich in sich gehört. Er hat mich zum Weinen gebracht – da hat er die Töne, die er brauchte, vernommen, begreifen Sie? Begreifen Sie, was für ein Monster er war? Und er wusste es, er wusste, was für ein Monster er war, er hat es mir doch selbst gesagt. ›Ich hab alles falsch gemacht, Sammy‹, das war es, was er mir oben auf dem Dachboden an unserem letzten gemeinsamen Tag gesagt hat. Er hat Yoki gequält, und er hat Marina erschlagen. Und deshalb bin ich nach Berlin gekommen, um ihn zu töten, den Fleischwolf. Denn das ist er, ein Fleischwolf, der mich, seinen eigenen Sohn, genommen hat und durch die Klingen und den Stahl hindurchgedreht hat, dass ich als Hack – als Hackfleisch auf der anderen Seite herausgekommen bin. So wie Yoki … denn, wo ist sie denn? Ihre Leiche ist nie gefunden worden. Aber ich habe sie doch ganz deutlich gesehen. Und Marina hat mir geglaubt. Wo ist Yoki abgeblieben? Er hat sie durch den Fleischwolf gedreht, und das Hack, ihr Hack, hat er an die Dogge verfüttert. Gerade so, wie ich es aufgeschrieben habe. Marina hat mir immer geglaubt, sie muss ihm begegnet sein, muss ihm gesagt haben, dass sie es wusste, dass sie immer alles gewusst hat. Da hat er sie nach unten in die Bowlinghalle gelockt, hat eine dieser schweren Kugeln genommen und ihr den Schädel damit zertrümmert. Das hat die Polizei ja eindeutig festgestellt. Dass Marina in der Bowlinghalle erschlagen worden ist und dass ihre Leiche dann in den anderen Kellerraum geschafft wurde, in Yokis Zelle. Sicher, das hat die Polizei ja gesagt, dass die Dogge der Kaplans sich danach dort unten herumgetrieben und die Spuren zerstört hat. Aber wozu Spuren? Er hat es ja gestanden … damals … dass er Marina erschlagen hat. Natürlich! Wahnsinn, der pure Wahnsinn! Und dieser Wahnsinn, der ihn damals dazu gebracht hat, Marina zu töten … dieser Wahnsinn war immer noch in ihm. Denn … wissen Sie das eigentlich? Habe ich es schon gesagt? Können Sie sich das vorstellen? Er hat gesagt … vorhin, dort am See … hat er gesagt: ICH hätte den Teddy geholt, er hätte mich gesehen … dabei hatte *er* doch den Teddy schon dabei, als er in seinem Arbeitszimmer das Mädchen … war es Hannah? Ja, vielleicht war es Hannah. Ich bin mir in diesem Punkt nie ganz sicher. Es kann Hannah gewesen sein, aber eigentlich glaube ich das nicht. Ich glaube, es war Yoki, auch wenn ich … nein, das sage ich ja gar nicht, ich habe Yoki in der Nacht in seinem Arbeitszimmer nicht direkt gesehen, nicht ihr Gesicht. Ich habe nur den Bauch, den Bauch des Mädchens gesehen, das mein Vater dort in seinem Zimmer … des Mädchens oder der jungen Frau, ja, aber sie war es, ganz bestimmt. Yoki. In dieser Nacht, in ihrem Zimmer im Keller war sie ja nicht, sie war oben, in seinem Arbeitszimmer, er hatte den Teddy dabei … nicht Hannah, nein, das glaube ich nicht, es war nicht Hannah, auch wenn sie es gewesen sein könnte, ganz bestimmt war sie es nicht. Es war Yoki, er hatte den Teddy dabei, er hat sie genommen und auf dem Sofa … ich will nicht daran denken … und dann, später, ein paar Tage später hat er Marina den Schädel zertrümmert und den Teddy neben sie auf den Boden gelegt. Wahnsinnig … das ist er. Ihr habt ihn in ein normales Gefängnis gesteckt, aber das hättet ihr nicht tun dürfen, denn er ist wahnsinnig … ich meine, das ist doch der beste, der klarste, der eindeutigste Beweis: Zwanzig Jahre lang sitzt er wegen des Mordes an Marina hinter Gittern, und dann kommt er frei, und ich hole ihn ab, und was sagt er? Was sagt er? Er sagt: Ich – also ich, Sammy – hätte Marina getötet. Er sagt, ich hätte mir Yoki ausgedacht, er sagt, er hätte sich schuldig gefühlt, weil er mich gequält hat, er hätte sich schuldig gefühlt, er hätte den Eindruck gehabt, er sei schuld an meiner Psychose, die ich als Kind entwickelt hätte, die mich dazu gebracht hätte, mir Yoki auszudenken. Ich hätte Alpträume gehabt, ich hätte den Jungen vor mir gesehen, den der Hund des Vorbesitzers zerfleischt hatte, ich hätte den Jungen nicht im Traum vor mir gesehen, sondern am helllichten Tage, und genauso hätte ich Yoki vor mir gesehen, obwohl es Yoki nie gab. DAS hat er mir gesagt. Und er hätte sich schuldig gefühlt, weil er es gewesen sei, der mich zugrunde gerichtet hätte, weil er mich für seine Musik als Baby schon zum Weinen gebracht hätte, und DESHALB sei er wegen des Mordes an Marina … begreifen Sie, wie er die Dinge verdreht? Was für ein kranker … kranker Geist er ist? Begreifen Sie, wie er auf meinem Rücken seinen Wahnsinn austrägt? Zwanzig Jahre lang sitzt er und dann: >Du warst es, Sammy, DU hast Marina getötet, und Yoki gab es nie. Du hast Marina mit der Bowlingkugel den Kopf zerschmettert, sie haben meine DNA an der Kugel gefunden, weil ich an dem Nachmittag die Halle entdeckt, die Kugel geworfen und wieder zurück auf den Kugelständer getan hatte. Aber DU, Sam, du hast ihr den Schädel zerschmettert mit dieser Kugel, wahrscheinlich weil sie gesagt hat, dass du wahnsinnig bist. Du hast ihr den Schädel zertrümmert, dass sie meine und deine DNA an der Kugel gefunden haben, du hast den Teddy geholt, da habe ich dich doch selbst gesehen.< Verstehen Sie? So hat er zu mir gesprochen. War es ihm denn noch nicht genug, was er mir angetan hat, bekam er denn nie genug? Er ist ein Fleischwolf, das sage ich Ihnen, ein Fleischwolf, der einen in seinen Abgrund hineinzieht. ›Du hast mir diese kleine Tonkassette gegeben‹, das war es, was er vorhin gesagt hat, vorhin am See, ›diese Tonkassette, als ich dich geweckt habe, um dir zu sagen, dass sie Marina suchen. Da hast du mir diese kleine Kassette gegeben, du hattest die ganzen vergangenen Tage schon etwas für mich darauf aufnehmen wollen. Blätterrauschen, das Glucksen des Teichs … und an diesem Abend gibst du mir die Kassette, aber ich habe keine Zeit, sie mir anzuhören, ich weiß, dass Marina vermisst wird, dass sie gleich bei uns sein werden, dass sie Fragen stellen werden und nicht lockerlassen. Ich habe die Kassette eingesteckt und später auf den Tisch in meinem Arbeitszimmer gelegt. Du hattest mich zutiefst erschreckt‹, das hat er gesagt, das … das müssen Sie sich einmal vorstellen. ›Du hattest mich mit deinen Äußerungen über ein Mädchen in unserem Keller zutiefst erschreckt, Sammy, aber an diesem Abend, als Marina vermisst wurde, da war es zum ersten Mal, dass ich dachte, dass du doch recht haben könntest. Und natürlich habe ich mir bittere Vorwürfe gemacht. Wie konnte ich dem Jungen nicht glauben? Natürlich, es stimmt, was Sammy gesagt hat, er hat wirklich dort unten ein Mädchen gesehen, und es ist dieser Staatsanwalt, vom Nachbargrundstück, der hat das Mädchen in dem Keller gefangen gehalten! Der Staatsanwalt hat Kontakt zu Menschenhändlern, so ist er an das Mädchen gekommen –

und jetzt hat er seine Tochter erschlagen und hetzt die Beamten auf uns. Schiebt es uns in die Schuhe. So habe ich gedacht, damals an dem letzten Tag in der Villa.‹ Begreifen Sie? Das war es, was er mir am See gesagt hat.«

Aufnehmender Arzt: »An Ihrem letzten gemeinsamen Abend, an dem Abend, an dem die Beamten ins Haus gedrungen sind, hatte Ihr Vater Ihnen also geglaubt? Er hatte Ihnen geglaubt, dass Sie tatsächlich das Mädchen dort unten gesehen haben?«

Sam Grossman: »Das hat er gesagt, ja. Er hätte geglaubt, Kaplan hätte Yoki wirklich in dem Keller eingesperrt, zu dem es ja Zugänge sowohl vom unbebauten Grundstück gleich bei den Kaplans als auch von unserem Grundstück aus gab. Deshalb habe er dem SEK-Beamten, als er gesehen habe, dass der mich aus dem Schrank zerrte, die Axt in den Schädel geschlagen. Weil er glaubte, er müsste um mein Leben fürchten. Erst später, erst viel später, als er erfahren habe, dass Marina dort unten erschlagen lag, mit dem Teddy bei sich … den er mich ja habe holen sehen … da erst habe er begriffen, dass ich … ICH … sein eigener Sohn … dass ich es gewesen sein muss. Dass ich Marina erschlagen haben muss. Aber ich sei nicht aus eigener Schuld so geworden, nein. Er hätte es sich selbst vorgeworfen, das hat er mir so gesagt. Er hätte sich vorgeworfen, dass ich so geworden sei. Er hätte sich vorgeworfen, dass ich zum Mörder geworden sei. Mit elf Jahren. Seine Schuld sei es gewesen, und DESHALB habe er den Tod Marinas auf sich genommen und die Tat gestanden. Er hätte es sich nie verzeihen können, wenn ich ins Gefängnis gekommen wäre … oder in eine Kindererziehungsanstalt oder was auch immer … wo *er* doch derjenige gewesen sei, der mich schon vor Jahren für seine verfluchte Musik zutiefst verletzt habe. Er hätte es sich nicht verziehen, wenn ich für Marinas Tod hätte büßen müssen. So dreht er es herum! Er fügt mich in die Gleichung ein, beschmutzt mich, zieht mich in seine Machenschaften, lässt mich nicht in Frieden … aber das ist er eben immer gewesen: ein Fleischwolf, der einen in seinen eigenen tödlichen Abgrund hineinfrisst. Er ist es immer gewesen, und deshalb habe ich das Messer, das ich in meinem Mantel versteckt hatte, ich habe es gegen ihn erhoben und ihm … es war richtig, dass ich das getan habe. Für Yoki. Für Marina. Für den Polizisten. Ich habe es ihm von oben in die Brust gerammt. Seine Augen sind riesig geworden, wie Teller, der ganze Wahnsinn, der ganze Irrsinn, der in ihm schon immer kochte, es war, als würde er durch seine Augen ins Freie treten. Ich bin regelrecht einen Schritt zurückgesprungen … auch wegen des Bluts, das aus ihm herausspritzte. Aber auch wegen des Wahnsinns, der dort austrat, bin ich einen Schritt zurückgesprungen. Während er mit der Hand wie ein Blinder um sich gegriffen hat und am Ufer des Sees dort zusammengesackt ist. ›Die Kassette‹, hat er geflüstert, und seine Augen waren so aufgerissen, dass ich nicht anders konnte, als mich zu ihm herunterzubeugen, ›die Kassette, die du mir gegeben hast am Tag von Marinas Tod, deine Mutter hat sie auf meinem Schreibtisch gefunden, und sie hat sie sich angehört, denn es stand dein Name darauf.‹ JA, HIER IST SIE, die verdammte Kassette. Hören Sie sie sich an! Er hat sie mir gegeben, dort am See, ich solle sie mir anhören, hat er gesagt. Aber das brauche ich nicht. Ich brauche mir diese verfluchte Kassette nicht anzuhören, ich weiß doch, was darauf ist! Blätterrauschen, Vogelgezwitscher und das Glucksen des Teiches. Aber ja, hören Sie sie sich an! Sie werden sehen, dass alles, was ich Ihnen gesagt habe, nichts anderes ist als die Wahrheit.«

Auszug aus der Tonbandaufzeichnung

Marina Kaplan: »Sammy? Wo bist du denn? Lass doch … ich will von dem … was ist das? Whisky? Will ich nicht.«

[Man hört Musik: »… *love me tender, love me sweet, never let me go* …«]

Marina Kaplan: »… ich mag Elvis.«

[Das Geräusch eines schweren Gegenstandes, der über Holz rollt.]

Sam Grossman: »STRIKE! Marina, hast du das gesehen?«

Marina Kaplan: »Ja, hab ich …«

Sam Grossman: »Ich bin froh, dass ich dich noch einmal eingeholt habe. Meinst du wirklich, was du vorhin, am Teich, was du gesagt hast?«

Marina Kaplan: »Was denn?«

Sam Grossman: »Dass wir uns nicht mehr sehen. Nur heute noch?«

Marina Kaplan: »Ich weiß es doch nicht, Sammy. Aber mein Vater, als ich ihm von Hannah und deinem Bruder erzählt habe, er war wirklich schockiert.«

[Man hört Musik: »… *this old heart beating … closing of the door … there goes my reason … there goes the one of my dreams* …«]

Marina Kaplan: »Er war schockiert, Sammy, und ich kann es verstehen.«

Sam Grossman: »Und warum bist du dann jetzt noch mal mit mir hier runtergekommen. Zum Bowling? Ist es das? Du liebst so sehr das Bowlen?«
Marina Kaplan: »Ich mag dich, Sammy, das weißt du doch. Ich mag dich wirklich. Aber … du machst mir auch Angst.«
Sam Grossman: »Ja?«
Marina Kaplan: »Ja.«
Sam Grossman: »Und magst du das?«
Marina Kaplan: »Was?«
Sam Grossman: »Dass ich dir Angst mache?«
Marina Kaplan: »Nein, das mag ich nicht.«
Sam Grossman: »Nein?«
Marina Kaplan: »Nein. Manchmal habe ich wirklich das Gefühl … siehst du, wenn du mich so anschaust, Sammy … Ganz oft ist es weg, aber dann bricht es wieder bei dir durch … ich weiß gar nicht, wie ich das nennen soll, aber es macht mir Angst. Angst um dich, aber auch Angst um mich.«
Sam Grossman: »Aber Marina -«
Marina Kaplan: »Ja, jetzt zum Beispiel. Nicht. BLEIB STEHEN!«
[Man hört Musik: »… *touching hands, reaching out … touching me …*«]
Marina Kaplan: »NICHT, SAMMY!«
[Ein heiseres Keuchen ist zu hören, dann ein Schnaufen.]
Marina Kaplan: »SAMMY, was ist mit dir? NEIN! Nicht … ich … du bist -«
Sam Grossman: »ICH BIN WAS?«

Marina Kaplan: »Verrückt, Sammy, sieh dich doch an, dein ganzes Gesicht, es verformt sich, es … um Gottes willen!«
[Ein rauhes Schnaufen überlagert die scheppernde Elvis-Musik im Hintergrund. Ein schwerer Schlag ist zu hören, das Kreischen eines Mädchens. Dann wieder ein Schnaufen. Es klingt heiser und rauh.]
Marina Kaplan: »Sammy, bist du noch da, Sammy?«
[Ihre Stimme ist gebrochen. Man hört ein hartes Kratzen. Die Musik verstummt.]
Marina Kaplan: »Sammy, bitte, bitte, deine Augen, sie sind so tot, Sammy, lass mich nicht allein, bitte bleib bei mir. Sammy, mein Gesicht, die eine Hälfte … du hast mich mit der Kugel … Sammy, ich kann nicht mehr richtig sehen … es ist … alles ist verrutscht, was ist denn passiert? Du hast mich mit der Kugel voll ins Gesicht … hier, siehst du … es fühlt sich weich an, hier an der Stirn, ich glaube, du hast meinen Schädel, ich glaube … oh mein Gott, Sammy, ich habe Angst, es ist … ich fühle mich ganz komisch, Sammy, ich … ich glühe … es bewegt sich alles, als ob sich der Boden bewegen würde. Hilf mir hoch … aber deine Hände sind eiskalt … es ist Blut, es ist alles voll Blut … was …«
[Ein hartes Klatschen ist zu hören, und ein Schrei aus der Kehle Sam Grossmans. Das Mädchen ist verstummt. Eine Zeitlang ist nichts zu hören.

Dann wird etwas über den Boden geschleift. Wieder das Schnaufen des Jungen. Er murmelt etwas vor sich hin, aber es ist nicht zu verstehen, was er sagt.
Das Schleifgeräusch und das Murmeln des Jungen entfernen sich.]

ENDE

Eine Stadt bricht aus den Fugen

Jonas Winner
Berlin Gothic

Thriller

Innerhalb kürzester Zeit stößt Hauptkommissar Konstantin Butz im Untergrund Berlins auf drei verstümmelte Frauenleichen, bei denen der Täter mit unerbittlicher Härte vorgegangen ist.
Gleichzeitig am anderen Ende der Stadt: Butz' Freundin Claire, eine Fotografin, stürzt sich in eine sexuelle Affäre, die sie bald nicht mehr kontrollieren kann.
Was ist es, das in den Winkeln und Ecken Berlins zu lauern scheint, fast wie ein Fluch? Die Antwort darauf liegt zwölf Jahre zurück, als der elfjährige Till aus einem Kinderheim flieht …

»Der Thriller hat im Internet zu Recht alle Rekorde gebrochen. Die Story ist hart, brutal, packend und beängstigend. Kurz: Alpträume garantiert!«
buch-ticker.de

KNAUR